苔菲讽刺小说

香甜的毒药

[俄]苔菲 著　黄晓敏 译

群众出版社
·北京·

目　录

译序

苔菲是娜杰日塔·亚历山大罗夫娜·洛赫维茨卡娅（婚后姓布钦斯卡娅）的笔名。苔菲于1872年4月24日[①]诞生在彼得堡一个贵族之家。其父亚历山大·弗拉基米洛维奇是著名律师、侦查学教授，也是《司法公报》杂志的主编。其母是俄罗斯化的法国人，熟知俄罗斯文学及西欧文学。苔菲在家里接受的是旧式教育，个性却得到了充分的发展。苔菲对文学的兴趣始于童年。她喜欢阅读普希金、托尔斯泰、陀思妥耶夫斯基、屠格涅夫、巴尔蒙特等大家的经典作品。

她的文学处女作发表于1910年的《北方》杂志上，是一首诗歌，名为《我做梦，一个疯狂而美妙的梦……》，署名为那杰日塔·洛赫维茨卡娅。三年后，她的小品文才开始系统发表。苔菲这一笔名是她在发表独幕剧《女人问题》时首次使用的。她希望这个名字能带来成功。她也曾在小说《笔名》中解释了它的来历。这位从小就喜欢画漫

① 有材料记载其出生日为5月9日。

画、写讽刺诗的苔菲，很快就征服了读者，并深得当时沙皇尼古拉二世的喜爱。

1905年春，苔菲发表了诗歌《蜜蜂》。该诗多次收入政治抒情诗集中。也是在这一时期，她开始成为由布尔什维克主办的《新生活》报的主要撰稿人。参与报纸工作的有弗·列宁、阿·卢那察尔斯基、米·奥尔明斯基、马·高尔基以及列·安德列耶夫、康·巴尔蒙特、伊·布宁等，同时也吸引了吉娜伊达·吉皮乌斯。但如此多样化的阵容，很快就让报纸开始经历各种困难。最后，主编尼·明斯基去往国外，其他无党派人士也被迫离开。

苔菲作品发表的阵地并不局限于《新生活》杂志，《尼瓦》、《新闻》、《俄罗斯戏剧》以及《闪光》、《信号》、《红笑》等讽刺杂志也经常发表她的作品。

1908年，她的作品出现在幽默周报《蜻蜓》的《讽刺作家》杂志上。这标志着苔菲的创作进入了一个新的高潮。与其他讽刺作家善用幻想、夸张等手法不同，苔菲的创造力更大程度在于展示生活的真实性，力图在最普通的日常生活中找到笑点。

从1909年起，苔菲开始为《俄语》报撰稿。这份报纸的宗旨就是寻求作品的政论色彩，通过小品文及小故事反映当时的热门话题。苔菲在此充分展示了自己的写作天分。很快，她便将热门话题与永恒话题结合起来，使得报纸不只是信息的来源，也是独特的、能够回答各样重要问题的生活指南。

1910年，野蔷薇出版社出版了苔菲诗集《七缕烛光》与首部《幽默小说》集。这部文集取得了巨大成功，一年内再版三次。很快，第二部《幽默小说》集又出版了。这部小说集让苔菲声名大噪，不仅读者接受了她，评论家们也接受了她。

之后，相继出版了苔菲文集：《就这样……》（1912）、《旋转木马》（1913）、《无火之烟》（1914）、《没有的事》（1915）、《宠物》（1916）。她还出版了剧本《八篇微型作品》（1913）的单行本及《微型作品与独白（第二部）》（1915）。

在革命前的那些年代，苔菲作品中经常弥漫着忧郁情绪。《宠物》收录的都是非常严肃的小说，讲述了人们之间因无法相互理解而导致悲剧性结局的故事。

1920年，苔菲定居法国，并在巴黎《复兴》报发表作品。1920－1930年代间，苔菲的名字从未自巴黎各大报刊消失过。她相继发表作品《黑色鸢尾花》（1921）、《静静的小河》（1921）、《这样活过》（1922）、《快步》（1923），诗集《西番莲》（1923）、《小城文集》（1927）、《惊险小说》（1931）、《回忆录》（1931）、《六月书》（1931）、《女巫》（1936）、《论温柔》（1938）、《曲线》（1939）。同一时期，她的祖国苏联也在出版她的作品。里加、纽约、柏林、上海、布拉格、贝尔格拉德等地也有苔菲的作品相继出版。

二战前夕，苔菲几次拜访女儿生活的波兰。在波兰，她也开始在各大报刊发表作品。这里让她感觉离故土更近。战争爆发的时候，她正在巴黎。此时，她几乎不再发表作品了。曾经一度传出她故去的消息。1943年在纽约，甚至出现了关于她去世的讣闻。她确实得了重病，却并没有气馁。她曾在一封信中写道：“我得了不治之症，注定应该死去。但我从来不做我不该做的事，所以还活着。”战争结束后，她接到来自苏联的邀请，但她并没有跨出这一步。

1946年，纽约出版了苔菲的《爱情小说集》。这一文集充满了忧郁与多愁善感。这一时期，布宁也创作完成了他的《幽暗的林荫小径》。他们相交甚笃，两部文集中出现了类似的主题。布宁是俄罗斯第一位诺贝尔文学奖得主。他曾在给苔菲的信中劝说她珍惜身体，毫不吝惜溢美之辞。“请记住，不仅仅对于我们，您对于很多人来说都非常宝贵！您是一个完全不同寻常的人……您总是，总是会令我感到惊奇！我一生里从未遇到过像您这样的人！上帝让我有机会与您结识，这是多么大的幸福啊！”

1952年，纽约出版了苔菲的最后一部著作《地上彩虹》。在这部著作中，作家再次展示了卓越的创作才能。这里既有幽默小说、自传札记，也有深刻的讽刺作品和优美的抒情作品。

苔菲生命的最后几年是在孤独中度过的，她的大女儿住在伦敦，小女儿住在华沙。1952年9月6日，苔菲在离圣热纳维耶沃–德布瓦公墓不远的莫桑村逝世，后被葬于此公墓，与布宁墓地为邻。

短篇小说集《香甜的毒药》收入苔菲的《宠物》十八篇小说、《无火之烟》二十二篇小说、《旋转木马》中三十七篇小说。短篇小说是一种较难操控的叙事体裁。有评论家称，苔菲是继契诃夫之后，少有地保持了叙述者个性的作家。她的独特之处在于简洁，她谨慎地使用每个词，每个标点符号。她自己也曾说：“短篇小说中的每个词，每个动作都是经过反复斟酌的，留下的都是最必要的词语。”

苔菲的独特之处并非只是语言上的简洁，更为吸引人的是她对人性的深刻认识。可以说，她是一位非常细腻、观察力非常强的心理学家。苔菲始终关注的是人，她关注了生命的两头——孩子与老人。在《宠物》、《在别墅》、《五旬节》、《金色童年》、《嫉妒》等篇目中，苔菲着力描写了孩子那独特的世界。苔菲笔下的孩子世界弥漫着忧郁、孤寂、不被理解的情绪。孩子世界中的成年人似乎始终扮演着剥夺孩子快乐的角色。幸福的家庭场景在孩童的视野中似乎并不存在。在小说《宠物》中，小主人公卡佳生活中唯一的安慰就是那只“宠物”——毛绒绵羊，无论爸爸、妈妈、保姆，还是家庭教师，都没能给予她应有的关注。她在成人的世界里得不到爱。成人世界里的“人”在卡佳眼里有着一副动物的嘴脸，而毛绒绵羊却长着一双像人一样的眼睛，温顺而柔和。卡佳温柔且充满爱地照料着小绵羊，和小绵羊在一起，她连睡觉都变得香甜了。可最终，就连这唯一的安慰也被老鼠剥夺。小说的语调哀伤而沉重，有力地展示了孩子的孤独与无奈。而《列昂季爷爷》、《亚芙多哈》等展现的是老人的世界。苔菲笔下的老人世界同样充满了孤独情绪。列昂季爷爷过着寄人篱下的生活，被亲戚鄙视。然而，他也有自己的尊严与生活的盼望。但在亲人这里，他得到的不是尊重与理解，而是蔑视与大骂。在老人告别亲戚家的时候，送他到大门口的只有那条捡来的狗。人际之间的距离竟如此遥远，远过人与动物之间的距离；人际之间的情义竟如此冷漠，远不如人与动物之间的情义。生命的两头——孩子与老人，孤独地活在属于自己的世界中，即便如亚芙多哈一般，一个连关于自己儿子死讯的来信都没弄明白的老太婆，仍顽强地活着，期盼着。

苔菲深刻地触及了人性中恶的各个维度。她细致而又巧妙地揭示了人内心深处最隐秘的恶念。在小说《幸福》中，她深刻地批判说，幸福不是你取得了怎样的名与利，幸福乃是当你得知别人因着你的幸福而不幸的那一刻。苔菲所展示的幸福正如常言所道，是建立在别人的痛苦之上的。又如在小说《幸福的爱情》中，苔菲通过两个正在约会的恋人展示了什么是“幸福的爱情”。原来，“幸福的爱情”就是欺骗，明明彼此已经厌倦甚至不想见面，还要强颜欢笑，说着类似“亲爱的”、“想你”之类的情话。恋人之间彼此各怀心事，盼着约会结束，好彼此解脱。男主人公目送女主人公离去的身影，心中充满了愤恨。“幸福的爱情”在苔菲的笔下，充满了讽刺的意味。“幸福”二字原本是人类最为美好的情感，也是人类穷其一生的终极追求，在苔菲的笔下，幸福却与嫉妒、欺骗、虚伪等人性中的恶质相联系。无疑，这是苔菲对“幸福”的另类诠释。这就是苔菲惯用的语调，讽刺地展示着人性中的恶。苔菲一生写下五百篇左右的短篇小说，触及之主题非常广泛。她的作品令人惊叹。

正如她的同时代人格·伊万诺夫所说：“苔菲是一位幽默作家，也是一位非常有修养、充满智慧的作家。苔菲的严肃文学是俄罗斯文学中无法复制的现象。百年之后，人们仍会为之惊叹。”

据俄罗斯作家伊·奥多耶夫采娃回忆：“革命前，苔菲在俄罗斯就享有很高的声誉。所有人，从邮局职员、药房学徒等最底层的读者群到尼古拉二世，都阅读她的作品，并为她的作品深深折服。在编纂纪念罗曼诺夫王朝三百周年文集时，当被问及‘希望在文集中看到哪位作家’时，沙皇回答道：‘苔菲！我只想看到苔菲。除了她谁都不需要。我只要苔菲一个人！’”

幽默作家米·左琴科十分钦佩苔菲的才气，“她被视为最著名、最能引人发笑的女作家。人们在长途旅行时一定会随身带上一本她的小说”。

俄罗斯小说家、文学评论家阿·阿姆菲捷阿特罗夫称苔菲为“我们这个时代最优秀的、最优雅的幽默作家”。

作家库普林曾赞叹道：“她是唯一、独特、奇妙的苔菲！从儿童、少年、热血青年和成熟的劳动人民到白发苍苍的老人，都热爱她。”

文学家彼得·皮利斯基曾说，俄罗斯再没有一个作家受到如此热烈的爱戴。“所有人都喜爱苔菲。不爱她的人是没有的。在俄罗斯的讽刺作家中，她是最受读者喜爱的。就连大家都觉得亲切而易懂的阿尔卡季·阿韦尔琴科都没有像苔菲这样受到如此的爱戴。”

针对读者不接受女性创作这一趋势，作家萨沙·乔尔内曾十分恭敬地写道：“从前的女性作家让我们习惯于一见到从事写作的女性就会讥笑。但阿波罗神怜悯我们，给我们派来了苔菲作为奖赏。他派来的不是一位‘女性作家’，而是一位伟大、深刻而又独特的作家。”

《新杂志》主编、诗人米·采特林说："侨民生活如果没有她每周发表的那些小品文，该是多么贫乏与无聊啊！"

时至今日，世界读者仍然热爱苔菲。她以独特的幽默方式引领我们去思索生命，认识人性，认识自我，从而过上一种有意义的生活。

黄晓敏

二〇一三年三月于天津

拜　伦

当时钟敲响十一点的时候，一个侧面长得有点儿像拜伦、双眼充满幻想的年轻人和大家告别后，走了出去。

餐桌旁只剩下了自己人。

“请坦率地说说!”一位女士问主人道，“难道这位拜伦，也会在什么时候收受贿赂吗?”

“这一位?”主人微微笑了一下。

“从前，事情要容易、简单得多。那时的情景简直就是《圣经》中的场面，无辜的羔羊和野兽一起在草地上吃草。

“每个人都清楚自己要做什么，所有人都能相互理解。

“关于美好的过去，流传下来的都是一些最令人愉悦、让人平静的故事。

“承包人来到了部里。

“‘这样，’他说，‘我的事情进展如

何了？'

“而官员低头看着文件，嘟囔着回答道：‘需要等一等！'

“啊，承包人想，也就是说要等等。

“于是，他就会给官员需要的数目。

“他第二次再来。‘怎么样？'

“官员会考虑一下，然后严肃地说：‘需要添点儿。'

“哦！承包人想，也就是说，给少了。

“于是，缺多少，他就给补多少。

“官员就会一下子变得快活起来，会安慰他说：‘现在，一切都妥了。'

“于是，事情就办成了。

“这当然是一个笑话。事实上，还有更为简单的：官员转身背对承包人，用手指比画出一个数目来。

“总之，简单可爱，甚至还很愉快。

“现如今，已经不是那个样子了。

“当我办事的时候，有人马上告诉我，要给这位拜伦送礼。

“我去找他的时候，怀着一种这样的心态。我想的只有一件事，那就是究竟要给他什么：马上给他钱，还是让他参与我们的事业。如果马上给钱，这样会大大激励人。如果让他参与，就会让他有持久的精力。那么，也就是说，应该事先了解这个受贿人的心理。如果他是一个慢性子，是一个怠惰、很难理解也很难推动的人，就需要马上用巨款来激励他一下。这会把他拉入正轨，以后他就会自己走了。

“如果他是一个很会算计、很勤快的人，马上给他钱只会让他对您和您事业产生怀疑。

“我就这样一边思索着，来到了拜伦的面前。

“他就坐在那里，脸色苍白，热情洋溢地读着《雅歌》[①]。

“他看了我一眼，然后读道：‘我的佳偶，我将你比作法老坐驾的骏马。’[②]

“我坐下来等着，就让他自己说出来吧。他又看了我一眼，然后说道：‘我以我的良人为良药，常在我怀中。’[③]

“不，我想，马上就应该用巨款来激励他。但是，我还在等，就让他自己说出口吧。

“我们都沉默了。最后，他终于叹了一口气，说道：‘您怎么认为的？我早就想问您……’

“开始了！开始了！我精神为之一振。

“我想问您，所罗门是尼采的预感吗？

“‘什么？’

“‘比如说，我认为关于瓦尔基里[④]的各样古代民歌只是易卜生女主人公的预感。’

“‘嗯，对，我答道，‘当然。’

“而我自己的心却紧缩了一下。

“啊，我在想，他人对我说的都是谎话，他根本就不收受贿赂。

“然而，从那时起，我的痛苦便开始了。我整天整天地奔波，还要猜度：玛加丽塔会如何对待洋甘菊呢？她接受，还是不会接受；接受，还是不会接受……

“而他，与此同时，还用汉姆生[⑤]来折磨我。

“有一次，他特意来我这里问我，是否在某个时候明白了雪

① 《圣经·旧约》中的一部书。——全文脚注均为译者所注。

② 《雅歌》第一章第九节。

③ 《雅歌》第一章第十三节。

④ 斯堪的纳维亚神话中的战争女神。

⑤ 挪威作家。

的味道。

“他已经使我疲惫不堪到了极点。我已经想要放弃这一切，寻找其他的办法。突然有一天，他来到我这儿，非常激动，眼睛炯炯发光。

“还在前厅的时候，他就开始喊道：‘难道文学能教导我们吗？教导我们的是生活，而不是文学。’

“然后，他要了点儿白兰地酒，说道：‘您认为，伟人是否有权在通往崇高目标的道路上停留在卑微龌龊的事情面前？’

“我沉默不语，继续听着。

“‘比如说，您想象一下下面的场景！如果我达到了自己目标，就可以为整个人类提供非常重要的服务。但是，为此，我需要收受两万的贿赂，还要参与他们的事业，拿百分之十五的盈利。难道我应该拒绝吗？’

“‘您，’我喊道，‘您根本就没有这样的道德权。如果别人只是先给了您一万二千，即便这样，我认为，这也是欠人类的债……’

“‘不，一万二千太少了！’他激动地喊道，‘不能少于一万七千。’”

“‘最好能提高事业的分红。这样，对于人类……更合适一些……’

“我们就这样兴致勃勃地讨价还价了很长时间。最终，我们达成了一致。

“他把赚到的钱装到了一个用圣母教堂的喀迈拉[①]头像作装饰的钱包里，张大嘴，挺直了身子。在这一刻，他那张既兴奋又疲倦的脸像极了拜伦，甚至我都感觉有些不自在了。

“第二天，当我在部里碰见他的时候，他正在专注于舞蹈艺

---

① 希腊神话中狮头狮颈羊身蛇尾的巨怪。

术与音乐艺术问题。我看着他就在想，我昨晚做了一个多么荒唐的梦啊！好像拜伦自己来找我了，经讨价还价之后，多要了一些分红，平静而一本正经地拿了贿赂，就像蜜蜂从蜜源植物上采蜜一样。”

“怎么会是这样呢？既然这根本就不可能？”

人　情

帕维尔·安东内奇，是一场名为“寡妇的叹息”社会公益演唱会的组织者。他是一个非常狡猾、机灵、精明的人。他深知，在我们这里办事，即使无关紧要，如果不去托人情的话，那你就什么都办不成。永远不要硬干，而是要寻找一些捷径的。

他想邀请一位当红明星——歌手扎利万斯卡娅来参加音乐会。

他没有像处于他这个位置的普通人一样，直接去找她，而是开始寻找这位女歌手的熟人，想通过他们有把握地说服女歌手。

一开始，他找到了一位女士。这位女士正好是一位官太太的堂姐，而扎利万斯卡娅的伴奏者的叔叔去年经常随意出入这位官太太家。

但是，在他长久执著地向这位女士献过殷勤之后，方才搞清楚，扎利万斯卡娅的伴奏者早就换了。他不得不再寻找其他途径。

途径就在记者布金身上找到了。他与扎利万斯卡娅的追求者安德烈·伊万内奇很熟。

“当然，亲爱的！我和他很熟！我和他说话几乎都以‘你’相称。”

“这就是说，几乎以‘你’相称？”帕维尔·安东内奇说。

“什么怎么？就是说，以‘您’相称。简言之，我们非常要好。我会尽力帮您。”

就这样，他尽了力。

一周后，追求者安德烈·伊万内奇对扎利万斯卡娅说：“您知道，很快要举办一场名为‘寡妇的叹息’的社会公益演唱会。”

“是的，是的，我知道。”扎利万斯卡娅兴奋地回应道，“好像是一场非常有意思的演唱会。我感到非常遗憾，他们没有邀请我参加。我甚至不理解这是为什么。他们请了奥布拉科娃，可是没有邀请我。为什么他们会认为奥布拉科娃更好一些呢？我甚至想让钢琴师季耶佐夫问问，究竟是怎么回事，让他暗示一下，说我也想去唱。”

“嗯……”安德烈·伊万内奇吞吞吐吐地说道，“这完全没有必要。”

“为什么啊？这么大的演唱会，要知道，对于我来说，是一个很好的广告。”

“大吗？为什么您会认为它大呢？”

“当然。所有人都是名人，场地很大。总之，是一场很有意思的演唱会。”

“嗯……说到名人，我有些怀疑。如果有人轻率地答应了，那么，经过仔细考虑之后，可能还是会拒绝的。”

“那究竟是为什么啊？”

“就是这样。”

“我一点儿都不明白！”

“等你明白的时候，就已经晚了。”

扎利万斯卡娅惊恐地把眼睛转向一边。

“难道不能参加吗？可是，我真想参加啊！”

“人们都会那么想。”

“那奥布拉科娃呢？为什么她可以，而我不可以呢？”

“可以给奥布拉科娃打个电话，建议她不要去就完事。”

“究竟为什么这么危险呢？这是什么不光彩的事吗？这是抢劫，还是别的什么？”

“可能是抢劫，也可能更坏。至少，如果您还珍惜我们之间的关系，那么我恳求您现在就答应我，您无论如何不要参加这个演唱会，听见了吗？”

“听见了！”

“答应了吗？”

“可是我……还是非常想……”

“您答应还是不答应？我在严肃地问您，也是最后一次问您。”

“答应，答应。我答应不去。甚至不会去听。但是，这究竟是怎么回事啊？”

安德烈·伊万内奇深深地叹了一口气，就像一个人正在履行自己沉重的义务一样。他说道：“是这么回事。有一个叫布金的人，黑道上的，已经有一周的时间了，总是来找我，纠缠不休，一直让我说服您参加这个愚蠢的演唱会。我一下就明白了，这件事有些蹊跷。尤其是昨天，您想象一下！他把我请到了饭店，花钱请我吃饭，说尽了好话。最后，终于求我答应，一定要说服您参加。当然，您自己可以明白：如果这件事是清白的，那他们自己就直接来邀请您了。”

“嗯，对，说得对！”

“我现在觉得，就我和您现在的关系，我的做法像个绅士——预先警告和保护。”

他骄傲地挺直了腰板，扎利万斯卡娅叹了一口气，小声地说道：“谢谢您。您真够朋友，您没有向他们屈服。但是，真的很遗憾！这一切这么可疑，这么龌龊！我原本真的很想参加的！”

微不足道遭遇德高望重

涅多马罗夫基村的卑微女教师把草稿纸上的信又重新抄了一遍。

她很紧张，脸上的表情显得很卑微，也很兴奋。

“不，他不会嘲笑我的！”她小声地说道，染上了墨水的手指按着太阳穴。“他那么伟大，那么德高望重！只有他能理解我的心，我的渴望。我不需要他的回信。只是让他了解一下我的情况，一个矮小、不幸的女人。我当然是微不足道之人，而他是太阳。我是一棵需要阳光哺育的小草。难道小草没有权利写一封信吗？哪怕能够稍微减轻一下她的痛苦也好。”

她又读了一遍信，仔细地用逗号把所有的从句都划分出来。她在胸前画了一个十字，然后贴上了邮票。

就这样吧——“彼得堡……《地球与空气》杂志社，作家安德烈·巴赫马切夫阁下收。”

“阿姆斯特丹”饭店里烟雾缭绕。站在柜台后面的服务员有时候就好像拉斐尔画的圣母像，被淡蓝色的云雾隔开，离地球很远。

巴赫马切夫、科津和法音贝格在一起，一边喝着白兰地，一边聊着天。

聊天的话题极富吸引力。这种话题让大家都很关注。因为他们三个人都是作家，而话题既涉及了艺术，同时又涉及了文学。总之，他们谈到了女演员拉祖列沃茨卡娅好像背叛了男演员莫霍夫，跟了评论家弗里斯克。

“莫霍夫就是一个笨蛋！”巴赫马切夫说道，“他应该把她好好地痛打一顿。这样，所有的弗里斯克就都会被忘掉的。”

“可能把她吸引到莫霍夫的身边来的只有一种情况，假设她是性虐待狂！”法音贝格如此说道。

“为什么是性虐待狂呢？”科津问道。

“也就是说，假设殴打能给她带来满足感的话。”

“这个啊，我亲爱的，叫作受虐狂。还参与议论呢，自己都不知道是怎么回事！”

“不一定吧。”法音贝格生气道，“你以为，你一个人什么龌龊的事都知道吗？”

“当然比你知道得多！”科津凶狠地眯缝起眼睛，说道。

“得了吧，先生们！”巴赫马切夫安慰朋友们道，“谁会怀疑你们的学识啊！斯图金在哪？”

“不知道。不知为什么，看不到他了。”

“他昨天很不像话地喝醉了。”巴赫马切夫说道，“简直都没办法和他说话了。我当时虽然也醉了，但至少没到他那种程度。”

“另外，他还说你的那个《田园诗》是抄袭莫泊桑的。”

“什么？我——啊？抄袭莫泊桑——啊？”巴赫马切夫整个身子都伸直了。“有什么共同的地方？从哪儿？就让他指出那个地方来。”

“我是不知道。他说是抄袭莫泊桑的。”

“根本没那回事！我甚至从来都没有读过莫泊桑的作品。”

“那个伊沃尔金，真是好样的！”法音贝格插话道，“同一篇小品文发表了十次。改一下标题、开头和结尾，就成了。他说，我现在是吃老本。一篇小品文，定期地在每个春天都会发表。他说，这篇小品文就是我的赡养人。”

“十次太难了！”巴赫马切夫说道，“我曾经发表过两次。”

“我们再来点儿什么吗？”科津建议道，“遗憾的是，现在不是夏天。我喜欢波特文亚汤。①”

“我要点一份乳猪肉。”巴赫马切夫决定。他突然兴奋起来，叫来了服务生。

“听着，亲爱的！给我来一份乳猪肉和粥。要肥一些的，而且要脆。一定要肥，要脆，明白了吗？”

服务生离开他们，端菜去了。巴赫马切夫的目光还是游移不定，并没有加入到大家的谈话中来。他的整张脸都显示出，他现在只有一个念头。

被某种念头控制的人，最终会感觉到很艰难。然后，渐渐变成一种精神上的孤独。他转向科津，跟他分享了自己的疑虑：“你觉得他们这里能找到好的乳猪肉吗？”

科津没有回答，而是环视了一下大厅，打着哈欠说道：“不值得来这里，连一个女人都看不到！这已经不是‘阿姆斯特丹’了，而是‘阿姆斯特男’了。哈哈！”

---

① 用鱼、可瓦斯和蔬菜泥、罐头蟹肉等做的一种冷汤，吃的时候加小冰块。

巴赫马切夫一本正经地皱着眉头，问道："芭蕾舞女演员韦尔金娜和格沃兹金住在一起了，是真的吗？"

巴赫马切夫回到家的时候，已经很晚了。他发现了从编辑部寄来的校样，还有一封信。

他把校样放到了一边。而那封信，他打着哈欠拆开了。

您不要生气，我冒昧地给您写信。

我是一个卑微的乡村女教师，给伟大、德高望重的您写信。我知道，我很渺小，我应该用劳动来弥补我胆敢活在这个世上的放肆。可是我仍在抱怨，我要过上一种更美好的生活。早晨，当烧茶炊冒出热气的时候，我会被气哭。

真希望在生活当中哪怕有那么一次，我可以作为隐形人呆在你的身边。在你和朋友们聚会的时候，我只是听一听你们热烈激昂地谈论，应该如何教导我们这些微不足道之人过一种更好、更快乐的生活。

我只是想听听，然后就死而无憾了。

女教师　萨韦尔金娜

巴赫马切夫叠上了信。然后，他在上面用红色铅笔写道："可以藉此来写圣诞故事。"

贿 赂

一个矮小的、歪着肩膀的老太太穿过了小县城肮脏泥泞的广场，双脚踩在一汪汪水里，发出吧唧吧唧的声音。

穿过这个广场并不是一件容易的事，需要聪敏与技巧。

老太太走得很勇敢，只是在最困难的地方稍微停了一下，摇了摇头。但是，这种无望对她来说无所谓，她并没有往回走。人们马上就能看出，她并不是一个农村的愚蠢女人，而是一个真正的城里家伙。

老太太有些勉强地走到一座矮小的石头房子门前。这里住着当地的市级法官。她环顾一下四周，对着钟楼画了画十字。然后，她整理好了自己的衣服。她把裙子解开，从一大块绒布头巾下面拉出来一个蒙着粗麻布的篓子。肩膀立刻变得不再歪斜了，她变成了一个正常的老太太。

法官家的门并没有上锁，一个长着棕红色头发的跑腿的小男孩不时从门缝里看一看老太太的衣服。

当老太太爬上台阶的时候，小男孩伸出头来，严厉地喊道："你是谁？为什么要闯进来？"

老太太环顾了一下四周，神秘地挑起眉毛，说道："我是要办事才闯进来的，少爷！我是要办事才闯的。"

她一下子就明白了，"闯"是一种司法方面的公文表达方式。

"您是哪个案子？"小男孩并没有放弃。

"要找法官，少爷！是耶罗欣的案子。周一的时候，要为奶牛的事来宣判我。耶罗欣的案子。"

"那又怎么样？"

"这样……应该到法院来看看。我懂规矩的。"

老太太的脸突然就皱起来了，她的右眼突然快速地眨了两下！

小男孩张大嘴，看着这一切。

老太太看到自己的这种行为产生了效果，就侧身挤入门内，沿着走廊一瘸一拐地走过去。在走廊里，她打开一扇通往房间的门。她悄悄地，同样也是侧着身子开始往里挤。

法官坐在桌子的后面，一边浏览着文件，一边小声地唱着："别说，青春毁了！因我的牢狱之灾备受折磨。"

文件他看得很仔细，可唱得不怎么样。因为，歌词中的"因我的嫉妒"唱成了"因我的牢狱之灾"。

法官的年岁不大，身体结实，留着大胡子，眼睛凸起。

"他看起来像头牛，而且他很清楚，你会忘了。"好告状的小市民如此评价他。

法官是一个很诚实的人，而且非常喜欢在朋友圈内强调他的这一品质。他一直都能在自己身上感受到这种诚实，就好像他全身都充满了这种品质。

“的确，我们的法官是诚实的。”一些地方商人如此说道，“他是一个非常好的人。”

接下来，不知为何，人们马上又会补充道：“他不得好死！”

这一祝愿没有任何恶意。因为，法官死了的话，他自己都会感觉轻松得多。

“您好，老爷！我们的灯！”老太太叫道。

法官惊得哆嗦了一下。“啊？你好！有何贵干？”

“为了耶罗欣的案子，老爷。瞧，我是懂规矩的。这不，我来了。”

“什么？”

“星期一你要判案，我，这不就来了。那头爱顶架的牛是我的，那么……”

“怎么？”

“规矩我是知道的。”

法官看了看她。突然，她的整个脸都皱了起来，右眼眨了两下，并且指了指蒙着粗麻布的小篓。

“什么？”法官惊道，“你为什么眨眼？”

老太婆小碎步疾行至桌子跟前，伸长脖子，直接冲着法官那张诚实的脸，悄声地说道：“我给你带来了几十个鸡蛋，偷偷地，谁都没看见。”

她又开始挤眉弄眼起来。

法官突然跳了起来，就好像他的后脑勺被弹了一下似的。他张大嘴，整个身体都颤抖起来。

“滚！滚！下流胚！滚！”

老太婆慌了。但是，她突然明白了。于是，她又开始眨眼并小声说道：“拿着吧，把粗麻布也拿着吧！把毛巾拿着，随你的便。我舍得！”

但是，法官一直在吼叫，全身颤抖着。

“哎，上帝！”老太婆很痛苦，努力地向这位吼叫着、脸又红又肿的人解释。“我在和你说手巾的事。把手巾拿着吧！你听我说！你先别说了！天啊，真是我的罪过！”

但是，法官并没有平静下来。他跑到了门口。“尼基福尔！把她赶走！滚！”

跑腿的那个小男孩来了。由于害怕和满足，他咧嘴笑了。他用手抱住老太婆，就好像在跳一种荒唐的舞蹈一样，把她拖到了台阶上。

直到广场的中央，她才回过神来。掖好了裙子，用头巾把篓子蒙上，用手指戳了戳三角头巾，挠了挠头。

就这样，她回到了正常的生活中。她回头看了看那座低矮的石头房子，沉重地叹了一口气。

我失算了，愚蠢的老女人。应该拿鸡来孝敬他。原以为，穷人送鸡蛋就行。你看，他多生气！喊什么啊，这些规矩我都懂。周六的时候，我就把鸡拿来，偷偷地。

她再次回头看了一眼，皱了皱眉头，眨了眨眼。然后，她快速地、勇敢地吧唧吧唧地走过水洼，就像一个真正的城里家伙一样。

忏　悔

这是大斋期的第一周。

既不允许唱歌，也不允许跳舞。

所有的玩具娃娃都被收到柜子里去了！这些玩具娃娃瞪着一双双圆圆的眼睛，透过玻璃窗恐惧地望着我的痛苦：今天四点钟，我首次被带去忏悔。

保姆在吃早饭，吃的是加了植物油的豌豆羹。尽管这道菜看起来不错，吃起来的味道却很糟糕。我已经多次请求她能让我尝一尝。一直盼望着，也许这次我能喜欢。

我的心情很不好，我害怕。昨天，保姆让我不要把长筒袜撕破，不要骑在椅子上。总之，让我丢弃放肆的生活方式，而且还补充说："瞧着吧！你去忏悔，神甫会让你套上一辆车。然后，让你拉着它围着教堂跑。"

我当然没有损毁自己的尊严，对她说："这对我来说，真是小事一桩！拉就拉！"但是，我开始感觉到很紧张了。

我非常清楚，像长筒袜和骑马走之类的，不是大过错。但我有一件更为糟糕的事。那是真正的罪过，甚至在神的戒律当中也是被禁止的。

这项罪过犯得很简单。我走到保姆的窗户跟前，一看，窗台上放着一个圆圆的奶渣饼，侧面还露出了果酱。我想看看，是不是整块饼里面都填满了果酱。就这样，我看了。看完之后，当我最终搞清楚怎么回事之后，奶渣饼只剩下了一小块，小得甚至放在窗台上都不好看了，就不得不硬是把它吃完了。

保姆奇怪了很长时间，奶渣饼能跑哪儿去呢？而我悄悄地坐在桌子旁边，用线穿着玻璃珠子的小孔。只是当保姆怎么也想不通，突然开始责难我的时候，我决定向她撒谎。

“保姆，我想，是家神把它吃了。”

保姆和家神还有一些旧的恩怨。他常常把她的针乱撒一气，往她的炉子里吐痰，不让柴禾烧旺。还有更气人的，就是把顶针放在她的鼻子底下，却把她的眼神挪开。保姆爬着到处找——被褥底下，五斗橱底下，无论如何都找不到，直到家神玩尽兴了。

奶渣饼这件事就这样不了了之了。而我自己也早就把它埋葬到了新的较小的罪行下面了。现如今，就在忏悔之前，我又想起了这一切，开始害怕起来。

最可怕的是，我不仅偷了，还嫁祸于人——没有任何过错的家神。整个早晨，我都沉浸在这种忧伤的思虑之中。早饭后，来了一位六指的洗碗女工。她向保姆深鞠躬三次，嘴里还一边说着：“请原谅一次！请原谅二次！请原谅三次！”

然后，她又这样对我来了一遍。

保姆回答说：“上帝会饶恕的。”

我明白，我也应该这样回答。但不知为什么，却有点儿难为情。

当保姆责备我不说话的时候，我想出了一句非常不妥的辩护词："我不能回答她。"

"为什么你不能?"

"因为我想吃东西。"

结果，这让我显得非常愚蠢，以至于我一下子就哭了——哪怕可以为这些胡话加点儿眼泪也好。

去教堂之前，我被带到了上课的房间，让我以基督教教徒的谦恭态度请求姐姐们以及她们的家庭女教师的原谅。

家庭女教师是一位肥胖、胡须较重的法国女人。每当我出现在她面前的时候，她都因为各样缘由而不高兴。此刻，她严肃地问道："您来这儿有什么事?"

我行了个屈膝礼，把三个手指塞进嘴里，好让自己感觉不那么难为情。"小姐，请原谅我！恳求您!"①

家庭女教师的眼珠转了转，试图搞明白，我究竟干了什么坏事，要责骂我什么。但当姐姐们解释了这究竟是怎么一回事之后，她突然来了个纯粹法式的大为感动，抬起手臂，喊道："噢！噢！我原谅你，我的女儿。"

这也太过火了！她是别人的家庭教师，她的权力是有限的，只能用在姐姐们身上。可是，她突然用"你"来和我说话，还叫我女儿。

我的谦恭一下子就变成了疯狂的愤怒。"蠢货，你怎么胆敢对我说'你'呢?"

教堂里很空旷。

闷闷不乐的老太太们紧贴墙壁，大声地叹着气。那些小个子的驼背忙乱地跟在看门人后面，碎步疾行，用没牙的嘴吧嗒吧嗒

① 此处原文为法语。

地低声打听着什么，同时也弄得铜钱叮当作响。

瞧，有人鞋跟敲地，匆忙从石板上的地毯旁边走过，声音响彻穹顶。

“我是有罪的！我是有罪的！”我在想，听见我的左太阳穴在跳动。同时，我看见由于我的手温而变得弯曲的蜡烛在抖动。

“我是有罪的！我是有罪的！我怎么承认？我怎么说？难道可以把这一切都讲出来吗？神甫是不会听的。”

我就站在屏风旁边。某人轻轻的、和气的声音从那里传来。不知是神甫在说话，还是那位排队时站在我前面的高个大胡子在说话。

“现在该我去了！哎，那个人哪怕再多忏悔一会儿也好啊。就让他多一些罪过吧。因为还是有这样的人的，比如说强盗，他们就有很多的罪过，一辈子都讲不完。他就会一直忏悔啊，忏悔啊，而我在这段时间内就会死掉。”

但是我又想，没有忏悔就死掉也不好。那怎么办？我也不知道。屏风后面传来簌簌的响声，然后是脚步声。高个的大胡子走了出来。我还没来得及惊诧于他平静的外表，就被推进了屏风里。这不，我已经站在了神甫面前。

我害怕得忘掉了一切。我在想，只要别哭就行。

我听到了问题，不太明白，不知该如何回答。同时，我感觉我的嘴唇在下垂——只要别哭！

“欺负你的姐妹们吗？”

“我有罪，我欺负。”

“那兄弟们呢？”

“兄弟们？”

我怎么能说我连兄弟们也欺负呢。要知道，这多么可怕啊！最好不说话！而且，我只有一个哥哥。他用直尺打过我的头，是因为我不会像他们学校里的人那样说“您好”。

最好还是沉默。

空气中散发着花香的味道，让人感觉到隆重而又亲切。

神甫轻声地说着，没有指责，也没有埋怨。保姆那奶渣饼怎么办呢？难道不说出来吗？如果要说，该怎么说呢，用什么样的话语？

不，不说。

在高出我鼻子的小桌子上有什么东西在闪耀。那大概是十字架。

在十字架面前，我该如何开始说奶渣饼的事呢？太惭愧，太随意，太丑陋了！

神甫又问了点儿什么。我已经听不见究竟是什么了。

他让我把头微微低下，并在上面蒙了点儿什么。

“神甫！神甫！我偷吃了保姆的奶渣饼。是我吃的，我自己吃的，可我嫁祸于人了。”

我整个身子都在颤抖。我已经不害怕哭了，已经什么都不怕了。

如今，我的一切都完了。曾经有这么个人，现在已经没有了！

好像有什么东西让我的脸颊感到发痒，又到了嘴角，是一种有些咸咸的东西。

神甫为什么不说话呢？

“这样做不好。不应该这样！”

他还说了些什么，但我没听清楚是什么。

我从屏风后面走出来。

如今，我可以跪到圣像面前哭，哭完就可以死了。现在死很好，因为已经忏悔了一切。

但是，保姆走过来了。她的脸色还同往常一样。她看什么？她回家会跟大家说我哭了，然后，姐姐们就会开始嘲笑我。

我转过脸去，用手帕好好地擦了擦眼睛和鼻子。“我也不想哭。为什么啊？”

春　天

阳台的门刚刚安装上。

一片片褐色的棉花和一块块油灰还胡乱地散落在地上。

丽莎站在阳台上，在阳光下眯缝起眼睛，正在想着卡佳·波塔波维奇。

昨天上地理课的时候，卡佳向她讲述了自己和军校学生韦肖尔金的恋爱进程。卡佳和韦肖尔金已经接吻了，他们之间还有些她在课堂上讲不出口的东西。她以后会说，就在星期日下午，天黑的时候。

“你爱谁呢?”卡佳问道。

“我现在不能跟你说。”丽莎答道，“我也以后再说了，星期日的时候吧。”

卡佳仔细地瞧了瞧她，紧紧地依偎着她。

丽莎骗了人。但是，现在她该怎么办呢?要知道，不能直接承认说他们家里从来没有男孩来过，也不能承认说她从未想过要恋爱。

这样会很尴尬。

也许，可以说她也恋上了军校生韦肖尔金？但是卡佳知道，她从未亲眼见过军校生。你看这事！

但是，从另一方面讲，如果你已经很了解一个人了，就像韦肖尔金，你就有权在不认识他的情况下爱上他。难道不是这样吗？

微风夹杂着不久前刚刚融化的雪的清新，轻抚着丽莎的面颊，吹动了辫子里露出的一缕头发，弄得她有些发痒，而地上的褐色棉花片被风吹得四处飘散。

丽莎伸了伸懒腰，回房间去了。

从阳台回来，房间已经显得有些昏暗，有些闷，有些安静。

丽莎走到镜子旁，看了看自己那圆圆的、满是雀斑的鼻子，淡黄色的辫子就像老鼠的尾巴，自豪地想：我长得多么美啊！我的上帝，我长得多么美啊！再过三年，我就十六岁了。那时，我一定会嫁出去的！

她把手放到脑后，就像《东方的女奴》那幅画里的美女一样。她转身，弯腰，看了看耷拉下来的淡黄色小辫子，思索了一会儿。然后，一本正经地回卧室去了。

靠近铁窗的床头旁，挂着一个系着天蓝色蝴蝶结的镀金圣像。

丽莎环顾了一下四周，偷偷地在胸前画了一个十字。她解开蝴蝶结，把圣像放到枕头上。然后，又重新跑回镜子跟前。

她顽皮地笑着，把绦带系到了自己的辫子上，然后又弯腰下去。样子还是从前的样子，只是此刻，在老鼠尾巴的末端摆动着一小团脏兮兮、揉皱了的天蓝色东西。

“美人！”丽莎小声道，“你高兴你是美人吗？”

美人的心，

如同田野的微风。

谁若相信它，
那就是欺骗。

多怪异的歌词啊！但是，这没什么。抒情歌曲总是这样的。总是有一些怪论。也许，不是这样的？也许，应该这样：

谁若相信它，
谁就是欺骗。
对！骗，就是被骗。
谁就会被骗。

她脑袋里突然闪过一个念头："卡佳是不是在骗她？"也许，她什么罗曼史也没有。因为去年她曾说，别墅里有个叫什么舒拉·佐洛季夫采夫的人爱上她了，甚至为她投过河。后来，她们在放学一起回家的路上看到了一个小男孩，正和保姆一起坐着马车往家走，和卡佳打招呼。

"这是谁？"

"舒拉·佐洛季夫采夫。"

"什么？就是那个为你投河的男孩吗？"

"是的。这有什么奇怪的？"

"他还非常小呢！"

卡佳生气地说道："他根本就不小。这是因为他坐在马车上，看起来好像很小。他已经十二岁了，而他的哥哥已经十七岁了。你还说他小。"

丽莎模糊地感觉到，这并不是理由。他哥哥可以是十八岁，可舒拉本人却还只是十二岁，而且他看起来像是才八岁。但是不知为什么，这些她不能说出来，却只能生气。第二天，课间休息的时候，她是和叶妮娅·安德烈耶娃一起在走廊里散步的。

丽莎再次返回镜子跟前，伸手拉了拉小辫子，把绦带别到耳朵后面，开始蹦跳起来。

近处传来一阵脚步声。

丽莎停了下来，脸红得厉害，甚至开始耳鸣。

走进来的这位是哥哥的同学，大学生叶戈尔，有些驼背。

“您好！干什么呢？在卖弄风情吗？”

他一副无精打采、单调乏味的样子，眼睛无神，头发油腻，有些打结了。

丽萨整个人羞得呆住了，小声地说道：“不……我……扎了个蝴蝶结……”

他微微笑了一下。“哦，这样很好。这样很漂亮。”

他停下来，还想说点儿什么安慰她的话，好让她不要生气，不要害羞。但是，他没想出来究竟该怎么说，只是重复说道：“这太、太漂亮了！”

然后，他转身走了，驼着背，迈着踉跄的步伐，摇摇晃晃地走到哥哥的房间去了。

丽莎用手捂住脸，偷偷地、幸福地笑了。

“漂亮……他说，漂亮……我漂亮！我漂亮！这是他说的！也就是说，他爱我！”

她骄傲地跑到阳台上去了。因着自己这种巨大的幸福，她几乎窒息。她对着春天的太阳，小声地说道：“我爱他！我爱大学生叶戈尔，我疯狂地爱他！明天我就要告诉卡佳这一切！一切！一切！一切！”

系着天蓝色带子的老鼠尾巴，在她的肩头可怜而又快活地抖动着。

罐中小鬼

我记得，那时候我七岁。所有物品对于我来说，都很大很大。日子很长，而生活没有尽头。

这种生活的快乐是毫无疑问的，是充实而深刻的。

曾有一个春天，窗外阳光明媚，太阳下山很早。它在下山的时候红着脸承诺说：明天我要停留更长一些时间。

这不，人们带回了圣化的柳树枝。

柳枝节要比五旬节好。柳枝节充满了春天的快乐，而五旬节时春天都已经结束了。

“春天就要来了！春天就要来了！”

在复活节前的礼拜天，有人从集市给我带来一个装在罐子里的小鬼。

只要按一下薄薄的橡胶片，他就会跳舞。

很可笑的一个快活小鬼。它身上是蓝色的，舌头很长，是红色的，而在赤裸的肚子上有一些绿色的纽扣。

我笑啊，转啊，唱着歌——特意为小鬼编的歌。

“天—天—小玩意！”

歌词可能不大好，却是很合适的。

连太阳都喜欢，它也在唱歌，叮当作响，和我们玩。

我转得越来越快了，越来越快地按动那个橡胶片。小鬼像疯了一样跳着，撞得玻璃四壁叮当响。

“天—天—小玩意！”

哎哟！

薄片撕破了，滴水了。小鬼粘到了侧壁上，瞪着眼睛。

我把小鬼抖落出来，放到掌上，仔细地瞧着。

真丑！

瘦瘦的，却大腹便便；腿很细，而且不直；尾巴像钩子似的，就好像粘到了侧面；瞪着一双凶狠的白眼，现着惊奇。

“没关系。”我说，“没关系。我会把您安排好的。”

不能说“你”，既然他这么不满意。

我在火柴盒里放了一点儿棉花，安顿好了小鬼。然后，用真丝布盖上了。但是，真丝布在那里呆不住，从肚子处滑落了下来。

他翻着白眼，恶狠狠地看着我。奇怪，为什么我如此糊涂！

他大腹便便，就好像是我的错一样。

我把小鬼放到了我的被窝里，让他枕在枕头上睡觉。而我自己往下面躺了躺。整个晚上，我都是枕着自己的拳头睡的。

早晨我一看，他还是那么恶狠狠地看着我。

天气晴朗，阳光明媚，大家都去散步了。

“我去不了，我头疼。”

我留下来照看他。

我朝窗外望去，见到孩子们正从教堂回来。他们好像在谈论着什么，在为什么而高兴着，在关心着什么。

太阳从一个水洼跳到另一个水洼，从一块玻璃跳到另外一块玻璃。它的光点开始跑起来。“抓吧，我抓！”跳，跳，它们笑着，玩着。

我把这些指给小鬼看，他瞪大了眼睛，很奇怪，生气了，却什么都不懂。

我想给他唱那首“天一天一小玩意”的歌，但是没敢。

我开始给他朗诵普希金的诗歌：

我爱你彼得兴建的城！
我爱你严肃整齐的面容！
涅瓦河的水流多么庄严！
大理石铺在它的两岸……

这首诗很严肃，我认为他会喜欢。所以，我读得漂亮而又庄重。

读完了，我不敢看他。

我看了一眼，他在发怒。看他一眼，眼睛会爆炸的。

难道这个不好吗？而更好的，我就什么都不知道了。

夜里我睡不着。我感觉，他在生气，我怎么也能躺倒被窝里呢。也许，他感觉挤，我知道为什么。

于是，我悄悄地爬下床。

“小鬼，不要生气。我在您的火柴盒里睡。”

我找到了火柴盒，我躺倒地板上，把火柴盒放到了旁边。

“小鬼，不要生气！我这样很舒服。”

早晨，我就得到惩罚了，我的嗓子疼。我默默地坐在那里，为他穿玻璃珠戒指，没敢哭。

而他就躺在我的枕头上，正好在中央。为了能更柔软一些，在阳光的照耀下，他的鼻子闪闪发光，却并没有鼓励我的行为。

我为他穿戒指，用的都是最亮丽的珠子。这种珠子可能只在上流社会能够找到。

我很不好意思地说："这是给您的！"

但是，做出来的戒指很不合适。小鬼的手掌紧紧地贴在侧身处，无法给他戴任何戒指。

"我爱你，小鬼！"我说。

但是，他还是用那种恶狠狠的奇怪眼神看着我："我怎么敢？"

我自己也吓了一跳，我怎么敢！也许，他想睡觉或者思考点儿什么重要的问题？或者，也许"我爱"只能在午饭后才可以对他说。

我不知道。我什么都不知道，我哭了起来。

晚上的时候，我被安排躺到了床上，给我吃了药，而且给我盖得很厚，很暖和。但是，我的后背还是感觉到一阵凉意。于是，我明白，当大人一走，我就会爬下床，找到小鬼的那个罐子。然后，我会钻进去，我会唱那首"天—天—小玩意"，转一辈子。我会一辈子都在那里转。

也许，这样他会喜欢！

嫉　妒

从一大早起，气氛就有点儿紧张。

从穿袜子开始。本来应该穿普通的白色长筒袜，拿来的却是一双暗蓝色的袜子。保姆埋怨说，洗衣女工把所有衣物都染得发蓝了。

“拿这种袜子来合适吗？竟然也叫‘玛特廖娜·卡尔波夫娜’。不，假如你还称自己为玛特廖娜·卡尔波夫娜的话，那就应该明白你在做什么，而不该敷衍了事！”

丽莎坐在床上，看着自己那双干瘦的腿。她已经用它们走了七年世间的路。看着这双蓝色的长筒袜，她在想，袜子真难看，颜色让人讨厌。我会倒霉的！

随后，女仆科尔涅尔卡代替保姆来给她梳头。这位女仆的头油乎乎的，手油乎乎的，狡猾的眼睛也油乎乎的。

科尔涅尔卡用梳子把她的头发扯得很疼很疼。丽莎觉得，在她面前叫苦有伤自尊，所以只是哼哼着。

“为什么你的手油乎乎的?”

科尔涅尔卡几次伸出她那通红、短小的手，像是在欣赏。她说道：“这是因我的工作造成的。我一直勤奋地工作，因此，我的手就闪闪发亮。”

在凉台旁的老椴树下，保姆正在土制的小炉子上熬果酱。

厨娘家的姑娘斯乔什卡在帮忙，往炉子里加劈柴，跑去拿勺子，取砧板，还用小树枝把苍蝇从盆边赶走。

保姆鼓励着这个小姑娘，故意说道：“好样的，斯乔莎！我们这个斯乔莎真聪明！她马上就会给我把凉水拿来。去，斯乔莎，把水拿来！这个斯乔莎真是无价之宝。”

丽莎在椴树的周围溜达着，翻过了椴树粗粗的根部。有树根的地方，有许多好玩的。在一个角落里，有一只死去的甲虫。它的翅膀都已经风干了，就好像松子里面的衣膜。丽莎用棍子把它翻过来，然后又翻过去，但是它没有害怕也没有跑。因为它已经彻底死了，呆在那里很安静。

在另外一个角落里，有一张蜘蛛网。上面躺着一只小苍蝇。蜘蛛网想必是苍蝇的吊床吧。

在第三个角落里，有一只瓢虫呆在那里，在想着自己的事。

丽莎用棍子把它捡起来，然后，送到苍蝇面前，让他们认识一下。但是，瓢虫半路突然分身成两半，张开翅膀飞走了。

保姆用勺敲着盘子，正在除去果酱上的浮沫。

“保姆，把泡沫给我!”丽莎请求道。

保姆满脸通红，很生气。吹走了落在上嘴唇的苍蝇，但苍蝇好像粘到了她湿乎乎的脸上，一会儿爬到鼻子上，一会儿又爬到脸颊上。

“去，去！这儿没什么可转的！你要什么泡沫啊，还没有烧开呢。要是别的孩子，一定是坐在儿童房里看图画呢。你看，保姆没空。哼，坐不住的孩子！斯乔莎，聪明的孩子！再放点儿劈柴！好样的，我的斯乔莎！”

丽莎看着斯乔莎光着脚，小跑着拿来了劈柴，然后努力地把它们塞到炉子里去。

斯乔莎的辫子很细，用一条脏兮兮的天蓝色破布带扎着。辫子下面的脖子有些发黑，而且很瘦，像根棍子。

“她是故意这样努力的。”丽莎如此想道。“故意的。她以为，她真的很聪明。保姆只不过是这样说说而已。”

斯乔什卡[①]抬起头，保姆摸了摸她的头说：“谢谢，斯乔什卡。我会给你泡沫的。”

丽莎的太阳穴突然剧烈地跳动起来。

她趴在长椅上，摆动着那双穿着讨厌长筒袜的腿，狞笑着颤抖地说道：“我不会从这里离开的！我不想走，我也不会走！”

保姆转过身去，双手轻轻拍了一下，说道：“这真是孽障啊！今天刚穿上了干净的裙子，她却趴在脏兮兮的椅子上，又都弄脏了！你到底走还是不走？”

“我不想走，我也不会走！”

保姆想说点儿什么来着，这时候，果酱的浮沫漂了起来。

“哎，你啊，上帝！果酱要溢出来了。”

她跑到小盆的旁边去了。丽莎抬起身子，抗议似的唱了起来，单腿跳着离开了。

她从椴树下面离开以后，遇到了斯乔什卡。后者正端着一个果盘。

斯乔什卡小心地迈着步子，故意的。她想让丽莎看到，她是个聪明的孩子。

---

① 斯乔莎的爱称。

丽莎走到她跟前，屏住呼吸，悄声说："滚开！滚开！傻瓜！"

斯乔莎脸上现出了惊慌失措的样子，故意的。她是想让保姆看见。然后，她加快脚步，往椴树下面去了。

丽莎跑到稠密的醋栗树丛中，躺倒草地上，大声地哭起来。

如今，她的整个生活都毁了。

她躺在那里，闭上了眼睛，看到了斯乔莎那条细细的辫子，那条脏兮兮的扎头用的破布带，还有斯乔莎那发黑、干瘦得像根棍子一样的脖子。

而保姆一边抚摸着她，一边说："聪明的孩子，斯乔什卡！我要把泡沫给你！"

"泡沫！泡沫！"丽莎小声地念叨着。每次说到这个词的时候，她都感觉到很痛苦，痛苦得眼泪都直接流到了耳朵里。

"泡沫！"

"也许会是这样——斯乔什卡去拿劈柴的时候，一下子会死掉。那样，一切就都好了！"

不，不会一切都好的。保姆会感到惋惜，她会说："一个聪明的孩子死了。要是丽莎死了，就好了。"

眼泪又直接流到了耳朵里。

"没什么可说的，她找到了一个聪明的孩子，没受过教育的。而我在学习，我会说法语。我有，你有，他有，你们有，我们有……①"等我长大后，我会嫁给将军。那时候，我到这里来，就会说："这个女孩是谁啊？把她赶走，她偷了我的蓝色绦带为自己扎辫子。"

丽莎已经开始觉得轻松一些了。突然，她又想起了泡沫。

"不！这样的事情是不会有的！现在一切都完了。"

---

① 此处原文为法语。

她也不会回家。为什么啊？

她就这样躺着，就像洗衣女工玛莉亚死的时候一样。她会闭上眼睛，静静地，静静地躺着。

上帝看见以后，会派一个天使来接走她的灵魂。

天使会飞来，扑扑地扇动着翅膀……把她的灵魂带得越来越高。

家里人坐下吃饭时，都会感到奇怪："丽莎怎么了？"

"丽莎怎么什么都不吃呢？"

"我们丽莎的脸色怎么变得这么苍白呢？"

她沉默着，谁都不看。

而妈妈突然猜到了！

"怎么，"她说，"你们不明白吗？她已经死了！"

丽莎安静地坐在那里，很伤感，盯着自己那双穿着"死亡颜色"长筒袜的细腿。她就这样死了，就这样死了。

有什么东西在嗡嗡地叫着，越来越近……突然，啪的一声，打在了丽莎的额头上。这是一只五月里的胖甲虫，被太阳晒晕了，飞过来自己撞上了，完了。

丽莎跳了起来，飞奔而去。

"保姆！保姆！甲虫撞到我了！甲虫在打架！"

保姆吓坏了，亲切地望着她，说道："你怎么了，小傻瓜？什么痕迹都没有。这只不过是你的感觉而已。坐下，聪明的孩子，坐到长椅上来。我马上就给你泡沫，非常好的泡沫，想要吗？啊？"

"泡沫！泡沫！"丽莎那还没有来得及被天使带走的灵魂深处，有什么东西笑了起来。

"保姆，我永远都不会死吗？真的吗？我要多喝汤，我要喝奶。这样，我就不会死，对吗？"

老太婆们

——致 B. M. 多罗舍维奇

在偏远的小城市里，总是会有一些偏僻的街道。这些街道要么通向河边，要么通向城市的牧场，要么通向某个废弃的工厂。这里的人们过着自己独立的生活。

在市中心，在某条贵族大街或者莫斯科小街上，医生早就已经骑上了自行车，而侦查员的妻子系紧了鞋带在疾走，就像一匹夜里被放出去的没有牧人的马。总之，他们张大嘴，享受着文化成果。在旁边长满草的小路上，牛正在吃草，殷勤的牧人在人行道上喂着自己的小鸡，有什么喂什么。

在这样的街道上，有一些木头小屋子。房子有三扇小窗，有草垛，有篱笆门。

他们这里的氛围也是独有的，很特别。当市中心已是春天的时候，甚至当马路上的石子儿已经干爽了的时候，这里还覆盖着雪，孩子们还在滑雪橇。

地方长官的遗孀安娜·米哈伊洛夫娜·西瓦切娃，为了方便和简洁，我们只称其为“长官太太”，就住在小城索斯诺维奇这种偏僻的街道上，住在自己的小房子里。

房子是她自己的财产，但已是破败不堪了。然而，西瓦切娃并没有为此而伤心。因为房子里住的都是比较好养活的生物。她的头用头巾包裹着，只能看见前面的卷发纸。她整天都呆在开着的窗口旁边。

这条街上的生活非常有意思。早晨的时候，会看到福格尔申家的厨娘从市场回来；晚上的时候，会看到小市民科什金打自己的老婆；每逢周日，还会见到喝醉了的俱乐部乐师拿着小提琴、坐着马车从这里经过。有一次，这里还出现了非常有趣的罕见场景。这种场景并非所有人都有机会见到——助产士家的无角母牛顶了玛尼卡·科什金娜，直接用额头顶的。

但是，最让长官太太感兴趣的是狗。

“你去哪？”她冲着一只花狗如此问道，“啊，你已经在这里跑了两次了！难道可以跑这么多吗？嘿嘿！”

她和狗说话时那种卖弄风情、矫揉造作的样子，就像在和一个打扮漂亮的可爱的孩子说话一样，希望得到其父母的喜爱。

“而你这是去哪儿？你为什么要从栅栏下面爬过来呢？嘿嘿！哎，真不好！”

索斯诺维奇有很多条狗。长官夫人每每这样和它们说话，一天下来，就把嗓子说哑了。

长官夫人也养了一些猫，数量不确定。因为它们想来就来，想走就走。

“这是什么呀。这只斑点猫就像不是我们家的似的！”长官太太家的菲奥克拉奇怪地说道，“好像不是我们家的，却喝我们家的牛奶！”

“哎，不是就不是！你遗憾什么呀！贪婪！还嘲弄饥饿的动物！”长官太太袒护道。

猫都睡在干草上，旁边就是狗。狗因为年老虚弱，本能已经改变了，并没有去招惹猫。

如果夜里猫要出来走走，长官太太会亲自为它们打开门，用灯为它们照亮道路，好让它们别撞上什么东西。

长官太太奉献自己，为猫狗服务。每年总有那么一次，就是在复活节的第一天。她会想起，她可不是随便什么普通人，而是兵役长官的遗孀，一位受人尊重的女士，一位在德加泽利寄宿学校受过教育的人。

一大早，她摘下珍贵的卷发布（一年里唯一的一次），梳起了刘海，从箱子里翻出来一条绿色的真丝连衣裙。裙子还散发着天竺葵和鼻烟的味道。

菲奥克拉被太太的华贵所折服，默默地帮着太太整理她的连衣裙。

“我们这个圈子的女人应该保持社交与一些交情。”长官太太对着镜子，干巴巴地自言自语。

她所谓的社交，对象就只有一个人。那就是奥尔加·彼得罗夫娜·福格尔，或者如她自己所说，是傻瓜福格尔沙。

如果不算四十年前和韦廖夫金医生那次短暂的交往，她和其他人就没有任何交情了。

这位韦廖夫金医生简直让任何人都无法忍受，可是，这个傻瓜福格尔沙却如此不要脸，昧着良心地迷恋上了他，以至于已故的福格尔沙（很聪明的一个人）不得不打她。

长官太太卷起裙子走着，弄得裙子沙沙作响。她路过干草堆，从那些惊奇的狗身边走过，直接来到街上。

福格尔沙住在斜对过，走过六座房子就是。她老了，孤独一人生活，耳朵几乎已经聋了。她的房子很大，客厅里铺着天鹅绒的地毯，还有针织的椅套。

福格尔沙本人长得很胖，脸色发红，总是一副生气的样子。她穿着宽大的花上衣，上面有一个深红色的蝴蝶结。长官太太在想，她戴这个蝴蝶结是因为直到今天为止，一直以为韦廖夫金只爱她一个人。尽管长官太太很清楚，这完全不过是她的胡思乱想。她都知道，韦廖夫金医生也许在心里还嘲笑过福格尔沙。尽管如此，这个蝴蝶结还是刺激了她。

复活节的时候，福格尔沙家里来过一个客人。那是一位小胖老头，脸色红润，就好像脸被胡萝卜擦过一样，他的眼神很温柔，也很快活。

“您好，安娜·米哈伊洛夫娜！亲爱的，谢谢您来了……真的复活了！[①]”女主人如此迎接长官夫人。“瞧，这个衣着讲究的人坐在这里已经三个小时了，还喃喃自语。怎么现在他们又都不会说话了呢？为什么从前他们会呢？真是搞不明白！”

“奥尔加·彼得罗夫娜，呵呵。大家都紧张，呵呵。女士都很任性，呵呵。”小胖老头温和地说道。

“瞧，您自己听见了吧。哪怕搞明白一个词也行啊！只会喃喃自语。”

“我想给奥尔加·彼得罗夫娜讲一个笑话。可是，他们明白不了其中的诙谐之处。呵呵。”

“听见了吧，听见了吧！随便吧，既滑稽又恼人！如果连话都不会说，最好还是离开吧。”

很显然，小老头对人家的讲述也是东风过驴耳。他温和地开着玩笑，微笑着。

---

① 俄罗斯复活节人们相互祝贺时，一个人说：“基督复活了！”而另外一个人会回应说：“真的复活了！”说完，一般会互吻面颊三次。

他走后，女主人叹了口气，说道："现在的这些人真是无趣。不，我们那时候的人不是这样的。安娜·米哈伊洛夫娜，还记得韦廖夫金医生吗？"

长官太太吧嗒吧嗒嘴，几乎大声地说道："哎，你啊，胖傻瓜！"

但是，后者还是没有听见。

"安娜·彼得罗夫娜，我一直想问您。"她忽然紧张起来，"记得吗，县警察局局长费奥多尔·尼雷奇组织过一次野餐？啊？我无论如何都想不起来，当时韦廖夫金是和谁一起坐马车去了来着？啊？您记得吗？韦廖夫金医生……"

安娜·彼得罗夫娜默默地紧闭双唇。

"说啊，亲爱的！"女主人气喘吁吁地问道，"难道您真的不记得了吗？"

她的脸就好像垂了下来一样，变得温和起来，而眼神开始变得可怜又贪婪。

长官太太明白，她非常清楚地记得，韦廖夫金医生正是和她一起坐车去的，和傻瓜福格尔沙一起。她也明白，福格尔沙这是想亲耳从她口里听到这些，为的就是要侮辱她。因为韦廖夫金当时追求过她。

她的嘴唇开始颤抖起来。她高傲地抬起头，轻蔑地回答道："是和您啊，奥尔加·彼得罗夫娜！当然是和您啊。但是，难道您真觉得这很有意义吗？嘿嘿！"

后者一下子兴奋起来，露出了细小的、自负的皱纹来。

"啊，是的。他是和我！而我都忘了。现在想起来了……"

但是，对福格尔沙的"想象"，长官夫人再也听不下去了。

她匆忙告辞回家。

裙子已经不再高傲、快活地沙沙作响了，也许是受潮了。

干草上的小狗们摇摆着尾巴，迎接她的归来。在看过福格尔沙的面孔之后，这些小狗的面孔让她觉得，是那么的亲切和友善。

列昂季爷爷

午饭前，孩子们去察看了凉台。之后，马上就退了回来。原来，已有人坐在凉台上了。

此人个子矮小，脸色苍白，头发花白、蓬乱，左右转动着尖尖的鼻子，蜷缩着身子。

“这是谁?”

“问问埃莉维卡尔娜。[1]”

埃莉维拉·卡尔洛夫娜正在餐厅里忙活着那些瓶瓶罐罐。她正在生着气，因为梨子果酱变酸了，而且发出咝咝的声音。

“他是谁？你们的爷爷！列昂季爷爷，你们爷爷的哥哥。”

“他为什么坐在那里?”瓦利卡问道。

奇怪的是，爷爷没有像其他客人那样在大厅里走动，没有问谁过得怎么样，也没有这样笑：“嘿嘿嘿，谢谢。”他只是坐下了，而且就

① 埃莉维拉·卡尔洛夫娜的简称。

一个人独自坐在放有脏盘子的桌子旁。

“他是穿过花园进来的。瞧，就在那儿坐着。”埃莉维拉·卡尔洛夫娜回答道。

“那马在哪里呢?”瓦利卡问道。

小古利亚低声重复道:“那马在哪里呢?”

“他是走路来的。”

他们透过门缝，看了看这位走路来做客的爷爷。

而爷爷一直坐在那里，像麻雀那样张望着。他的膝盖处有一个黑色的、破旧的、有些发白的漆布制的小包。用绳子打成十字花的结，被绑在膝弯处。

爷爷斜眼看了一眼门缝。

孩子们吓了一跳。

“他在看!”

“他在看!”

孩子们走开了。费妮卡光着脚，啪啪地走着，餐具叮当作响。埃莉维拉·卡尔洛夫娜喊叫起来。“上好菜了！上好菜了!”

回应她的喊叫声的是鞋跟敲在楼梯上的声音。父亲下楼来吃饭了。

“爸爸，爷爷在那……列昂季爷爷……来了就坐在那里。”

“我知道，我知道。”

父亲好像有些不满。

大家都走到凉台去吃饭。

爷爷站起身，就在一个地方开始忙活起来。而当父亲和他打招呼之后，他才开始长时间、滑稽地摇动着父亲的手。随后，他又走到自己那张桌子跟前。

“和我们一起坐吧。你怎么这样!”父亲说道。

爷爷脸红了，慌忙坐到桌角处，把自己那个漆布制的小包放到了桌子下面。

“我这里有点儿东西……老年式旅行！”他解释道，就好像老年人总是要带着这样的漆布制的小包似的。

喝汤的时候，大家都没有说话。只是在爷爷喝完自己那份之后，父亲对卡尔洛夫娜说：“再给他盛点儿……”

爷爷脸红了，焦急不安起来。“我饱了！我已经非常饱了！”

但是，他又喝了起来，只是偶尔随意地瞧一眼主人。

“您刚刚是从哪里来的？”主人终于问道。

“从克雷什金娜·玛丽亚·伊万诺夫娜那里来。离这里不远，总共才三十俄里。她非要派辆马车，非要，但是我拒绝了。天气很好，运动运动有好处。我们老头应该做运动。玛丽亚·伊万诺夫娜在建一座新磨坊，非常好的磨坊。我在他们那里呆了二周。她非要让我再住些日子，非要。而我最好以后再去。”

他说得很快，甚至脸都红了。他胆怯而又快速地扫了大家一眼，就好像在问，大家是否喜欢他讲的那些。

“她建磨坊干吗？”父亲问道，“只不过是多余的麻烦事……”

“是的，是的。”爷爷赶忙回应道，“正是要干点儿什么……正是……麻烦事。”

“要是有好的人手来做，当然会有利可图。可是，这……”

“是的，是的。若有好的人手来做，是会获利的……肯定会获利的。”

然后，大家又开始沉默了，直到吃完饭。

午饭后，父亲自言自语地嘟囔了点儿什么，就上楼去了。爷爷也不见了。

“埃莉维卡尔娜，他要住在我们这里吗？”

埃莉维拉·卡尔洛夫娜仍然是一副对什么都不满的样子，没有吭声。

“他是爷爷的哥哥吗？”

“不是亲哥哥。是同父异母的兄弟。反正，你什么都不懂。”

“那他自己的房子在哪里呢?”

“他没有房子，被女婿抢走了。”

这个爷爷很怪。母亲是另外一个女人，而房子又被人抢走了……

我们跑去看他在做什么。

他在门廊处，坐在台阶上，对着小狗别尔卡说着一长串很有条理的话，只是听不懂他究竟在说什么。

“这是我们的别尔卡，别人家走失的狗，总是乱叫，夜里都不让人睡觉。”瓦利卡说。

“厨娘曾用开水烫过它。”古利卡补充道。

两个女孩并排站着，她们的腿都很胖，眼睛圆圆的，风吹动着她们那淡黄色的头发。

爷爷对谈话非常感兴趣，仔细询问了别尔卡的情况：什么时候来的，从哪里来的，喂它什么等。然后，他说了自己知道的那些狗，都叫什么名字，在哪儿住，是哪个地主家的，还有关于它们的各种故事——一切都很有意思。

别尔卡也在听，只是偶尔跑开去叫上几声，冲着大路警觉地竖起耳朵。它就喜欢乱叫。

话题从狗转移到了孩子身上。

列昂季爷爷见过很多孩子，甚至可以讲上三天。他记得所有人的名字，哪个女孩穿什么样的裙子，谁怎么淘气，等等。

后来，他还展示了地主科尔尼茨基家的小男孩科佳是如何跳中国舞的。他站了起来，个子矮小、头发花白的他旋转起来，又坐下，马上就皱起眉头，咳嗽起来。

“请原谅，我是老头一个，老人了。你们自己试一试，你们会跳得更好的。”

三个人一起旋转起来了。古利卡跌倒了，别尔卡叫起来了。气氛变得非常愉快。

晚饭前，爷爷又安静下来了，蜷缩地坐在放餐具的桌子附近，像麻雀一样转动着脑袋，直到叫他上桌吃饭。

吃饭的时候，他又是那样地盯着大家的眼睛，就好像生怕让大家不满意似的。

第二天，爷爷完全成了我们的朋友。瓦利卡甚至告诉了他自己朝思暮想的愿望，那就是买一条带扣环的腰带和一条跳绳用的绳子。古利卡还没有自己的愿望，就附和着瓦利卡，也要一条腰带和跳绳。

爷爷也讲述了自己的秘密。他一点儿钱都没有，不过，地主克雷什金娜答应过节的时候给他十卢布。她非常善良，她的磨坊将会是绝佳的，是世界上首屈一指的。十卢布！那时候，他们就可以过上富裕的生活了。首先要买烟草。爷爷已经两周没有抽烟了，他可是实在太想抽了。要买很多烟草，要够很长时间抽的。要是在海关有某种国外的走私货就好了。只是这里哪有什么海关啊，因为这里连国界都没有。烟草就买普通的，却是非常好的。腰带要买带大坏扣的，还有跳绳。那剩下的钱干什么呢？

剩下的钱要买什么，他们绞尽脑汁地想了两天。最后他们决定买沙丁鱼，因为沙丁鱼很好吃。

只是希望克雷什金娜别改变主意。不，她不会改变主意的。她善良又富有。还要用马车送爷爷来呢，真的！

第四天吃晚饭的时候，爷爷与孩子们交换了一下眼色，结结巴巴地说，明天他要去女地主克雷什金娜那里看看，因为她一再地请他去。他会在那儿住一个晚上，早晨就回来。

父亲对他的这个计划表现得非常冷漠，而且开始和埃莉维拉·卡尔洛夫娜用德语谈论着什么。

爷爷想必是没有听明白，或者是害怕。他蜷缩起了身子，胆怯地斜眼看人，手里的勺子微微地在抖动着。

第二天早晨，他走得很早。孩子们自己在那儿幻想着。她们决定不买沙丁鱼，而是要买几座房子，然后轮着住，今天住这个，明天住那个。

而快到晚上的时候，她们既忘了爷爷，也忘了他们的计划。因为她们又想出了一个新的游戏：往台阶的缝隙里塞上小草，这样就为苍蝇散步提供了一个小花园。

第二天午饭后，爷爷坐着克雷什金娜的马车回来了。他非常开心，从踏板上跳下来，然后长时间地在马车左右忙活着。他非常高兴地主能把他送回来。

“我坐马车回来的。他们用马车把我送回来的。”爷爷对所有人说，尽管所有人都已经看见他是从马车里跳出来的。

由于高兴，他的眼睛变得很小，而眼睛周围出现了一些皱纹，很滑稽也很有趣。

他跑到门廊处，小声对孩子们说：“你们不要吭声，我们什么都有……她给了十卢布。瞧，给你们的！”

瓦利卡没有忍住，尖叫起来，迅速离开，直接冲进了房间。

“爸爸！埃莉维拉！克雷什金娜给了爷爷十卢布！爷爷给我们买了腰带，还有跳绳。”

正打算埋怨一下的爸爸像大鹅一样伸长了脖子，看了看埃莉维拉·卡尔洛夫娜。

后者紧闭双唇，鼓起鼻孔。

父亲急忙跳起来，来到门廊处。

他在那里长时间地尖叫着，说什么爷爷是个食客，爷爷向外人乞求施舍使他的家蒙受了耻辱，他应该马上把这些无耻的钱都还回去。

“尼基福尔！鞴马！把袋子给克雷什金娜送回去！”

爷爷沉默着，蜷缩着身子，一副十分歉疚的样子，歉疚得让人和他呆在一起都感觉不好意思。于是，孩子们离开了房间。

父亲喊叫了很长时间，说什么食客啊，耻辱之类的。后来，他不喊了，回自己房间去了。

令人好奇的是，爷爷这会儿在做什么。

爷爷就像第一天来的时候那样，坐在台阶上，用绳子在绑着自己那漆布做的小包包，自言自语。那条爱乱叫的狗就站在那里，认真地倾听着。

“所有人总是爱生气，生气。”爷爷惊恐地说道，“难道这样好吗？我已经很老了。为什么要这样呢？”

他看到孩子后感到很不好意思，开始着急起来。

“我现在要走了。我该走了。有一个地方，有人一直在叫我过去！”

他没有看孩子们的眼睛，一直在忙活着。

“都是地主们在叫我……去做做客。他们那里好极了。”

或许，他们那里确实好。但是，爷爷的表情却很失望。不知为什么，他的头向侧面晃动着，就好像否定一样，好像他自己都不能相信自己一样。

“爷爷，”瓦利卡问道，“你是食客吗？什么是食客呀？”

“你是食客？”古利卡小声地重复道，“这是什么……”

爷爷抽缩了一下，然后，顺着台阶走了下去。

“再见！再见！那里有人在等我呢……”

显然，他没有听见问题。

他走了。然后，他转身，回头。

女孩们并肩站在那里。她们的腿很胖，她们瞪着圆圆的眼睛在盯着他看，风吹动着她们那淡黄色的头发。

他走了。

别尔卡卷起尾巴，把爷爷送到了大门口。

在那里，爷爷再次转身，回头。

但是，女孩们已经走了。她们正全神贯注地往台阶的缝隙里塞小草，而且热烈地在争论着什么。

爷爷等了一会儿，转过身去，走了。

别尔卡警觉地竖起耳朵，冲着他的背影断断续续地叫着。

它是一条别人家走失的狗，喜欢乱叫。

宠物

在新年枞树晚会上，洋溢着欢乐的节日气氛。来了许多客人，有大人，有孩子。甚至还来了一个挨了打的小男孩。这是保姆偷偷告诉卡佳的。

卡佳觉得很有意思，甚至整个晚上都没有离开小男孩半步。她一直等他说点儿什么特别的，看他的眼神都是充满敬畏的。但是挨打的男孩表现得很正常，吃蜜糖饼，吹喇叭，放鞭炮。因此，卡佳不得不失望地离开他的身边，尽管她很痛苦。

晚会接近尾声，当大人们在给那些最小的、大声哭叫的小孩子们穿衣准备离开的时候，卡佳收到了自己最重要的一件礼物——大毛绒绵羊。绵羊全身都很柔软，长着一张温顺的长脸、一双像人一样的眼睛，散发着一股酸酸的毛线的味道。如果把它的头往下一拉，它就会甜美倔强地叫出声：咩咩！

无论是长相、味道还是声音，这个绵羊都令卡佳为之倾倒。她甚至为免受良心的责备而问妈妈："他又不是活的，对吧？"

母亲把脸转向一边，什么都没有回答。她已经很久都没有回答卡佳的问题了，她总是没有时间。卡佳叹了口气，到厨房去给绵羊喂奶去了。她直接把奶罐伸向它的脸。因此，它的脸被浸湿了，一直到了眼睛。

这时，来了另外一个小姐。她摇了摇头，说道："哎，你这是在做什么啊？怎么可以给没有生命的宠物喂真正的牛奶呢！它会因此而死掉的！要给它空奶。就这样。"

她拿了一个空杯子，在空中舀了一下，然后把杯子递到绵羊跟前，自己吧嗒了几下嘴。

"明白了吗？"

"明白了。那为什么给猫喂的是真的？"

"就该这么做。对于每个动物来说，它们都有自己的风俗。给活的动物，就是真的食物；给没生命的，就是空的。"

毛绒绵羊被安顿在了儿童房的角落里，开始在保姆箱子的后面住了下来。卡佳很爱它。就是因为这种爱，绵羊一天天地变得越来越脏，越来越蓬松，甜美的咩咩声越来越小了。因为他变得脏了，所以妈妈不允许它和自己坐在一起吃饭。

吃午饭的时候，气氛变得很沉闷。爸爸不说话，妈妈也不说话，甚至卡佳吃完甜点、行屈膝礼并且细声细气地说"谢谢爸爸！谢谢妈妈"的时候，他们谁都没有转脸看她一眼。

有一次，大家坐下来吃饭的时候，妈妈根本就不在。她回来的时候，大家已经喝完了汤。还在前厅的时候，她就大声地说，溜冰场的人很多。可当她走到桌子跟前的时候，爸爸看了她一眼，突然就把一个玻璃瓶摔到了地板上。

"您怎么啦？"妈妈喊道。

"您衣服后面还开着叉呢。"

这件事之后很多天，卡佳既没有看到爸爸，也没有看到妈妈。整个生活都好像很不正常。仆人的饭从后厨房端了出来。厨娘来了，和保姆交头接耳地说："他对她……而她对他……说，你滚！她对他说……而他对她说……"

两个人嘀嘀咕咕，鬼鬼祟祟。

一些长着狐狸脸的女人开始从后厨房走出来，冲着卡佳眨眨眼，又向保姆打听了点儿什么，嘀嘀咕咕，鬼鬼祟祟地说："他对她说……滚！而她对他……"

保姆经常离开家。这时候，长着狐狸脸的女人们就溜到儿童房，四处搜索着，还用粗大的手指威胁卡佳。

可是，没有这些女人，情况就更糟，让人感到害怕。

想要在大屋子里走动是不可能的，因为很空旷，回声也很大。门帘鼓了起来，壁炉上的钟发出了严肃的滴答声。到处回荡着这样的声音："他对她……而她对他……"

午饭前，儿童房里变得更加黑暗了，就好像颤动起来了一样。而在角落里的小炉子，发出了噼噼啪啪的声音。它晃动着炉门叮当作响，露出了血红的牙齿，正在吞噬着木柴……不能靠近它，它太凶了！有一次，它还咬了卡佳的手指。它再也不能吸引她过来了。

一切都有些变化无常，和从前不一样。

唯有箱子后面的毛绒绵羊生活得很平静。它靠一些铅笔、旧带子、保姆的眼镜等上帝所赐的东西来生活。它温顺、甜美地望着卡佳，从来不与她顶嘴，总是很理解她。

有一次，她胡闹起来，而它还是那样。哪怕转一下脸也好啊。显然，它是在笑。当卡佳把它的脖子用破布绑起来的时候，它生病了，非常可怜，以至于卡佳都悄悄地哭了。

夜里的时候，常常让人感觉非常不好。整座房子都可以听到吱吱的尖叫声和闹腾的声音。卡佳醒来，叫来了保姆。

“嘘，睡吧！老鼠在跑呢，它们会咬你鼻子的！”

卡佳拉了拉被子，把头蒙上了。她想到了毛绒绵羊。当她感觉到这个亲切的、没有生命的家伙离自己很近的时候，就睡得很安稳。

有一次，她和小绵羊一起望着窗外。突然，他们发现，有个褐色的小动物小跑着穿过院子，好像是脱了毛的猫，只是尾巴长一些。

“保姆！保姆！看，多么令人讨厌的猫！”

保姆走过来，伸长脖子。

“这是老鼠，而不是猫！老鼠，瞧，长得多壮实！这种老鼠可以把任何猫给咬死！老鼠！”

她在说这个词的时候，样子很讨厌，龇牙咧嘴，就像一只老猫，以至于卡佳因为厌恶和恐惧，心口开始痛起来。

而老鼠摇摇晃晃地匍匐前进，霸道地小跑着进了隔壁的仓房。它坐了一会儿，钻到地下室的挡板下面去了。

厨娘来了，说老鼠太多了，很快就会把脑袋吃掉的。

“在小仓房里，老爷的箱子四角都被啃坏了。真无耻！我进去，它就坐在那里不动弹！”

晚上的时候，长着狐狸脸的女人们来了，带来了酒，还有臭鱼。她们一起吃吃喝喝，还请保姆一起吃。然后，不知为什么，一直在那里笑着。

“你一直和绵羊在一起吗？”一个胖女人问道，“该把它送屠宰场了。看，它的腿晃荡着，毛都掉了。你的绵羊很快就会完了。”

“别逗了！”保姆制止道，“为什么要跟一个孤儿开玩笑呢。”

“我不是在逗她，我是在说正经的呢。绵羊里面的纤维填充物一旦露出来，那它就完了。有生命的身体又吃又喝，也正因为如此才是有生命的。可是，破布总归是破布，不管你怎么摆弄，它还是会坏的。她绝对不是孤儿，她妈妈可能正路过这栋房子，而且正在窃笑呢。呵呵呵！”

女人们都笑出汗了。保姆把一小块糖放到自己的高脚杯里蘸了一下，然后让卡佳舔一舔。卡佳因为保姆的这块糖，嗓子就像被划了一下，开始耳鸣起来。她猛地拨动一下绵羊的头，说道：“它不是一般的羊，听见了吗？它会咩咩叫。”

“哈哈！你啊，真愚蠢！”那个胖女人又笑了。“你去拉一下门，它也会嘎吱叫的。如果是活的，它自己会叫的。”

女人们又喝了一些酒，然后开始小声地重复以前她们说过的那些话：“他对她……说滚……而她对他说……”

卡佳带着绵羊，到箱了旁边去了。她开始觉得很难过。

绵羊活不长了，她会死的。里面的填充物一旦掉出来，它就完了。它要能再坚持一阵多好啊！

她从窗台上拿了面包干，放到了绵羊的嘴前。然后，她转过身去，好让它别难为情。也许，它会吃一点的……她等了一会儿，转过身来。没有，面包干动都没动。

“要么，我先咬一小块。也许，他不好意思先吃。”

于是，她咬了一小块。然后，又放到了绵羊的跟前，转过身去，等了一会儿。可是，绵羊还是动都没动。

“怎么？不能吃吗？你不是活的，所以你不能！”

没有生命的动物。毛绒绵羊用它那温顺而又忧郁的面容回答了她。

“我不能！我是没有生命的动物，我不能！”

“你自己叫我一下！说，咩！咩！你不能！你不能！”

她对这个可怜的、没有生命的小动物充满了怜悯和爱。因此，她心里觉得忧愁而又难过。卡佳在被眼泪打湿了的枕头上睡着了。梦中，她走在绿色的小路上，而绵羊就在她的旁边跑着，啃着草，自己叫着“咩”，还笑着。嘿，它多么健壮，会比所有人都长寿的！

早晨很无聊，很郁闷，很烦，而爸爸突然出现了。他阴沉着脸，一副生气的样子，胡子拉碴，眉头紧锁，像山羊似的看着人。他拉出卡佳的手亲了亲。然后，吩咐保姆收拾一下。因为很快就要来一位女教师。他一说完，就走了。

第二天，正门的门铃叮叮响了。

保姆跑了出去，又回来，开始忙碌起来。

“你的老师来了，长着一张狗脸。你瞧着吧！”

女教师踩着一双高跟鞋走来，向卡佳伸出了一只手。她长得的确像一条用链子拴着的聪明老狗。甚至在她的眼睛附近，还有一些黄色的斑点。她的脑袋转得很快，同时还把牙齿咬得咯咯响，就好像在捉苍蝇。

她看了看儿童房，对保姆说道：“您是保姆？这样，请您把所有这些玩具都收拾起来拿走，放到远一点儿的地方去！不要让孩子再看见它们。所有这些驴啊，羊啊，都滚！对待玩具要合乎情理，要理智。否则，就会得幻想病，由此还会带来其他的害处。卡佳，到我这儿来！”

她从口袋里掏出一个小橡皮球，把牙齿咬得咯吱咯吱响，开始一边转动小球，一边唱：跳、蹦、去、来、上、下、左、右、向前！跟着我说：跳、蹦……哎，智力低下的孩子！

卡佳没有吭声，可怜兮兮地笑笑，只是为了别哭出声来。保姆收走了玩具，绵羊在门口咩咩地叫了一下。

“请注意一下这个球的表面。您看到什么了？您看见，它是两种颜色的。一面是天蓝色的，另外一面是白色的。请把天蓝色的一面指给我。请尽量集中精神！”

她走的时候，又把一只手伸向卡佳。

“明天我们要编小筐！”

卡佳一晚上都在哆嗦，什么都吃不下。她一直在想着那个小绵羊，但是她没敢问。

“没生命的动物真是不好！它什么都不能说。它说不出来，也叫不出来。而她却说：滚蛋！”

这一可怕的词让她的心变得既忧伤又冷漠。

晚上，那些女人们又来了，吃吃喝喝，交头接耳：“他……她，而她……他……”

然后，又说：“滚！滚！”

破晓时分，卡佳因为从未有过的恐惧和忧伤而醒来，就好像有人在叫她。她坐起来，听了听。

“咩！咩！”

绵羊这样可怜地、坚持着叫着！没有生命的动物在叫唤。

她从被窝里跳起来，全身冷冰冰的，攥紧了的拳头紧贴在胸前，她在听，又听见：“咩！咩！”

好像是从走廊里传来的声音。也就是说，它在那里……

她打开门。

“咩！”

声音从小仓房里传来。

她又向那里奔去，门没有上锁。尽管黎明时分还有些昏暗，但是已经能看清楚东西了。她看到了一些箱子、包裹等。

“咩！咩！”

就在窗台的旁边，有黑点在晃动，绵羊就在这里。

黑点跳了起来，抓住了它的头，正在拉扯。

“咩！咩！”

还有两个什么东西从侧面拉扯，它的表皮裂开了。

“老鼠！老鼠！”卡佳想起了保姆那龇着的牙。她全身都颤抖起来，拳头握得更紧了。绵羊再也不叫了。因为它再也没有了。肥胖的老鼠拖着灰色的碎片，柔软的碎块，弄乱了绵羊里面的纤维团填充物。

卡佳躲到了被窝里，把头蒙上，没有出声，也没有哭。她害怕保姆会醒来，会像狗一样龇着牙，和那些长着狐狸脸的女人们一起，来嘲笑小绵羊之死。

她安静下来了，整个身体蜷缩成一团。她要安静地生活，不让别人知道任何事情。

农奴之心

老保姆快死的时候，已经是在德乌恰索夫地主家庄园的第十个年头了。

夏天的时候，她管理着一个乳品店的木头小厨房，在那里熬制酸奶油。而当老爷冬天搬到城里去的时候，保姆就搬到了走廊里。在角落里的柜子后面，在自己的箱子上就快要死了，一直到春天。

春天的时候，好容易出现了干爽的艳阳天。保姆在桦树林里拉上绳子，把自己死时要穿的衣服拿出来晾晒一下。一件发黄的麻布衬衫，一双绣花鞋，绣上了安魂祈祷文的天蓝色腰带，还有柏木做的小十字架。

这个春日对于保姆来说，是一年来最有意思的一天了。她用小树条赶走了蚊虫，不让它们落在寿衣上。与此同时，她还自言自语，说什么有干燥的墓地，也有潮湿的墓地，说什么要给死者穿上鞋子，免得夜里地板会咯吱咯吱响。

女仆嘿嘿笑了：“保姆，你看这衬衫！大概，不会撑过二十年。啊？要做件新的！啊？”

冬天，她一个人独自留在空旷的房子里。在黑暗的角落里，在柜子的后面，她坐了一整天。而晚上的时候，她慢慢地、吃力地走出来，到厨房里和看门的女人喝喝茶。

来了，坐下。话开始从半截讲起，毫无头绪。看门女人刚开始还很想弄明白，究竟是怎么回事。后来，已经觉得无所谓了，于是平静下来。

“……来找老太太的儿媳。”保姆含糊不清地说道，嘴唇收紧，好让刚刚塞进嘴里的那小块糖别掉出来。她说：‘我要烤一个大圆面包，让玛特廖娜给点儿豆蔻。’我有什么豆蔻啊？我说。‘您去挖苦别人吧，别再打扰玛特廖娜了。’她突然不说了。”

“保姆，您这是在说谁呢？啊？”女人追问道。

“怕什么？她点着了灯，站起来祷告，冲着四壁鞠了鞠躬，说：‘杀人老兄，祷告的时候你不要碰我！以后便谨遵您神圣的旨意了。’这样，他就不会碰我了。”

“你说杀人犯的意志是神圣的？”女人奇怪道，“老太婆们什么胡话都能编得出来。”

“瞧，蟑螂跟在我的后面跑！唧唧咕咕……为什么要跑？前天夜里，我听见休息室的地板嘎吱嘎吱地响。我躺着，半睡不睡的，看一眼就什么都能看见。死去的老爷回来了，很生气很生气的样子，啪嗒啪嗒地走着。走到餐厅里，去给钟上发条：叮，叮……”时钟的指针和手指差不多粗了。我想，他现在会去哪儿呢？他穿着鞋啪嗒、啪嗒地走着，很生气的样子。他说，不好，不好！他又穿过休息室。显然，他是去了自己的书房。蟑螂在我的耳边唧咕，唧咕。好吧！别唧咕啦。我全都听到了。

“哎哟，保姆，你夜里这是……难道老爷真的回来了？”

“不相信！现在的人什么都不信。他们从彼得堡带回来一个仆人，可他把刀尖朝上放着……我说：‘坏蛋，你这是干什么？你知道你这是在做不道德的事吗？’他会杀人的！人们什么都不相信！老爷是怎么死的？我马上就跟他们说了。

“他们给孩子们带回来一个德国女人。我走进房间一看，德国女人好像把什么针撒落在地上，正在往起捡。我说：‘你这是干什么呢？’她的脸色很不好看，冲我说了句什么，不是俄语。于是，我去找太太，告诉了她这一切。可是，太太只是笑笑。结果怎么样？两天后，老爷就害病了。他浑身刺痛，我知道这是为什么。我对太太说：‘您管那个德国女人要她的针，然后用硫酸盐溶解一下，再把这硫酸盐拿给老爷喝。那么，他身上所有的疼痛都会逼出来的。’不，她不相信。就这样，老爷死了。难道老爷们会相信吗？他们这样的我见得多了，所有人都是这样。开始回想他们的样子，可能会有五百张脸，但都是一样的。”

“再来点儿茶！”

“咦，蟑螂在桌子上跑。我们老爷曾有个厨师，挺好的一个人。老爷买他花了很多钱，因为是买了个有经验的。这个厨师很凶，甚至在给我们烤馅饼的时候加了蟑螂在里面。我们只知道哭，却不敢说，因为老爷非常爱他。我们斋戒祈祷，很快就到复活节了。我们担心，他给我们烤圆柱形甜面包时，还会再加一些蟑螂。我们还是哭，后来去忏悔。我们当中的一个姑娘对神甫说了厨师的事。厨师也去忏悔，当他从神甫那里出来的时候，脸色很不好看。整个人都是灰暗的，全身颤抖，没有对我们说一个字。他烤了圆柱形甜面包，一切都很好。可是，晨祷的时候却不见他人影了。大家找啊，找啊，杳无音信。大家坐下来开吃，把圆柱形甜面包切开。里面竟然有厨师的手指！瞧，那些蟑螂……再倒点儿茶！

“……绣了两年的手帕：四名花边女工用针绣，每个人绣一个角。太太要讨好女皇陛下，就送手帕作为礼物，好能让他们收她的女儿上大学。后来，他们收了。太太是一个很精明的人。从来没有打过姑娘们的右手，因为我们都是她的花边女工。而整个左手常常是被拧得很疼。她们每个人的左手都像印花布一样，伤痕累累。而且，所有的姑娘都是歪膀子的。从五岁的时候起，就让她们坐在绣花架旁，右肩向上，左肩向下，因为左手要从下面穿针。

“老爷是一个很认真的人。静静地坐在那里，用粗毛线来做鞋。给太太、阿姨、每个亲戚都做了。小姐大学毕业时，他给她绣了一个屏风。很认真的一个人。少爷喜欢开玩笑。从部队里回来，夜里头，揪住斯乔什卡的辫子，把她拉到厨房，大喊：‘美人，给我唱首伏尔加的歌曲。’斯乔什卡当时只有十一岁多，傻瓜一个，吓坏了，‘当啷’一声倒在地上，两天都昏迷不醒。真是可笑。呵呵！爱开玩笑的人。后来，我的眼睛开始疼。这样，太太把我给了少爷的妻子当保姆。少爷的妻子是个好人，很温柔。总是踮着脚走路，像个天使一样，很清秀。她叫柳德米拉·彼得罗夫娜。

“可是，少爷却总是欺负人，是个禽兽。他一开始打人，自己就会不省人事。

“少奶奶有个亲戚，总是来看她。那是非常斯文的一个人。他们总是在一起哭。他给她写过信。这些信她让我帮她藏起来。因为我不识字，自己读不了，也不会给别人看，她相信我。

“大家都爱她，她是唯一一个袒护我们的人。她为禽兽脚下的每一个农夫求情，大家都很爱她。

“有一次，少爷晚上准备去做客，马车夫是纳乌姆。他对我说：‘瞧，保姆，如果挣不上十卢布的话，我不会去。’他们走了。那位斯文的人来找少奶奶了。他们坐在餐厅里哭。纳乌姆对少爷说：‘少爷，现在我们该回家了。瞧着吧，看我们晚上能查出点儿什么事。’少爷回来了，很凶很凶。把所有的餐具都打碎了。而那个斯文人来得及跑掉了。我从儿童房听到，少爷一直在骂着。我想，该到我们忏悔的时候了。等他稍微平静一些了，我拿出了少奶奶的那些信，跑到少爷面前，给他跪下，说怎么怎么回事。我说，我并不是和老爷作对，不是姑息者。天啊！接下来发生了什么事啊！少奶奶，我们的天使，活了不到一年时间。他用这些信件狠狠地折磨她。而那位纳乌姆被抓去当兵了。真是可笑，呵呵呵！这就是那十卢布。

“我的少奶奶死了，我亲爱的柳德米拉·彼得罗夫娜，我们的保护伞。也许，她去天堂也是踮着脚去的。看，现在我要死了，有人会给我穿上寿衣，然后把我放到坟墓里去。我会去天堂的。在那里，我会遇到我那位温柔的少奶奶。在上帝面前，她会袒护我的。‘瞧！’她会说，‘上帝，我们的保姆玛特廖娜来了。我忠实的奴仆，一个忠诚的农奴。主啊，求你在你的怀里为她留下一小块地方，就让她的灵魂在温暖中变得柔软，在满足中摆摆架子！阿门！’”

生活的故事

——纪念杨勃

我早就说过，生活是一部拙劣的小说。

用它编写的小说常常都是没有艺术修养、不自然、没有品位的。作家要是写了这样一部小说，并署上了自己的名字，那么他会在很长时间之内声誉扫地。

在生活的故事中，经常会见到某些匆忙完成的作品，考虑不够充分。带歌舞的轻喜剧中，生活总是要加上一个完全出乎意料、悲剧性的结局。而在哈姆雷特式的悲剧中，却突然用康康舞来收尾，以至于会让人为那些不幸演绎这种庸俗作品的剧中角色而感到耻辱与痛心。

然而，不久前，我听说的那个生活故事尽管在形式和象征上是幼稚的，却是感人而深刻的。故事的叙述带有细腻的艺术感觉——大师的简洁。因此，它也许不会很快就被忘记的。

这个故事几乎就是一个童话。我再重申一遍，它在象征方面很简单。因为哪个孩子不知道，鸽子象征纯洁与无辜；老虎象征血腥；狐狸象征狡猾；而大象象征伟大与力量？

故事的意义：伟大的人类心灵在追求自由过程中的永恒悲剧性。

故事的形式是大象杨勃的故事。

生活不在乎千篇一律。它并没有选择其他生物作为故事的主人公。既然是谈论伟大的力量，它选择了大象作为象征。就是为了让一切都简单明了。为了让最小的孩子都能明白，究竟是怎么回事。

故事从一只大象突然造反，而且不再希望有压迫和不自由开始。

关于它过去的生活，它的温顺我们无从了解。这很正常，对于创作文艺作品来说，也不需要。

我们只是知道，他像其他聪明的动物一样，应该带来益处，服务于科学或者服务于艺术。

它曾为科学，为艺术服务。

城里学校的学生们每周日都要来到它的栅栏外。男孩们看看它，它也看看他们。

“大象！哺乳动物。也许，他要喝很多牛奶！”

“大象活的时间长吗？”

“四百年。大象在五十岁的时候，还是哺乳期呢。”

晚上，喝醉了的工匠用烟头戳大象的鼻子。

“哈哈哈！生气了！”

“大个儿的家伙！肥胖的家伙！”

“大一千倍。因为他吃的是马肉，所以才这样。”

他就是这样为科学服务的。

晚上，它被带上舞台，来为艺术服务。在舞台上，人们强迫他用那双笨拙的、好像肿起来的双脚站到一个小木桶里面。这时候，还演奏着华尔兹舞曲。人们为看这样的演出，要付出自己那可怜的、用劳动或靠欺骗挣来的钱，而且还很高兴。艺术可以使人的心灵变得更加高尚。

他就是这样为艺术服务的。

但是，故事是从它的造反开始的，而且他的一切力气都用在了争得自由上了。

“我想要！”

“它想要自由！它发怒了！”

人们开始耍滑，干卑鄙的事，阿谀奉承，把锁链锻造得更加结实了。

悲剧最激烈的高潮时刻是当人们把一头经常帮助驯兽师的“温顺的母象”带到杨勃面前的时候。

谁的生命中没有这样一头“温顺的母象”呢？她可以帮助驯兽师，让镣铐更加牢固。无数次，无数次它都没有辜负人们对它的期望。

在那些或堕落或没堕落的精神伟人的故事中，您几乎总是听说过这样的母象。

但是，杨勃并没有堕落。母象给它留下了非常好的印象，他的心情甚至都变好了。于是，人们就利用了这一点，走到它跟前，为它换上了新的镣铐、新的铁环。

在许多人都和解的地方，杨勃奋起反抗，最后一次反抗。

就这最后一次的反抗，生活将其描述得如此绘声绘色、奇妙有力、无比传奇，连最大胆的幻想家、诗人都不敢如此想象，生怕被误认为是疯子。

受惊的鸟儿和猛兽们在尖叫着。它们向往自由，但在它们的统治者——人面前，却又是那么的胆怯。脸色苍白的人们惊慌失措。他们已经失去了拥有巨大权力的特征，他们的科学已经不能再让他们进行简单且安全的杀戮了。而这个庞然大物挥动着大棒，彰显着一种猛烈、疯狂、自然的冲动：要求自由！

生活在讲述这个故事的时候，并没有忘记一个非常细腻的心理细节。当杨勃看到了对准自己的武器时，它突然扔掉了自己的大棒，摇晃起了尾巴。它决定投降。原来，这头大象的心太像人的心了。因为无知、狂怒的野兽在明白自己毫无出路的处境之后，是不会摇晃尾巴的。

但是，人们并没有相信杨勃。因为他们自己也会摇晃尾巴。他们没有相信。要是他们相信了的话，故事的结尾在艺术上也不会是如此完整的。

它投降了，人们开了枪。很慢，很残忍。它的眼睛被打出来了，就像被非利士人剜去了眼睛的参孙一样。① 它站在自己的血泊当中，轻微地呻吟着，没有动。

周围挤满了人。也许，还会有母亲把自己的孩子举起来，好让他看得更清楚一些。

“瞧，多么强大的力量都死了，就是因为它追求自由。看吧！记住吧！”

关于大象杨勃的故事，就这样结束了。也许，它的骨架正在装饰着某个动物博物馆呢。

但是，即使有些人乐于阅读一些有关可怜囚徒的诗篇，即使他们乐于听那钢琴伴奏下演员吼出的配乐诗朗诵：“自由，这就是幸福！”也要让他们哪怕偶尔回想起那个由生活讲述的简单而又感人的大象杨勃的故事。

---

① 见《圣经·旧约·士师记》第十六章。

兔　子

农妇玛特廖娜一连四个月里，每周日都从萨维尔基村来科金娜太太这里要钱。

科金娜太太没有亲自出来接待玛特廖娜，而只是让仆人说，她现在很忙，正在吃薄饼，或是在读书，或者突然感觉不舒服了，让玛特廖娜以后随便什么时候找时间再来。

玛特廖娜在科金娜家的厨房里暖和暖和了身子，冲着房门鞠了一躬。她猜测，那房门背后就是太太的居所。她说道："那好吧。这有什么？这没什么。难道我是个什么人物吗？我什么都不是。"

然后，她又顺着公路或者旁边的小路，从电线杆子旁边经过，跑上十俄里[1]回家。电线嗡嗡的叫声很可怕，也很忧伤。玛特廖娜呸呸地说道："叫，叫你个头。"

---

① 俄国使用米制前的长度单位，等于一点零六公里。

而且，她还自言自语，说起了科金娜太太。

“太太，真是没得话说的，很善良。别人不管三七二十一早就开骂了，她却是善良的。她说，让马特廖娜下次再来吧！也就是说，我再来，她就会给钱。善良的太太，没得话说。”

玛特廖娜跑了四个月，第五个月的时候，她很走运。牧师的妻子委托她往城里运土豆，还给了她一匹马。玛特廖娜去了，把土豆运到了，顺路去了科金娜太太家。科金娜亲自己跑到厨房来，给玛特廖娜付了全款。有洗衣服的钱，有菜园子的钱，还有擦地板的钱。所有的工钱都算了。太太慷慨地给了她十五卢布的金币，发出了叮当的响声。玛特廖娜甚至受到了惊吓。

“这是什么?”她说，“这究竟是什么……难道我是什么人物吗？要知道，我什么都不是。”

当太太离开的时候，她冲着她的背影长时间地鞠着躬。然后，她去了小铺，买了茶、糖、新衣服和小礼物等，花了整整五卢布。而剩下的那十卢布金币，她用方巾的一角打个结，包在里面，放到了怀里。然后，她往家走去。

电线杆嗡嗡地诉说着自己的故事，诉说着那些并不可怕的故事。牧师妻子的马哒哒地小跑着，冲着白嘴鸦打着响鼻。而玛特廖娜一边坐车走着，一边在盘算，小铺老板是否骗了她。一会儿后，她算出的是他多找了她两戈比。于是，玛特廖娜狡猾地冲着马使使眼色，吧嗒吧嗒嘴。一会儿后，她算出的又是他故意少给了她要么一戈比，要么是三戈比。于是，她忧心忡忡地摇摇头，用手指挠挠围巾下面的耳朵，能挠到多少挠多少。

走到两俄里的地方，她发现电线杆旁边好像有个大纸袋。

“老天爷！看样子是捡到东西了！”

她从车上下来，跑过去。走到特别近的地方，她仔细一看，原来那根本就不是纸袋，而是一只活生生的兔子。它安静地坐在那里，像是在看着什么，只是兔脸在微微颤抖。

“你为什么坐在这儿？真是埃及的妖术！”玛特廖娜惊呼道。

兔子微微动了一下，但没有走开。玛特廖娜把它抱起来一看，它的一只脚掌是红色的，被打伤了。

“你真是不幸啊！”

她把兔子抱到了车上。兔子很沉，心脏跳得特别快，甚至鼻子都在抖。

“你呀！”玛特廖娜惊奇道，“小动物可不像牛那样，什么都懂。”

她把兔子的脚掌用雪擦干净了，用包着金币的那块方巾为兔子包扎好伤口，之后把它放到了车上，用粗席遮上了。

“呆着吧，暖和一下！这有什么！难道我是什么人物吗？我什么都不是。”

她和兔子说话的样子，就像是和村里的小傻瓜格里纽什卡一样，声音很大也很清楚，为的是让它能够明白。

她动了一下缰绳，吧嗒了一下嘴。此刻，她已经不再疑虑小铺老板是否少找钱的问题了。她现在的念头都是最令人愉快的，她想的都是关于兔子的。兔子要在凳子下面住，还是要在炉子旁边住呢？炉子旁边暖和一些，只是希望它不要绊到脚。

等它好了，彼得鲁尼会和它玩的。彼得鲁尼，你为什么要折磨小动物呢？你没看见，它很小吗？尽管它长得很小，它的心不像牛那样，但它什么都明白！瞧，它坐在那里，就像人一样。瓦西卡[①]！啊，瓦西卡！你冻坏了吗？”

兔子一路上很守规矩，并没有参与谈话，只是微微地动了动耳朵，好像是在听电线杆嗡嗡叫。偶尔一次伸长脖子，它闻闻粗席的味道，又安静下来了。

“瓦西卡啊！”玛特廖娜惊奇道，“它什么都明白！”

---

① 此处可能是她为兔子起的名。

牧师妻子的马温顺地慢慢小跑着，但是，一直更多的是往上颠着，而不是往前走。玛特廖娜自言自语地说着兔子的事，而和兔子谈的是她自己。突然，在拐弯处，有个什么东西从电线杆侧面迅速跑到沟里去了。

“这是什么?”

从雪丘的后面露出了好像两个棍子的东西，随后又藏了起来。走一会儿后，又露出来了。就好像有人往雪里埋下了一只手，然后用两根手指一会儿指向这，一会儿指向那。

玛特廖娜转过身去一看，兔子已经没有了。

她飞快地从车上跳下来，踩着雪地，扑哧扑哧地跑着。

“往哪儿跑！往哪儿跑！站住!”

它还一直往前地跳啊跳。受伤脚掌上包扎的红色破布还时隐时现。玛特廖娜想起了钱的事，甚至全身都开始颤抖起来。

“瓦西卡！我亲爱的！把钱还我！把钱还我！上帝的天使啊！有十卢布呢！十卢布啊!”

兔子停了一下，动动耳朵，就好像用剪刀剪了一下。然后，它又开始跑起来了。

“发发慈悲吧!”玛特廖娜拼命地喊道，“走吧，愿上帝保佑你！只是把钱还给我！老兄!”

她跑到了树林那里。就在这里，兔子消失了。玛特廖娜陷在雪里，雪深到了她的膝盖。

“老兄!”她冲着兔子的背影，大声喊道，“我亲爱的，永恒的明灯！你这是……希望你在第一棵树下就死掉!”

她勉勉强强地走回到路上。

马站在那里，好像有些窘困，嗅着雪的味道。

车上装有新衣服和小礼品的袋子不见了，唯有粗席在来回摆动着。

在离拐弯处很远的地方，有人正乘着无座雪橇向山上跑去。

可以看得见，他不时地转过身来，并且用鞭子抽打着马。而那匹马，就像牧师妻子的马一样，往上跳着，快速地跑着。

乌鸦从电线杆上飞了起来。在灰色的天空中扇动着它那黑色的翅膀，大声地叫着，好像是在赞许着这一切，似乎在说："这样啊！这样啊！"

乌鸦转身，急着飞往森林的方向，带去消息。

"这样啊！这样啊！"

瓦尼亚·谢戈廖克

——致Г.Е.茹科夫

他是一个有经验的医生。

在检查过伤员六十七号后，他说：“再隔离观察一段时间。”

我也变得有经验了。我明白，“再隔离观察一段时间”便意味着六十七号完蛋了。

“能活到早上吗?”

医生皱皱眉头，撇撇嘴，抬起眼睛什么都没说。这就意味着，也许能。更准确地说，是不能。

我要值班到夜里十二点钟。我会把这位六十七号活着交给下一班吗?

他被安置到了门口的角落里。否则，我们这么挤，就无法隔离了。

他还很年轻，整个人很阳光，充满热情。

“他们为什么冲我皱眉头呢?”他生气地问道，“他们认为我会死吗？我不会死的。你就这样告诉他们，我不会死。他们是自己瞎想出来的。我没有时间。”

“你怎么没时间呢？”

“我没时间死。我要回家。就让死神跟在我后面跑吧！我会甩开它的！我无论如何不会死。我没有时间。我想回家。家里很美。我自己也很美。”

他转过身来，为了让我看清他的脸。的确，他长得很美。黝黑的皮肤，灵活的眼睛，连在一起的眉毛，就好像黑鸟展开的双翅。

他给我看他脸的时候很随意，就好像这不是他的脸，而是某个不相干的漂亮东西，他只不过偶然得到，很高兴。

“你看吧。”

此刻，我能说什么呢？

“好好躺着，不要动！否则，会疼的。”

“我想回家。一切都会很美的。什么糟糕的事情我都不想要。就让它滚吧，我会把它扔得到处都是。”

他突然伸展开了眉毛，半张开嘴，似乎笑了。

“护士，你见过天鹅喝水吗？野生的天鹅在我们西伯利亚有很多。你没见过吗？应该从它们后面悄悄地走近，不要破坏芦苇，悄悄地。因为它不是人，它很高傲，不会让人走近它。然后，你就偷偷地看。它会用胸伏在水上，人们看到和知道的那种水它是不会喝的。它会用喙左右撞击，用水珠做上记号，然后打破水面的平静。喂！它会把头浸到最中央那没有动过、没人见过、没人知道的地方去。你看着，要屏住呼吸。它不是人，它很高傲，不会让人靠近它。你见过吗？我见过。可是，你还说我会死！”

“你说什么啊，亲爱的！我没说。上帝保佑，你会好的。”

“就让死神跟在我的后面吧！我会甩开它的。我叫瓦尼亚·

谢戈廖克，第一个善跑的人，也是第一个顽皮的人。我没有时间，我还要去林中空地看狗熊。月光照耀，它无精打采。躺在那里，肚子上长满了毛，抬起熊掌去抓那腐烂的树枝。把腐烂的东西弄得噼啪响，裂开了，吧吧地响。狗熊一边抓着，一边在听着响声……它唱着，它很喜欢。冬天的时候，它的地盘很安静，也很暖和。它舔着自己的熊掌在做梦。就好像熊掌蘸上了蜂蜜。他吮吸着，很甜美。而蜜蜂就在周围嗡嗡地叫着，声音越来越大。狗熊动了一下，醒了。啊，这不是蜜蜂，而是狗。家犬在它的上方叫着，声音越来越大。它害怕了，跳了起来，什么都没有。都是他自己做梦做的。它生气了，躺下，又开始吮吸自己的熊掌。狗熊的这种安宁一直到春天都是很美好的。春天它出来的时候，很瘦，身上的毛正在脱落，皮也松了。真是好笑！而你还说死。”

“你最好别说了，睡吧。”

“我不想睡觉。我没有时间。我想回家。也许你见过森林人？我会见到的。我们的人见过。要到原始森林里更远、更深一点儿的地方去！要爬树，用斧头砍树来开路！要像松鼠一样穿过丛林，又要像毒蛇一样潜水过去。而那里就是一块林中空地。他们常常会在那里出没。他们坐在那里编草鞋。你一旦跳到他们面前，就要马上赶他们，吓唬他们，不要让他们彼此靠近。因为森林人都只有一条腿，有的是右腿，有的是左腿。他们若拥抱到一起，就能跑。就连基督徒都会被他们折磨死的。一旦他们彼此靠近不了，不能联合在一起，他们马上就会用一条腿跳来跳去。这样，就会跌倒。于是，你就可以徒手把他抓住，用腰带捆上，带回家。而他会给你讲故事、唱歌，讲真人真事或虚构的故事。总之，他博学多闻，无所不知。你却说到了死。我不能死，我没有时间。我是瓦尼亚·谢戈廖克，第一个善跑的人，第一个顽皮的人。就让死神跟在我的身后吧！我会甩掉它的。我的肩膀很宽，我的腿很结实，而我本人很美。无论如何，我不会死的。”

半夜，我换了班。早晨，我又来到了医院。

我不想问，直接来到了门口的角落里。

床已经被换上了干净的床单，静静地摆在那里，雪白而平整。

平整而光滑……瓦尼亚·谢戈廖克却不在了。

结束了。

……“你知道天鹅怎么喝水吗？野天鹅？喝那种没有动过、没人见过、没人知道的……”

我知道。

五旬节

马车夫特里丰晚上带回来几抱刚刚割下来、散发着芬芳气息的芦苇，把它们撒到了各个房间里。

女孩子们尖叫着，蹦跳着，而男孩格里沙跟在特里丰的后面走着，很严肃也很安静。有时候，他整理一下地上的芦苇，让它们铺得更平整一些。

晚上的时候，女孩们跑去准备明天要用的花。因为五旬节这天，去教堂的路上手里要拿着花。格里沙也跟着姐姐们去了。

“你干什么！”瓦利亚喊道，“你是男人，你不需要拿任何花。”

“你自己就是一束（花）！”二姐卡佳取笑道。

她总是这样取笑人。先是重复别人的话，然后补充：“你自己……。”面对这种情况，格里沙从来都不知道该怎么去对付，就知道生气。

他长得个头最小，也不好看，而且还很滑稽。从他的一只耳朵里，总是露出一大块儿棉花。他的耳朵经常疼，家里负责治病的阿姨严厉地吩咐说，要他塞住哪怕一只耳朵。

“别把你的脑袋吹透了。”

女孩们采摘了一些花，扎成了花束。然后，把它们藏到了一棵大茉莉花树下，放到稠密的草丛中，为的是在明早之前不被别人发现。

格里沙没敢走过去，只是从远处看着。等她们都走了，他才开始自己的工作。他忙活了半天，一直觉得扎得不够牢固。他用小草把每一个花梗都绑到了另一个花梗上面，并且用叶子包住。他扎出来的花束有些蹩脚，不好看。但是，格里沙要的也就是这个。他一本正经地仔细看了看，然后，也把它藏到了那棵树下。

家里人都在忙着进行准备工作。每扇门上，都挂上了一棵小白桦树。妈妈和一位阿姨说，有个叫什么卡托米洛夫的地主明天要头次登门做客。

房间里那些令人不习惯的绿植，还有家人决定杀鸡进行招待的卡托米洛夫地主都令格里沙惊恐不安。他感觉到好像某种可怕的、带有未知危险的新生活开始了。

他四处看看，听听，从兜里掏出来一个坏了的旧手枪的扳机，决定把这个玩意儿藏得远一些。这玩意儿很宝贵，女孩们还是在复活节的时候得到它的呢。拿着它去小花园打猎，用它削阳台上的烂木板，像抽烟袋一样用它来抽烟。随便什么能玩的，直到她们玩腻了，才会给格里沙。

现在，因为格里沙预感到有危险的事情发生，就把它藏到了前厅的痰盂下面。

晚上睡觉前，他突然担心起自己的那束花来，决定跑去看看。

他从来没这么晚一个人来过花园。这里的一切不是可怕，而是不是那么回事。中央花坛里的柱子（用扳机把它挖下来也很方便）紧挨着房子，微微晃动了一下。一个小石子蹦蹦跳跳，横在了路上。在茉莉花树下也有点儿不对劲。夜里，那里长出的不是绿色的草，而是灰色的草。而当格里沙伸手要摸摸自己那束花的时候，树丛深处有某种东西在沙沙作响，而小路旁有火柴光闪亮了起来。

格里沙想，咦，有人已经在这里安家了……

于是，他踮着脚跟回了家。

“有人在那里安家了。”他对姐姐们说。

“是你自己在那里安家了吧!”卡佳取笑他道。

保姆阿加什卡在儿童房里的每个小床上都系了小白桦。

格里沙仔细地看了很长时间，所有的小白桦都是一样的。

不，我的是最小的。这就意味着我会死掉的。

晚上睡觉的时候，他想起了自己那把扳机。他担心的是他没有把它放到枕头底下过夜，担心它要在痰盂下面独自受苦。

他悄悄地哭了一会儿，然后睡着了。

清晨，大家都起得很早，梳好了头，衣服都浆得焕然一新。格里沙的新衬衫鼓起来了，不合身，他甚至都可以在衬衫里面自由转身，而衬衫都也不会晃荡一下。

女孩们把硬硬的、刺人的、像纸一样的印花布连衣裙弄得哗哗作响。因为是五旬节，一切都应该是新的，漂亮的。

格里沙看了看痰盂的下面，扳机静静地躺在那里，但比平时的时候要小、要细一些。

“一个晚上就变成另外一种样子了!”格里沙指责它道，暂时还把它留在了那里。

在去教堂的路上，妈妈看了看格里沙的花束，对阿姨小声说了点儿什么，然后，两个人都笑了起来。在作祷告的时候，格里沙一直都在想，这有什么可笑的呢。他仔细看了看自己的花束，还是没有明白。花束扎得很结实，一直到礼拜结束都没有散开来。当格里沙的手把花茎握热了，有些令人厌烦的时候，他开始抓着大郁金香的花头。花束是结实的。

妈妈和阿姨画了十字架，交换一下眼神，小声谈起了关于地主卡托米洛夫的事。她们说，要把鸡留到晚饭的时候吃。否则，坐得太久，就没什么可吃的了。

还说，农村的女孩们从老爷的花园里偷了很多花。因此，应该把特里丰解雇，他为什么不看着呢。

格里沙看了看那些女孩，还有她们那粗糙而发红的手。此刻，那些手正拿着偷来的紫罗兰。他在想，在另外一个世界，上帝会怎样来惩罚她们呢。

“他会说，下流胚！你们怎么敢偷盗呢！”

家里又开始谈论地主卡托米洛夫了，又开始了豪华接待的准备工作。

铺上了豪华的桌布，在桌子中央摆上了一个插满鲜花的花瓶，还有一小盒沙丁鱼。阿姨清洗了草莓，用绿色的叶子把盘子装扮了一下。

格里沙问，是否可以把棉花从耳朵里拿出来了。因为在地主卡托米洛夫面前，耳朵里露出一块棉花似乎不太体面。但是，阿姨没有准许。

格里沙甚至都感到奇怪。他不知要等待怎样的震惊。

把客人领到餐桌前，格里沙站到角落里去了。他观察着客人，想和他一起分享豪华桌布、鲜花和沙丁鱼带来的惊喜。

但是，客人是个狡猾的家伙。从他的脸上一点儿都看不出来，这一切对他有什么影响。他坐下了，喝了一杯酒，吃了块沙丁鱼。之后，他甚至再也不想吃了，尽管妈妈一再地恳求他再吃点儿。

“也许，从来都没有人这样恳求过我。”

花儿，地主甚至连瞥都没有瞥上一眼。

格里沙突然明白了，很显然，地主是在装！做客的时候，所有人都在装模作样，都在表演，假装他们什么都不想要。

但是，总的说来，地主卡托米洛夫还是一个好人。他夸奖了每个人，笑着，甚至和阿姨都谈笑风生。阿姨感到不好意思了，手握成拳，因为不想让人看见，果汁浸到了指甲里。

午饭的时候，窗外传来鼻音很重、拉长声调的说话声。

“要饭的来了！”伺候吃饭的保姆阿加什卡说道。

“给他拿一块馅饼！”妈妈吩咐道。

阿加什卡用盘子盛走一块馅饼，而卡托米洛夫用纸包了五戈比的硬币（整洁的人），把它给了格里沙。

“嗨，年轻人，把这个给乞丐。”

格里沙来到门廊处。台阶上坐着一位小老头，正在用手指把馅饼里的白菜扒出来，把掰开后的硬皮藏到了袋子里。

小老头长得干瘦，脏兮兮的，是那种农村里土生土长的脏，干瘦，但不讨厌。

他用舌头和牙床来吃东西，而嘴唇只有碍事的份，也往嘴里去。

小老头一看到格里沙就开始画十字，口里含糊不清地说着什么有关上帝啊，恩人啊，寡妇和孤儿的话。

格里沙以为，老头说自己是孤儿。他有些脸红了，用鼻子吸了一口气，小声地说道：“我们也是孤儿。姨妈的小儿子死了。”

老乞丐又含糊不清地说了些什么，眨了眨眼。真想和他坐在一起哭。

我们是善良的！格里沙想，好在我们是善良的！什么都给他了！给了他馅饼，还有五戈比的钱！

他真想哭，带着这种微微的、甜蜜的痛苦。他不知道该怎么办。整个心胸都开阔起来了，他在期待着。

他转过身，回到了前厅。从蒙在桌子的旧报纸上撕下一块，拿出了自己的扳机，用报纸包好，跑到了乞丐的跟前。

“给，这个也给您！”他整个身子都哆嗦着，气喘吁吁地说道。

之后，他来到了花园，脸色苍白，眼睛一眨不眨地独自在那里坐了很久。

晚上的时候，仆人和孩子们都聚集在地窖旁边，有秋千的地方。

女孩们大声地叫喊着，扮演着卡托米洛夫地主。

瓦利亚演地主，而卡佳演其他的人。

地主在秋千上摇晃，穿着长筒袜的两脚支撑地面，突然停了下来，大声地喊叫着，在头上挥动着椴树枝。

地上画着一条线，只要地主的脚越过这条线，其他人就冲上前去，欢呼着把秋千板向后推去。

格里沙和厨娘、特里丰还有保姆阿加什卡一起，坐在地窖旁边的长椅上。为了防潮，他的头上戴着帽子。这使得他的脸看起来很可亲，也很忧郁。

大家又谈起了卡托米洛夫地主。

“他可真是的！”厨娘说道，“我们的浆果令他很满意！”

“沙丁鱼还是在城里买的呢。”阿加什卡插话道。

“他可真是的！吃完了，还是那样！女人花了三十卢布来拉拢他！”

阿加什卡低头问格里沙：“喂，小老头，你呆坐着干吗？去找姐姐们玩去多好啊！坐在这儿，就像个忧郁的人儿。”

“他可真是的！”厨娘表达着自己同样的想法。“他都没有想一想……”

“阿加莎保姆!”格里沙突然感到不安起来。“谁把自己的一切都奉献给不幸的穷人，那谁就是圣人，对吗？那人就是圣人，对吗？”

“圣人，圣人。”阿加什卡快速地答道。

“他都没想要坐到晚上。吃完了，喝完了，然后就走了!”

“卡托米洛夫地主!”卡佳一边推着秋千，一边尖叫着。

格里沙安静地坐在那里，脸色苍白。

他那用帽带勒得过紧、有些浮肿的两腮微微下垂，圆圆的双眼紧张地望着天空。

小船

“……耶稣站在岸上，门徒却不知道他是耶稣。”

——《约翰福音》

她就这样睡着了。她是韦列季耶娃护士。

手、脚、后背都疼，还有耳鸣。一直都好像是那个伤员在呻吟着。

她站了起来，看了看，什么都没有。只不过是一件皮袄在那里放着。

她再也没有躺下，而是走了出去。

外面已经天亮了。旁边的农舍里有手术室，还有医院的一部分。士兵们都在忙碌着，正在往缸里倒水。

韦列季耶娃走到河边的一块空地上。

这里是另外一番景象。初升的太阳在河面上闪闪发光。河水还很冰冷，由于冰刚刚融化不久，河水还没有自由地奔腾起来，而是装作很严肃、若有所思的样子。它还没有接受蔚蓝的天空和快速闪耀的阳光，看起来仍是灰色、暗淡的样子，只不过在河岸边发出了微微的汩汩声。

一些乌鸦在水面上空扇动着黑色的翅膀，落到了地上，斜着身子蹦跳着，在开始融化了的雪面上画出复杂花纹，就如同用十字架雕刻出的花纹一样。

右边远处，可以看到一些田鼠式的小丘。那是我们的战壕。而在河的对岸，有些似乎犁过、耙过的地方有德国人。

韦列季耶娃停了下来。她看看河水，看看太阳，又看看战壕。她没有来过这里。有人带她们来这里，给她们展示过这个地方。但是再远一些，到斜坡那边去，是不允许的。那里很容易被敌人用望远镜发现，很容易遭到枪的袭击。

她就站在那里，看着。

有几个男孩士兵和两个村民爬到了很近的地方。他们藏在树丛后面，伸着脖子在观察着。

“那儿是什么？”

好像有个黑木头从我们这边开始，沿河游动着。

“那里是什么？”

“小船。”

“坐着三个人吗？”

“四个。”

“一男一女，还有小孩。”

她看了看。的确，那里有一个戴着白围巾的女人。她能分辨出来。

“他们这是干什么，疯了吗？”

“这是移民。我们这边更远的地方有一些德国移民。”

“他们会找到自己人的。”其中一个男孩说道，“会找到德国人的。”

“找到自己人，狗娘养的！”另外一个人补充道，突然笑了起来。“哈哈！”

远处，田鼠堆的上空升起了一缕烟。啪的一声响，船附近的水面溅起了水花。随后，立刻又见一缕烟在升起。突然，小船改变了自己的轮廓，变得更低了。这是因为那位坐着扶桨的男人俯下身去了。

“他怎么啦？”

看得见，船上的人在忙碌着。突然，船停了下来，晃了晃，又摇了摇。然后，又重新调整好了。

“女人拿起了桨。”

是的，是的。可以看得见，女人在划船，一直都是往对面的方向划的。

“难道会有人朝她开枪吗？”

“这很简单。”一位士兵说道，“也许他们在运什么东西！”

但是，田鼠堆的上空仍是一片寂静。小船已经到了对岸。

“看！看！”

在那块被犁过的凹凸不平的土地上，在德国人的上空，又升起了一缕青烟。

“这是怎么回事？”

小船好像是空的。只有两个小孩安静地并排坐着。

“他们为什么要开火呢？”

“鬼才知道。也许，他们以为是间谍……”

“狗娘养的！”

小船转到了一边，轻轻地晃了晃，又转过来，慢慢地转着，然后顺着河流而下。

孩子们安静地坐着。

“上帝啊！他们会被淹死的！”

“也许，再往下走，有人会救他们的。那里有村子。”

他们安静地坐着。

在河流的拐弯处，有一块沙洲。小船停了下来，好像犹豫起来，轻轻斜靠着上了岸。

孩子们开始蠕动起来。他们爬了出来，看得见他们举起了手。应该是在叫喊了，但是听不见，因为太远了。

他们就在河岸上乱跑。一会跑到小船旁，一会又跑开。他们舞动着手臂，蹲到了地上。

“咦！好像小兔子一样。”一位小士兵说道。

“很显然，他们哭出声了。”另外一个小声说道。

“一个是女孩。看，裙子。而那个小一些的是男孩。”

“我到村里问问，有没有小船。”韦列季耶娃如此决定，赶紧抄羊肠小道跑去。

急救处很安静。昼夜值班的医生和护士还在睡觉。

韦列季耶娃走遍了半损毁的农舍。到处都是空旷旷的，或者是一些被从战壕里放出来休息的战士。

“小船？”他们笑了，“护士，这里别说小船了，连个木头的茶杯都找不到，都烧没了。”

韦列季耶娃想起来，他们在没有生火的农舍里已经呆了两天多了，于是不再问他们。

第二天早晨，她再次来到河边。

小船还在那个地方。

但是，船上的孩子已经不见了。他们两个并排坐在岸上，彼此紧紧依偎。因此，从远处看，他们就好像一座灰色的小丘，几乎一动不动。

天色昏暗，死气沉沉。天空被一动不动的褐色雾霭遮蔽着。刚刚开始融化的雪、黑色的沟壑，使得河岸又湿又滑。唯有河水是活泼的，却是平静的，动作迟缓的。

德国人的上空又升起一缕烟。在韦列季耶娃站立之地的下面，好像有什么东西碰到了石子。

他们发现了，于是开了枪。

她躲开了，用树丛将自己遮住，然后转身回去。

“为什么他们德国人不派人来接小孩呢？我们的人是不会开枪打他们的。”

“当然，不会的。他们当然不会相信的。”

“那如果我们要找到船呢？”

“没有船。要是有的话，也不会让它走的。它会被击沉。”

第三天的时候，她马上就明白孩子们在哪了。后来，她仔细看了看。他们上了船，并排坐着，一动不动。也许，他们已经冻死了。

或者是因饥饿和挨冻而变得虚弱了。他们还这么小呢！假如船上有衣服的话，他们也不会想到要拿一下。他们躺下，要是盖上就好了。但是，在船上有两具尸体……

第四天，太阳出来了。阳光在水上嬉戏，水面上闪闪发光，光波荡漾。阳光温暖着岸上那脆弱的雪。河水流得更加湍急，打着漩涡，发出甜美的汩汩声。

而在河的对岸，那条黑色的小船安静下来了。乌鸦在忙碌着，挥动着黑色的翅膀，在小船的上空盘旋，从侧面靠近小船，在小船里面走走，然后又飞起来，又重新落下……

在急救点，大家都在紧张地忙碌着，正在送走最后一批伤员。

“明天不会有事的。他们不会开枪的。”

“不会的。明天是节日。”

“当然不会。我们是基督徒，他们也是基督徒。”

“不会的。”

夜里，韦列季耶娃醒来了。

她感到惊恐不安。

她站起身，来到河岸上。为什么要来，她自己也不知道。是忧伤和不安促使着她。河面上月色朦胧，暗淡的银色雾霭微微震动了一下如烟的黑影，而对岸模糊不清。

韦列季耶娃坐到了一块石头上，用手臂抱住膝盖，坐了很长时间。

“我们是基督徒，他们也是基督徒……”

那里有一条黑色的小船，我看不见它，但是感觉得到，它就在那里。

她低下了头，忧愁得头有些发晕，就好像头疼一样。

要是会祷告就好了！

她的心悄声地回答说：“你每天来到这里。你忧愁着，痛苦着。这难道不是在祷告吗？难道这不是祷告吗？难道你不是在等待着奇迹吗？难道你不是默默地、胆怯地、无语地在恳求吗？”

韦列季耶娃抬起了头。

“不！不！人们不是这样祷告的！”

她的心又说：“你看，不是有人在踏着浪向小船走去吗？他穿着白色的衣服，手臂是伸直的。除了那唯一的一位，谁还会这样在水上踏浪行走呢？”

“不，不。”韦列季耶娃回答道，“这里一个人也没有。这是河面上的雾。”

她的心又说道：“看，他走到了小船跟前，躬下了身。难道你没看见他的衣服所放射出来的光辉吗？”

“不，不。这是月亮的光辉。”

心儿沉默了，静静地呆住了。什么都没看见了。

急救点的人们在忙碌着，匆忙地奔跑着。接到命令要离开，半小时之内要收拾好一切。

护士们在奔跑着，互相推挤着，生着气，叫喊着。卫生员忙活着拿褥垫，数担架。细小的草屑在空气中飘扬。

“您到哪里去了，护士?”卫生员在农舍的门口拦住韦列季耶娃，问道，“有人找您。”

“我去河边了，睡着了。”

“真棒！梦见什么好事了?”

“我梦见了……我梦见了……”

她眯缝起眼睛，试图想起来。皱了皱眉头，深入且努力地去想，却还是没有想起来。

“不，我什么都没有梦见。根本，根本什么都没有梦见。”

她打开了门，开始忙活起来。

新十字架

采霞小姐在厨房桌子的一角，在锅碗瓢盆之间，摆开了纸牌。

这在房间里是不可以的，姐姐会生气的。过大节的时候，手里拿着纸牌不好。这是一种罪过。

厨娘霍夫拉正在用一把大刀切乳酪，斜眼看着纸牌，没有吭声。大概，她心里也在指责呢。

老小姐的手在抖。她把那副油乎乎、像一双穿破了的旧鞋一样的纸牌拿到唇边，小声地说道："告诉我所有真相。来，还是不来？告诉我一切真相。"

脏兮兮的、厚厚的纸牌分成一摞一摞，按各角摆放。

"一切真相，一切真相!"小姐口里喃喃地说道。

出来四个六，就在 K 的周围。

“又是路。这么长的路，你究竟要去哪？我的亚西，亚西？”

“采霞！”房间里传来姐姐嘶哑的声音。“采霞！该收拾桌子了！亚西很快就来了！”

扎霍夫斯卡娅太太本人并不料理家务。她是一个寡妇，她有风湿病，还有个儿子亚西。

亚西是志愿兵。离这里不远的地方，就是他所在的团部，拐两个弯就到。昨天，亚西就应该回来，他们的头已经答应了。这不，今天他会回来吃这顿神圣的晚餐。

太太像一只老鸭子一样，晃晃悠悠地走着，一边走，还一边用长长的织针舞动着绿色的毛线。她要给亚西织一副护腕，就像她的那副一样。那对预防风湿病很有益处。

太太的脸有些浮肿，脸色苍白，眼睛却是红色的。

采霞小姐并不看姐姐。她在铺桌子，忙活着。在厨房里，她感觉轻松一些。老霍夫拉的脸上是一副关注家务的平静表情。女孩甘卡整个脸都油乎乎的，偷偷拿走了一块肥肉，她的眼睛在笑。而太太的脸上是一副不安的表情，织针在抖动。

“亚西，我的亚西。”采霞小姐小声地念叨着。“这么远的路，你要去哪呢？”

姐姐为什么会惴惴不安呢？姐姐有过丈夫，有自己的产业、庄园，还有债务。不只是亚西，她拥有一切。可是，采霞曾经给亚西洗过澡，教他读书，教他祈祷。

桌子收拾得很漂亮。摆上了两盆天竺葵，而在两盆花之间是死去的老爷的相片。相片上的老爷面相很和善，只是瞪着眼睛，就好像故意要吓唬谁似的。这都是因为那位外来的犹太人摄影师不允许老爷眨眼。

“不要眨眼！”他用他那弯曲的手指吓唬道，“不要眨眼！您会把我的相机整个毁掉的！”

在老爷相片的前面，摆着一瓶李子酒、圣餐饼，还有鱼冻。

太太开始剪纸，为了用纸堵住小猪的嘴。而采霞小姐在窗台借着微弱而昏暗的光线，再次摆开了纸牌。这次出来的又是各种各样的路：黑的、红的，白天的、晚上的，紧急的、遥远的，等等。

“你去哪啊？亚西，我的亚西？”

太太要求点灯，她急着要织完护腕。

突然，门口传来了狗叫声。

“快，快！”太太开始忙乱起来，来回走着。

采霞小姐屏住呼吸，把手紧紧地按在胸前。

过道里传来了说话声，一股寒气吹进来。斯利夫尼茨基老爷走了进来。是邻居，一位善良的小贵族。和他一起来的还有他的女儿和侄女。

“我们以为亚西先生已经回来了呢！”

“还没有。我们还在等着，等着。很快就回来了！”太太说道。

“如今，已经真的快了！”采霞重复道，并且用心地倾听着自己的话语，微笑着。

斯利夫尼茨基老爷头发花白，面色红润，性格开朗。他喜欢瞎扯，但都是扯一些别人无法理解的高深话题。

年轻的小姐们也是非常开朗而且老练的。一个在华沙的一位时装设计师那里学习了一冬天，而另外一个在斯摩棱斯克的天主教教士那里待了两个月。两位小姐都是见过世面的人，所以谈什么都行。

他们坐下了。开始询问起彼此的健康状况来。

“我已经五个晚上没睡觉了。”太太说道，“五个晚上我都没合眼了。”

“这是失眠。”老爷说道，“应该服药，一定要服药。”

“不。”太太疲惫地说道，“我根本不是什么失眠。我只是开始想，现如今，在战争中会有多少年轻的生命要被消耗。所以，我睡不着，已经五个晚上没睡了。可是，我没有失眠，我没有得失眠症。”

他们又等了一会儿。后来，他们决定，趁着等亚西的工夫，他们可以尝尝鱼。她们还请老爷喝了李子酒。老爷的鼻子都红了，他开始谈起了政治。

“哎，现如今，波兰会好的，会是一片光明的!”太太叹着气。她叹气不是因为将会是一片光明，她叹气的是曾经一片黑暗……

“我曾经给路边的一个十字架做了一个棚。那时候，亚西得了麻疹，我发誓要做一个新棚。等亚西好了，一个漂亮的新棚就建好了，还带雕花的顶子。后来，上面知道了，全都拆走了。那时候，不允许。波兰的法律不允许为十字架翻新。我吓坏了，我想，上帝会惩罚我的，我没有遵守承诺。但是，我还是等到了，上帝看得见我的真实情况。他会保佑亚西的。”

后来，老爷开始瞎扯说，在他年轻的时候，在那混乱的年代，他是如何在华沙大街上散步的。

“早上七点钟，我和一位英国公使在马尔沙尔科夫斯基街上散步。当然，公使是一位非常文雅的人。他穿着燕尾服、套鞋，都很得体。我穿得也非常体面。突然，响起‘啪、啪’的声音。怎么了？一伙哥萨克人奔驰而来。他们看见了我们。怎么？一、二、三！他们拍我们的肩膀！他们整个团都向我们扑来，差点儿没把我们拍聋了。我倒是没什么，只不过内衣有些起皱了。可是，英国公使的燕尾服后襟都被扯掉了。如今，这套燕尾服在他们伦敦的温莎修道院展览着呢。”

太太同情地点了点头。老练的小姐们窃窃私语，嘿嘿地笑着。采霞小姐回了一趟自己的小屋，梳了梳头，摘下围裙又走了出来。

厨娘霍夫拉从厨房往外望了望，说道："为什么我们不去叫一叫少爷呢？他很快就要回来了。"

她穿过了过道。女孩甘卡从旁边不知什么地方跳了出来。她如同火鸡般婉转的声音穿过关着的门，从院子里传来："亚西！亚西！"

霍夫拉的声音就像是在寻找着："少—爷！少—爷！"

"无知！"开朗的老爷如此评价道，"人在十俄里之外是听不见别人喊他的。要是听得见的话，是因为有这样的自然规律。而对于我们来说，这还是未知。要是骑的马不好，再怎么努力也不会很快到的。"

霍夫拉和甘卡回来了，眼里充满了见过野外雪夜后的惊恐。

后来，她们又请老爷和小姐们吃了大麦蜜粥。突然，狗又叫开了。太太又开始来回走动着说："快！快！"

采霞小姐的心也开始剧烈地跳动起来。

随后，门口传来了脚步声，还有许多年轻人问这问那的声音。

"星星！"有人说道，"带着星星来了。"

进来的是一群邻村的男孩们，戴着围巾、帽子还有手套，他们个头不一。真正属于他们自己的只有那通红的双颊，还有闪闪发光的眼睛，其余再无共同之处，就好像他们正从一个笨重的罩子里面往外看一样。

他们在杆子上安装上了一颗大大的、明亮的彩色星星，都是用小彩灯做的。他们开始转动星星，并且开始唱起了波兰古老的歌曲。歌曲讲述的是，夜里，那小小的主耶稣基督躺在马槽里的黄色干草上；长着纯金色头发的天使围绕在基督周围，向他敬拜。"金发！金发……"男孩们唱着，他们的眼睛里闪耀着彩灯的光芒，令人惊奇，令人鼓舞，就好像他们看到了美丽的神迹。

"采霞，给他们每人一小块咸的肥肉和里脊肉。"当男孩们沉默之后，太太叹了口气，说道。

随后，门口、窗前再次响起了脚步声。而后来，远处依稀可见，星星的彩色亮光正往山上去了。

很快，开朗的老爷和小姐们也走了。

“正在打大仗呢。”走的时候，他用非常严肃的声音说道，就好像不是他自己的声音。“很近。谁知道明天会怎么样。”

随后，他又兴奋地、充满激情地补充道：“给亚西先生问好！让他歇歇吧，我们明天再来看他。”

太太回自己的卧室，去想打仗的事了。她没有失眠，她只是不能睡，因为她的思虑影响了她。

而采霞把一切都收拾得妥妥当当。她没有回自己的小房间去睡觉，因为需要有人迎接亚西。她坐到了窗口旁，开始打盹。她梦见亚西回来了，满身全是金子。

“谢谢，你们把十字架翻新了。如今我看见，对于波兰来说，一切真的都将是光明的。”

采霞小姐醒了，来到厨房，把茶壶放到炉子上，好让亚西有热茶喝。然后，她又打起盹来，亚西又回来了。采霞醒了多次，也睡了多次。每次睡着的时候，她都能见到亚西。而每次醒来的时候，她都很惆怅，因为他不在。

睡着后就留在他回来的那个地方好了。那个地方有他要走的长长的路：黑色的、红色的，白天的、黑夜的，紧急的、遥远的。他就沿着这些路回来了，非常开心，为自己那个新的十字架而高兴。可是，这里没有他。这里只有忧伤与恐慌。显然，从那遥远的地方，他来的不是这里。

灯已经燃尽了，冒起了煤烟。窗外，暴风雪的呼啸声有如孩子猛烈的哭声，透过窗缝传来。新的、昏暗的一天来了。

采霞小姐来到了台阶上。死气沉沉的一天正在开始。外面白茫茫一片，寒冷，阴暗。昨夜的忧伤还在继续。

采霞小姐听了听声音，一片寂静。

她环顾四周，一片寂静。大地平坦而洁白，感觉她好像既硬又圆。就在那灰蓝色的雾霭后面，在那灰色的乌云旁边，隐约可见那空旷寂静的白色大地。

“你接走他了[①]吗？”采霞小姐问道。

好像有什么东西为之一震，雪丘上的雪花飘起了一阵阵清烟，吹呀，吹呀！然后，小雪丘一下子消失了。

四处一片寂静。

---

① 这是主人公在向大地询问，问她是否接纳了亚西。

幸　福

人类的幸福很少见，要研究它非常困难。因为它根本就不在它该在的地方。

我了解这些。

有人对我说：“听说戈利科夫有什么高兴事了吗？他得到很好的晋升了。想象一下，那个职位，本来库利科夫一直盯着来着，可是没选他，而选了戈利科夫。”

“应该祝贺一下。”

于是，我去找戈利科夫。

我见到他的时候，他的心情很一般，很忐忑，以至于我甚至无法为自己的声音找到合适的兴奋情绪来表达祝贺之情。他们无精打采地谢过了我，就转移了话题。

这些人真是不知足。我想，命运赐给了他们想都不敢想的幸福，他们甚至都不会高兴一下。真不值得给这样的人幸福！命运真是不现实！

我很生气。我来找他们，就像来看一场罕见的戏。可是，戏没有开演。

“那位可怜的库利科夫现在怎么样呢?”要走的时候，我顺便提了一句。“也许，他会非常失望!”

我说完之后，自己都大吃一惊。

这种瞬间转变的面部表情，我这辈子从来都没见过！就好像我的话语打开了电源开关一样，一下子一切都亮了起来。眼睛闪闪发光，嘴巴张大了，脸颊笑得变圆了，手臂舞动起来了，幸福之光涌到了他们身上，照耀着他们，温暖着他们，点燃了他们。

戈利科夫精神抖擞地晃动着他那一头卷发，看了一眼突然变得漂亮的妻子。扶手椅上中风的老父亲动了动，微微欠起身子。也许，多年了他都未曾如此动过。五岁的儿子突然紧紧地依偎着母亲的手臂，大声地笑了起来，就好像呛着了一般。

“库利科夫！哈哈！嗯，是的，可怜的人!”戈利科夫感叹道，“也许，他正在生气呢。”

“据说，他非常自信，甚至都为办公室选好了壁纸。现在，他看到这些壁纸该有多恶心啊！哈哈哈!”妻子哈哈大笑道。

“我能想象，他该有多生气!”

“呵，呵呵!”中风的老父亲乱动了一下，用半张嘴笑着。

而小男孩把后脑勺凑向母亲，想让母亲抚摸一下并表扬他聪明。然后，他上气不接下气地说：“他，也许会气死的!”

父母抓住了这个聪明孩子的手，整个家都放射着明亮、神圣的幸福之光。为这一刻的幸福，人们要经历多年的斗争与痛苦。

好了。走的时候，我在想，我想要的正是这个：看到他们幸福。可是，显然，幸福的到来就像一只可怜、饥饿的野兽一般，需要马上用热乎乎的人肉好好喂喂它，好让它撒起欢儿，跳起来。

奥尔加·韦列索娃告诉我，她嫁给了安德烈·伊万内奇，她很幸福。

“他的资产不薄，而且相当可爱。不是吗，他很可爱？”

她有些怀疑地看着我。

“这么说，您很幸福？”我回避了她的问题。

“是的，很幸福。”她无精打采地回答。突然，她的脸闪亮起来，肩膀收紧了，就好像有一股惬意、柔和的暖流袭来。

“哈哈！而那位傻瓜索科洛娃以为，她会比我先嫁出去！据说，她气病了。妈妈还特意去看了她。据说，她的脸色变得蜡黄蜡黄，好像柠檬一样。哈哈哈！”

奥尔加·韦列索娃的确是一位幸福的新娘。

我见到她的新郎后明白了，他也是幸福的。因为他对一位伤心的大学生使着眼色说：“卡尔鲁沙一切都落空了！他追奥莉娅[1]追了三年。嘿嘿！您看吧，看他是怎么发疯的！”

甚至在他的喉咙里，因为幸福的缘故，有某种东西啪地响了一下。

而老太太——新娘的母亲，就像蜡烛一样，被幸福燃烧着。

“上帝啊，我真无法想象！所有人都在生气，所有人都在嫉妒，所有人都在骂。拉科列耶夫家过着如同地狱般的生活。卡坚卡差点儿没上吊死了。莫琳娜都不愿意伸手和人打招呼——不得不这样生活……”

她用幸福得发抖的手，在胸前画了画十字。

幸福的婚姻！幸福的家！

吃饱了、喝足了的幸福从一个房间跳到另一个房间，也像猫一样把背弓成了拱形。

我有几次机会与幸福之人相遇，很好地了解了幸福的本性。

---

① 奥尔加的小名。

但是有一次，命运让我在幸福中扮演了一个非常积极的角色。

当有人告诉我说，安娜·伊万诺夫娜，那位贫穷、得了绝症的女教师得到了一笔巨额遗产时，我真诚地为她高兴。而当我听说，她只梦想着和我见见面的时候，我很感动。

安娜·伊万诺夫娜认识我，是在对于我们两个人来说都很艰苦的年代。而后来，我们没再见面的那些年，听说她的日子过得比以前还要艰苦。因此，她命运中如此神奇的转变怎能不令人高兴呢！

这个消息之后，我很快就在街上碰到了她。她坐着自己的马车，打扮得很漂亮，看起来却很烦闷，很安静。

看到我之后，不知为什么，她开始变得烦躁不安。她的脸开始紧绷着，一副贪婪的样子。

“快点儿坐到我身边来！”她喊道，“去我那里吃早饭。”

我拒绝了去她那里，但还是表达了我的高兴之情，为她的一切事情能安顿得如此之好而高兴。

她有些气愤地听完了我的话。

“还是坐下吧，我带你回家。车上的弹簧座好极了！坐上它去走走，简直就是一种享受！”

我坐上了，她马上就开始给我讲，她有什么样的房子，有几辆马车，还讲了什么奇特的灯，也是她继承下来的。她说的时候有些恶狠狠的，好像对我很不满意。因为我完全是一副不知所措的样子。

为什么有人说她想见我呢？可能，是他搞错了。

但是，当我想在一个商店旁边下车的时候，她无论如何都不想和我分开，并且吩咐马车夫等着，而她自己就跟在我后面。

“怎么能买这种破烂便宜货呢？”她恶狠狠地说道，“我只买贵的东西，因为这样更划算一些。”

然后，她又开始讲自己那些贵重的好东西，并且用一种充满绝望与愤怒的眼神看着我。

“您这大衣是什么呀?”她突然歇斯底里地喊叫道，“怎么能穿这种破烂货呢？也许，是进口的便宜货!”

我本来想袒护一下自己的大衣，但看了看她那张浮肿的脸，她那副忧愁的样子，再看看她那贵重的马车，就理解了她一切的绝望：她的幸福是空虚的，是饥饿的，要用热乎乎的人肉来喂饱它。否则，它会死掉的。

我明白了她为什么找我。她在我生命中最艰苦的时候认识了我，而且她感觉到，假设我如今能够保护自己的话，那么至少她可以利用我过去的那些痛苦来满足自己。

她很绝望，她的嘴角痛苦地耷拉着，眼神暗淡无光。该喂一喂野兽了。

“是的，我的大衣不太好！好的大衣会很贵。”

她的脸微微地红了。

“是的，当然很贵。但不只是贵，也好。要知道，您是浪荡派!”

我不好意思地笑了一下。

吃吧，吃吧，不幸的人!

“您过得怎么样？一直在工作吗?”

“是的，我在工作。”我小声地答道。

“没什么可说的，您能够安排好自己的生活！那您一直到老都要工作吗?”

“显然……”

她已经开始笑了，她的眼睛就好像被撕去了上面遮盖的薄膜，明亮又愉快地闪耀着。

吃吧，吃吧，别不好意思!

“我可不想要这样的生活。今天也许您还没什么，可明天您要是病了，那么还要遭罪。那时候该怎么办呢？您还记得吗？我现在的确是都安顿好了。您要是这样就好了，啊？”

吃完了！

“哎，我怎么能？”

她与我亲切、愉快地告别了。她感到如此幸福，甚至都没回家，而又去逛了。

而且，她一直恳求我常去拜访她。

她把我吃掉了！而除了我的尸体，她简直什么都没有。

亚芙多哈

——致 A.几. 纽连堡

星期天的时候，磨坊主家的雇工特里丰从村子里出来，拐到位于浅谷中亚芙多哈家的农舍来，把信交给了老太太。

“部队的儿子寄来的。”

高个儿、瘦弱、驼背的老太太站在那里，眨着瞪得大大的眼睛，可并没有把信接过来。

“也许，不是给我的。”

“邮差说是给守林的亚芙多哈的。拿着吧，是儿子从部队寄来的。”

于是，老太太才接过信。她久久地把信翻过来复过去，用她那折断了指甲的粗糙手指轻轻地摩挲着。

“你读读，也许不是给我的。”

特里丰也摸了摸信，又把它还给了老太太。

“我不识字。你去村里吧，那里会有人给

你读的。”

他就这样走了。

亚芙多哈在农舍旁又站了一会儿，眨了眨眼睛。

农舍很小。下沉到地里，窗户与地面齐平，上面的玻璃碎片五颜六色。这样的农舍不适合高个子的老太太。很显然，是命运折弯了她的腰。不能流落街头啊。

亚芙多哈眨了眨眼睛，钻进农舍，把信塞到了圣像后面。

然后，她去看了看猪。

猪被养在紧挨着农舍的满是窟窿的棚子里面。夜里，亚芙多哈总是能够听到猪蹭墙的声音。

她充满爱意地想，蹭吧，蹭吧！等圣诞节的时候就会把你吃掉！那时候，你就不会再蹭了。

为了这头猪，她早上起来，左手戴上一只厚厚的粗麻布手套，用一把已经磨得很细的破旧镰刀收割长在路边的结实的荨麻。

白天的时候，她在浅谷中放猪，晚上把它赶到棚子里面。她大声叫骂着，就像一位真正的农妇一样——一位拥有真正财产，拥有一切该有之物的农妇。

她已经很久没有见到儿子了。儿子在城里工作，很远。如今他从部队寄来了信。也就是说，他被征去打仗了。也就是说，过节前他不会寄钱来。这也就意味着，面包不会有了。

亚芙多哈来到猪跟前，眨眨眼睛说：“我有个儿子叫帕纳斯。他从部队给我寄来了一封信。”

说完这些之后，她感觉平静了一些。可是，晚上她久久不能入睡。快到早上的时候，外面传来了沉重的脚步声。

老太太起身，透过门缝向外望去。一群士兵正在行进着，很多很多，灰突突的，很安静。他们沉默着。“他们去哪？干什么？为什么沉默着？为什么他们这么安静？”

她感到害怕，于是躺下去，被子蒙上了头。而当太阳一露头，她便准备去村里了。

个子高高的、瘦弱的她走出家门，四处望了望，眨了眨眼睛。夜里士兵们从这里走过，道路一片泥泞，就好像用臼捣过了一样，路边的小草被踩得紧贴地面。

"他们践踏了猪吃的荨麻。已经践踏了！"

她开始出发了，双脚和着稀泥，拄着拐杖走了八俄里。

村里正在过节，女孩们正在为独眼甘卡编着花环。她被许配给了尼卡诺尔，赫罗缅科夫的儿子。尼卡诺尔本人去打仗了，而老赫罗缅科夫家里需要女的干活。尼卡诺尔要是被打死，就找不到干活的女人了。所以，女孩们正在为独眼甘卡编花环。

甘卡家的房子里很闷，散发着一股酸面包和熟羊皮的味道。

女孩们拥挤地坐在桌子旁边的长凳上。面色红润、满头是汗、眉毛稀疏的她们正在转动、挑选着绢花和绦带，使出了浑身的力气在大声唱着歌。

她们面目狰狞，鼻孔鼓起，就像在干活一样唱着。而歌曲是那种田园式的，自由自在的，从一个田间传到另一个田间，从很远的地方就能听见。可是，在这拥挤的小农舍里，这首歌被糟蹋了。它在叫着，敲打着那些浮着一层土的小窗户，它没有出路。聚集在女人周围的那些小伙子们眯缝着眼，就好像风吹在他们的眼睛上一样。

"够！盖！够—噢—噢！够！盖！够—噢—噢！"

他们唱着低音，不管他们唱了什么词，听起来都好像是"够—盖—够—噢噢噢！"声音已经很大了。

亚芙多哈挤到了门口，一位农妇朝她转过身来。

"我儿子帕纳斯，"亚芙多哈说道，"从部队寄来一封信。"

农妇没有任何回应。也许她没听见，女孩们唱歌的声音太大了。

亚芙多哈开始等，被挤到了角落里。

突然，女孩们一下子停了下来，就好像被卡住了一样。门口响起了小提琴吱吱呀呀的声音，就好像是感冒了的公鸡在叫一样。而紧随其后，不慌不忙地响起了铃鼓的声音。人群都挤到了门口。农舍的中央走出两位平胸的姑娘，她们挺着凸起的肚子，穿着并不束身的束身衣。她们拥抱了一下后上场了，走走跳跳，就好像磕磕绊绊一样。她们转了两圈。

一位小伙子拨开人群，甩了甩油乎乎的浅色头发，蹲下，开始转圈走。那双穿着树皮鞋的难看双脚时而伸出来，时而收回去。似乎他并是在跳舞，而像一个残疾人在笨拙、可怜地爬着，很想站起来，却站不起来。

他绕了一圈，直起身，又挤到人群中去了。随后，大家突然叫了起来："萨赫费娅奶奶，跳一个！萨赫费娅奶奶，跳一个！"

一位戴着厚围巾的矮小老太婆生气地摆着手，摇着头，说什么也不上场。

"他们为什么要纠缠这个老太婆呢？"那些不了解情况的人奇怪道。

而那些了解情况的人一直在喊："萨赫费娅奶奶，跳一个！"

老奶奶突然皱了一下眉头，笑了起来，转向圣像。

"好吧，让我拜拜圣像！"

她在胸前画了十字，深深地、深深地鞠了一躬。然后，说了三句话："请原谅我，上帝！请原谅我，上帝！请原谅我，上帝！"

她转过身来，笑着说道："我祈求饶恕罪过！"

祈求饶恕是有缘由的！她一叉起腰，一使眼色，一扬头，咿哟！

这时，跳出来一位细高挑的小伙子，穿着树皮鞋的脚开始动起来。

但是，谁都不看他。大家都在看萨赫费娅。尽管她此刻并没有跳，而只是站在那里，等着轮到自己。她等着，等着小伙子赶上她。跳着的，就是小伙子，而她只是在等待。但是，整个舞蹈却都在她身上，而不是在他身上。他是在用脚跳，而她的每根血管都在跳动，每根骨头都在表演，每一滴血都在晃动。他，连看都不用看，只需看她。瞧，轮到她了。她转过身来，一跃而起，开始跳了起来，咿哟！

老太婆知道自己该做什么，知道如何在圣像前祈求饶恕。在另一个世界，为这种罪过很难祈求成功。

亚芙多哈被挤在角落里坐着。她什么都看不见，也不需要看。那里有什么啊！

她休息了一下，挤到前厅去了。

新郎就站在前厅，正在用木片逗狗玩呢。

“尼基福尔！也许，你是识字的。我儿子帕纳斯从部队寄来一封信。”

新郎皱了皱眉头，不想放下自己的乐事。他又皱了皱眉头，最后扔下木片，拿起了老太太的信。他撕开一角，用一只眼睛往里看了看。然后，小心地把手指伸进去，撕开了信封。

“这的确是一封信。听着！‘亚芙多哈阿姨，您好！愿上帝保佑您健康。我们一直在行军，一直在走，很累，却还能走。您的儿子死了。可能他受伤了，但是，您不要指望他活着，因为他已经死了。您认识的菲利普·梅利尼科夫。’完了。”

“菲利普？”老太太又问了一下。

“菲利普。”

然后，她想了想又问道：“是谁受伤了？菲利普吗？”

“谁知道呢。也许是菲利普。怎么能搞清楚呢，伤了那么多人。这是在打仗。”

“是在打仗。”老太太同意道，“要不，你再给我读一遍？”

“现在没时间。下周日你再来，我再给你读一遍。”

“嗯，我来，下周日我再来。”

她把信藏到了怀里，然后，又进了农舍。

“什么?”她用胳膊肘推开了一个小伙子，就是像残疾人一样跳舞的那位。“什么?”

“我儿子帕纳斯从部队给我寄来了一封信。菲利普·梅利尼科夫不知受伤还是没受伤。很多人都受伤了，这是在打仗。”

晚上回家，走在泥泞湿滑的路上，她一直想着两件事，一件不好的，一件好的。

不好的是，喂猪的荨麻被践踏了。

而好的是，帕纳斯寄来了信，也就是说，他也会寄钱来。他寄来钱之后，我就买面包。

其他就没什么了。

药箱

军队首长死了以后，他伤心的遗孀斯捷潘妮达·帕夫洛夫娜与她那位忠实的厨娘费多西娅搬到了一个小庄园，在那里开始了新的生活。

一切就这样结束了。这似乎有些荒唐。斯捷潘妮达·帕夫洛夫娜一直在等待着发生一些什么事，能彻底改变她生活的事件。

为了这一未知、重要的事件，她每周日都要把自己额头上的头发弄得蓬松一些，熬制一种带扁桃仁和杏皮的特制果酱，用毛线绣枕头，还在小花园里种上粉红色的紫罗兰。

然而，扁桃仁的果酱早就已经结成了糖粒儿，枕头也已经绣好了，事件却一直没有发生。

粉红色的紫罗兰遭遇了一件非常令人不快的意外。环绕小花园的栅栏已经旧了，破败倒塌了。有一天晚上，一头牛走到围墙跟前，从侧面钻了进去，就在惊慌失措的费多西娅眼皮底下毁掉了太太的紫罗兰。

斯捷潘妮达·帕夫洛夫娜忧郁起来，在气头上曾想赶走费多西娅，把牛卖了，然后修好围墙。但是她力不从心，只能默默地、忧伤地恨一恨那头牛。因此，整整一个星期，斯捷潘妮达·帕夫洛夫娜喝茶都没有加奶。

而夜里，她梦见了被毁掉的紫罗兰。它好像已经长高了，很华丽，甚至从大路上都能看得见它。而过路人都问："这是什么啊，这么漂亮？这是哪位女地主如此快乐地在生活？"

有一次，发生了一件类似的事。晚上十点左右，斯捷潘妮达·帕夫洛夫娜已经准备睡觉了。这时，想起了一阵铃声。刚开始是在大路上，而后来越来越近。看得见，有人径直奔着庄园来了。

斯捷潘妮达·帕夫洛夫娜急忙跳了起来，半信不信。而这时，费多西娅从厨房跑出来，肆无忌惮地喊道："有人来了，有人来了！"

"上帝啊，这究竟是谁啊？"斯捷潘妮达·帕夫洛夫娜惊喜地折腾起来。"快去，把大门打开！上帝啊，真是没有料到，也没有猜到！"

她摆弄着额头上的头发，想使其蓬松一些，一定要来得及拾掇一下！不管怎么说，要更体面一些。就是要让人看见，即使是在农村生活，她也没有变得邋遢。

但是，费多西娅回来的时候已经不再是高兴激动的样子了，而是一副严肃、嘲弄的样子。

"您不必再打扮了。因为来我们这里的客人马上就走了！夜里跑到我们这里来，只是因为他们都喝醉了。"

接下来，她告诉有些难为情的太太，乘车来的是一位喝醉了的区警察局局长和一位喝醉了的马车夫，而三套车好像也醉了，自己拐到庄园来了。

斯捷潘妮达·帕夫洛夫娜久久无法忘记这次夜里的忙乱，因为透过通往厨房的窗户，她听到费多西娅在自言自语地谈论着她。

“喝醉的马车夫，喝醉的区警察局局长，两个人都在呼呼大睡。而我们的太太却打扮得漂漂亮亮，准备跑去迎接客人了。既罪过，又可笑。”

在离庄园三俄里的地方，河边坐落着一个小村庄。这个村庄非常贫穷，单调乏味，丑陋不堪。村子里的男人们都去铁路上干活去了，只剩下了一些女人和孩子们跑来跑去。

全村的牲口只有一匹马，长得有点儿像牛的体格，皮包骨头，却大腹便便。当它的主人——一位斜眼的小伙子爬上它的背时，它的双腿就会向四处爬动，而他的肚子几乎就是在地上拖着走。

村里的土地有些松散，除了土豆之外，什么都不长。收土豆也不是那么简单的。不知缘何，大家都互相偷盗。达里娅夜里挖出了玛丽亚家的量尺，而第二天夜里玛丽亚又挖了菲奥克拉家的。再一看，菲奥克拉又挖了达里娅家的。某种独特的轮作就这样形成了。

但是，菲奥克拉是一个机灵的女人。因此，取得了太太家费多西娅的信任，可以来庄园里翻翻菜园子，洗几件衣服等。

晚上的时候，费多西娅请她喝茶，并且听到了一个奇特的、令人震惊的故事。这是唯一能照亮菲奥克拉平淡生活的故事。故事发生在六年前。菲奥克拉种的是芜菁，长出来的却是萝卜。她拿来菜籽，送到嘴前，按规矩，吐了几口唾液。就这样，突然长出一个萝卜来。

“我亲爱的，这是因为你吐了吐唾液，很乐意地吐了。这样，突然就给你长出了萝卜、萝卜、萝卜!”

这时候，菲奥克拉压低自己的嗓音，甚至到了可怕的地步，一种神秘的恐惧感使她瞪大了眼睛：“萝卜！”

菲奥克拉长得非常瘦弱，干瘪，甚至看着她都会觉得可怕。更何况还要讲这样的故事！费多西娅只是摊了摊手说：“圣尼古拉，苦难的圣徒啊！”

她到房间里讲给太太听，而后者每次都饶有兴致，也提出了同样的问题。她乐意随便听点儿什么，尽管是一些旧闻，但仍然还是新闻。

但是，当费多西娅走后，斯捷潘妮达·帕夫洛夫娜就会生自己的气，为和这样普通的女人交谈而生气。

“这样会完全堕落的。”

有段时间，她尝试稍微培养一下费多西娅，提高她的文化水平。带着这样的目的，她亲自来到厨房，为费多西娅朗读《安娜·卡列尼娜》的章节。

费多西娅听了，并没有打断她，默默地打着嗝。可当太太合上书后，她突然说道：“也有这样一些人。我还在卢加住的时候，有一个商人的妻子被杀了，而她雇工的舌头被割掉了。”

这样的结论是什么意思呢？斯捷潘妮达·帕夫洛夫娜最终也没搞明白。但是，费多西娅的文化水平她已经不再担心了。

费多西娅的个性很强，不会屈服于任何改造。相反，她逐渐地征服了斯捷潘妮达·帕夫洛夫娜本人。尽管后者对费多西娅的没有教养感到气愤，但不知不觉中她自己也开始说什么“今儿个”、“昨儿个”、“大鱼”、“除了”和“拾掇漂亮”等大俗话了。

事件还是没有发生。

秋天里的一次，当窗户上的玻璃呼啸作响，黑色的树枝敲打着窗框的时候，斯捷潘妮达·帕夫洛夫娜来到自己房间，在箱子里翻寻了一阵，找出了一双白色的缎子鞋。她曾穿着这双鞋和未婚夫跳过玛祖卡舞，未婚夫那时是一个威武的军官。

她欣赏了一会儿这双鞋，尝试着穿一穿，但已今非昔比了。鞋是瘦小的，而脚却肿胀起来了，还穿着费多西娅织的毛袜。也就是说，缎子鞋并没有变，而是脚变胖了。一切都已经无法挽回了，无论如何也无法把这双脚和这双鞋联系起来了。

完了！

“我要放弃这一切。”斯捷潘妮达·帕夫洛夫娜想着鞋的事。“我要放弃这一切，为他人而活。”

于是，她放弃了鞋，把它藏到了五斗橱的深处、死去丈夫制服的下面。可是，该如何为他人而活，她还没有想好。但是，后来发生的一件事帮了她。

她去城里买东西。走进一家药店，她要买点儿番红花做面包用。突然，她发现柜台上摆着一个精致的小箱子。

“这是我们的家用药箱。这是个新鲜东西。对于农村来说，必不可少。您可以自己治病。这里还有说明书。”

斯捷潘妮达·帕夫洛夫娜买了药箱。她一路上都在想，她要让附近的农民们都健康起来。

“我们的恩人！”他们会如此说。他们会变得面色红润，非常健康。

而她要为他人而活。一旦有点儿什么，马上滴点药。这样，就能挽救将死之人。

“为什么菲奥克拉那么瘦呢?”就在买药箱的那天晚上，她问费多西娅。“她有病吗?”

“她什么都不吃，所以瘦。如果吃了，就不会那么瘦。”

“怎么能什么都不吃呢?”太太气愤地说道，“明天让她来找我。”

她打开药箱的说明书，开始找。

“恶心，没有胃口，砷剂。”当你为他人而活的时候，生活多么充实啊！

第二天，她关切地问菲奥克拉："亲爱的，怎么，你还恶心吗？"

"还恶心！"菲奥克拉无精打采地答道。

"喏，给你这个药剂。一杯水滴三滴，一天喝四次。你会看到，你会好起来的。我会帮你的，我不会不管你的！"

"帮吧，亲爱的！帮吧，我的天使！上帝也不会不管你的。"

"菲奥克拉怎么样了？"两天后，太太问费多西娅。"她吃东西了吗？"

"没有，好像没听说她吃东西了。"

"这真是可怕！"斯捷潘妮达·帕夫洛夫娜难过地说道，"怎么能不吃东西呢！干活的人应该吃东西的。叫她到我这里来。"

菲奥克拉来了，手托腮帮，眨着眼睛。

"怎么，你昨天吃什么东西了吗？"

"昨天？哦，嚼了点儿面包皮。"

"一整天都是这样吗？我亲爱的，这样用不了多久，你就会两腿一蹬死掉的。你应该吃鸡蛋，喝一些汤，吃点儿有营养的东西。不能对自己的健康如此冷漠。你是干活的人。好在我可以帮忙，但是我不能永远和你在一起。我不是长生不老的。"

她又给菲奥克拉一份新的砷剂。

"菲奥克拉怎么样了？"她又问费多西娅。"难道直到现在，她还没有胃口吗？让她在午饭前试着做些运动吧。这个女人真可怜！让她来找我吧，我再给她点儿药剂。"

菲奥克拉来了。

"怎么样，菲奥克拉？难道你还是什么都不想吃吗？"

"我吗？"菲奥克拉无精打采地问道，"我不想？嘿！"

"你怎么不吃东西呢，你真是个怪人！感谢上帝，胃口回来了！她却不吃！快点儿吃！"

“我吗？我究竟吃什么呢？”

“你想吃的，什么都行。当然只是容易消化的……”

“容易消化的？可是，现在连面包都没有，而所有土豆都被偷了。我怎么能吃上这种容易消化的东西呢？我以为，你用自己的那种药水哪怕能帮我抻一下肠子也好啊！可是它越发让我想吃东西了。你最好别给我这个。我非常感谢，只是最好别再给我了。”

斯捷潘妮达·帕夫洛夫娜双手颤抖，逐一摆弄着药箱里的小玻璃瓶子。

难道我要放弃这一切吗？怎么会这样？服侍邻人是最神圣的事！这个女人如此糊涂，并不是她的错。小玻璃瓶子很光滑，也很整齐，都带着标签。整个药箱看起来都很舒服，放弃它无论如何是不可能的。不可能，也没有意义。最好直接赶走菲奥克拉，让她不敢在庄园里闲逛。

“不领情的傻瓜！”

预备班的学生

头发剪短了的预备班学生丽莎，被姨妈从寄宿学校接来过谢肉节。

这个姨妈是远房的，而且也不太熟悉。即便如此，也要感谢上帝。丽莎的父母都去了国外，要在那里呆一整冬。因此，非常没有必要了解这个姨妈。

姨妈住在一栋早就被宣告要拆毁的老房子里。房间都很大，只是每当街上走过马车的时候，屋子里所有东西都会颤动、鸣响。

“这栋房子早就在颤动了！”姨妈说。

丽莎吓得一动不动，听着。

姨妈的生活很枯燥，来拜访她的都是一些老女人，而且她们总是在谈论一个叫什么谢尔盖·埃拉斯特奇的人。他的妻子非正道而来。

她们在说这些的时候，总是把丽莎赶到别的房间去。

“丽佐奇卡[1]，我的心肝！关上门，自己在那屋里呆着吧。”

有时候，她们直接吩咐道：“年轻的姑娘，您完全没有必要听大人们讲什么。”

“大人。”这是一个充满魔力与神秘色彩的词，是小孩子们的痛苦与嫉妒。

以后，等小孩子们长大了，回首往事，他们会感到奇怪。

“这些‘大人’，这些强大、英明、知道并保守某个伟大秘密的人们究竟在哪里呢？他们在哪？那些背着孩子谈话、聚集的人们？在这普通、平凡、平静的生活中，他们的秘密在哪里？”

在姨妈家很没意思。

“姨妈，您有孩子吗？”

“我有一个儿子科利亚。他晚上会来。”

丽莎在房间里走来走去，听着老房子在颤动，一边等待着科利亚的到来。

女人们在姨妈家坐得太久了。于是，丽莎上楼去了女仆的房间。

那里，女仆玛莎说了算。女裁缝克拉夫季娅安静地闷闷不乐，金丝雀在笼子里跳来跳去，就在用细长木棍支撑的天竺葵上方。

玛莎不喜欢丽莎来女仆的房间。

“小姐和仆人们坐在一起不好。姨妈会生气的。”

玛莎的脸有些浮肿，肌肉松弛，耳朵被一对几乎垂到肩膀、巨大的石榴石耳环拉扯着。

“多么漂亮的耳环啊！”丽莎说道，想转换一下令人不愉快的话题。

“这是死去的老爷送我的。”

---

① 丽莎的爱称。

丽莎看着耳环，有些讨厌。

“从死人那里拿东西，她怎么不害怕呢?”

她感到有些害怕。

“请问，玛莎！这是他晚上给您送来的吗?”

玛莎突然不高兴地脸红了，开始摇头。

“晚上?”

女裁缝克拉夫季娅用指甲弹着紧绷着的线，紧闭双唇，说道：“小姐们羞于闲谈这些小事。玛利亚·彼得罗夫娜会去找姨妈告状的。”

丽莎全身抽缩着。她走到最后一个窗口旁。那里有一只金丝雀。

金丝雀生活得很好，过得很愉快。一会儿啄啄大麻籽，一会儿把水溅到四处，一会又挠挠小鼻子——生活在沸腾着。

“为什么她们都在生我的气?”丽莎一边看着金丝雀，一边想。

要是在家里，她早就哭了。可是，在这里，她不能哭。

所以，她努力地让自己想些开心事。

住在姨妈家的这三天中，最让她开心的想法就是，她要在上学的时候告诉卡佳·伊万诺娃和奥莉娅·列梅尔特，星期天吃午饭的时候，上了一道菠萝冰激凌。

“每天晚上，我都要讲给她们听，就让她们嫉妒死吧。”

她还想，晚上姨妈的儿子科利亚要来。这样，她就有人一起玩了。

金丝雀把笼子里的大麻籽弄得掉落了。丽莎爬到椅子底下，捡了起来，把它吃掉了。

原来，大麻籽很好吃的。于是，她把笼子里一旁的小盒子拉了出来，取了一把大麻籽，往楼下跑去。

姨妈那里又坐着一些女人。不过，她们这次没有赶丽莎走。

也许，她们刚好来得及说完那个非法妻子的事了。

后来，又来了一位秃头的大胡子先生。他还亲了亲姨妈的手。

“姨妈，”丽莎小声地问，“这个老猴子是什么人啊？”

姨妈生气地抿着嘴道：“丽佐奇卡，[1] 这不是老猴子。这是我的儿子科利亚。”

刚开始，丽莎以为姨妈在开玩笑，尽管这个玩笑让她感觉有些不开心，但她还是礼貌地笑了笑。姨妈严肃地看了看她，她整个人又紧张起来了。

她偷偷溜到女仆的房间，来到了金丝雀的旁边。

但是，女仆的房间里静悄悄的，很昏暗。玛莎走了，女裁缝在炉子旁边直直地挺着扁平的身体，两手交叉，闷闷不乐。

笼子里也是静悄悄的。金丝雀蜷缩成了一小团，变成了灰色，很难看。

角落里，面包色的圣像旁边，绿色的灯光在闪烁。

丽莎想起了那位夜里带礼物来的死人。于是，她害怕地忧愁起来。

女裁缝一动不动，带着很重的鼻音说道：“小姐，您是摸黑闲谈来了吗？啊？摸黑闲谈？啊？”

丽莎没有回答，从房间里走了出去。

“是不是女裁缝把金丝雀杀死了，所以它才如此安静？”

吃午饭的时候，“儿子科利亚”在场。所有东西都不好吃，该上甜点的时候却上来了糖煮水果，就像在学校里一样。这样，就没什么可向朋友们显摆的了。

午饭后，玛莎送丽莎回学校。

她们坐着马车。马车散发着一股皮革的味道，还有姨妈的香

---

① 丽莎的小名。

水味道。马车的车窗不安地、忧伤地震动着。

丽莎躲在角落里，想着那只金丝雀，想到它白天的时候在细长木棍支撑的天竺葵上生活得很好。

她在想，班上那个女人，那个巫婆玛利亚·安东诺夫娜会对她说些什么。想到她没有写完作业，恐惧与忧愁使她的嘴唇变成了一副痛苦的样子。

“也许，我拿了金丝雀的口粮了。这样很不好。也许它没有吃晚饭就睡了？”

她不想再去想这些了。

“当我长大嫁人以后，我要对丈夫说：‘老公，请多给我一点儿钱！’”丈夫会给我钱，那我立刻就去买一大车的口粮给金丝雀送去，够她吃一辈子的。

马车拐进了熟悉的大门。

丽莎开始小声地啜泣，她心里开始紧张不安起来。

预备班的学生们已经准备上床睡觉了，丽莎被直接打发到了集体寝室。

寝室里是禁止聊天的，丽莎开始默默地脱衣服。旁边床上的被子悄悄地动了一下，黑暗中一个剪了短发、但留有一绺长发的脑袋转过来。

“卡佳·伊万诺夫娜！”丽莎高兴地振奋起来。“卡佳·伊万诺夫娜！”

她甚至脸都红了，因为太开心了。因为卡佳·伊万诺夫娜马上就会感到惊奇，然后就会嫉妒起来。

“卡佳·伊万诺夫娜！姨妈家有菠萝冰激凌！好极了！”

卡佳没有吭声，只是那双眼睛像两颗纽扣一样在闪闪发光。

“你明白吗，是菠萝的。你大概从来没吃过吧！是真正的菠萝做的！”

剪了短发的脑袋微微抬起，锋利的牙齿闪闪发光，头上的一绺长发竖了起来。

“你总是撒谎，傻瓜！”

她转过身去，背对着丽莎。

丽莎默默地脱了衣服，在被窝里蜷缩成一团，亲了亲自己的手，小声地哭了起来。

爸爸

这种事情已经不是第一次发生了。

第一次是在两年前，是在婚礼之后的不长时间。也是这样的事情，但完全是另外一种情形。

那时候，瓦西里·安德烈耶奇号啕大哭，用拳头捶打自己的胸部，还狂怒地叫喊："济纳，亲爱的！你怎么能认为，我会舍得你而爱上别人呢？我喝醉了，当时已经什么都不知道了。一切都是科科列夫的错！他是一个最低级本能的人，请相信我。"

尽管这很奇怪：瓦西里·安德烈耶奇和"水族馆"的阿杰利接吻，却是科科列夫的错。但是济纳奇卡[1]真诚地相信了这一奇迹，并在对科科列夫的仇恨中找到了安慰。

自此之后，科科列夫被从熟人的名单里删

① 是济纳的小名。

除了。在街上，济纳奇卡不再和他打招呼了。

瓦西里·安德烈耶奇认可了妻子的这一行为，甚至还很感激她。

后来，又发生了一件事。有一份从莫斯科来的电报，上面写着："爱你，想你。"但是瓦西里·安德烈耶奇却证实，这就像二二得四一样，是约定的工作代号，是值得高兴的事。因为这就意味着交易上涨了……

济纳奇卡还没有来得及高兴，她的丈夫就消失了四天。后来才知道，他一个人去了瓦拉姆，一座修道院。因为他突然有了一种宗教需求，四天过去了，他勉强平静下来了。

在他的衣袋里，有一支带有华沙饭店字样的牙刷。济纳奇卡很震惊，但更为震惊的是他。只是后来他才猜到，衣袋里的牙刷从1911年就有了。这一切都很奇怪，因为他的衣服是两个月前才做好的。

济纳奇卡什么都不明白，一有事她就知道一晚上一晚上地哭。

现在，完全是另外一种情形了。

瓦西里·安德烈耶奇黑夜白天都不见人影，也不给家用。当他们搬到郊外别墅后，他却在城里呆着，整整一个月只回来过一次，而且还是那种心不在焉的样子，一直用波兰语唱着稀奇古怪的歌：啊，泰姆，特罗什基，巴卡什，潘丘什基。

然后，他向济纳奇卡要了一只幸运手镯，转悠了一会儿便走了。

济纳奇卡开始思念城里的家来了。

于是，她去城里的住处看看有没有信件。信倒是有一封，但写的是老爷的名字。信是玫瑰色的，是用紫罗兰花封的口，散发着一种令人讨厌的香水味道。济纳奇卡一下子就哭了。随后，她打开了信封。

一切都很明了。

半小时后，她坐在父亲的书房里，抽噎着说道：“爸爸，你知道的，这样下去是不行的。快教教我，我该怎么办！”

冷漠且严肃的爸爸揪揪自己花白的胡子，皱着眉头，专注地盯着雪茄上那蓝灰色的烟灰，就好像整个故事都是从那里边爬出来似的。

“你是说，他把你的手镯送给了她？”

“是的。”济纳奇卡小声地回答道。

“嗯，也许你搞错了？”

“不，爸爸，信里写得很清楚。”

“嗯……是的……嗯……这就是说，他把你的手镯送给了她？这样很不好。你知道吗，我亲爱的！这样非常不好。我要骂骂他。”

济纳奇卡抬起那双红肿的眼睛，充满敬畏地看着父亲。

“爸爸，我本不想打扰你。但是妈妈走了，我身边谁都没有，我没地方可去，也没人可说，说我的……我的不幸。”

爸爸皱起了眉头，闻了闻雪茄，然后果断地说道：“你做得好，我亲爱的。你找的是我，你可以相信，这件事我们不会放过他的。我把自己的女儿托付给他，他不应该这样滥用女儿的利益。你不要哭，平静平静！我和这位先生去算账。”

“爸爸！”

“不，这确实让我非常气愤。多么下流啊！我的上帝，我们该怎么办？怎么到了这个地步？”

“爸爸，你只是不要着急！”

“好在妈妈在国外，否则还会有麻烦。你给她写信了吗？”

“没有，我不能写！”

“也没必要写。”

他站起身，整理了一下胡子，把雪茄插入烟灰缸。

“他现在在哪里，这个家伙?”

“瓦夏？他今天应该回家了。对，他现在已经在家了。但是我不能，不能见他!”

她看了看父亲，充满了忧伤和绝望。然后，又哭了起来。

“嗯，对。你先在我这里呆一会儿，而我现在就去你家的别墅，出其不意地把这个坏家伙逮住。你可以安心吧！不，我亲爱的！家庭的基础不是小餐馆!”

他生气地用鼻孔吸气，鼻孔都鼓起来了。

“国家是建立在家庭基础上的。啊哈！要动摇基础！不，我亲爱的，这我们还要看看！再见，亲爱的！别担心……我……我会庇护自己的女儿的！我!”

他吻了一下济纳奇卡的额头后，走了出去，鞋跟砰砰作响。

济纳奇卡一个人留在了空旷的散发着雪茄和樟脑气味的房间里。

天渐渐地变得昏暗了。家具在浅色的罩子下面泛着白光，卷烟纸包裹起来的吊灯看起来就像上吊者那抽搐的身体。

济纳奇卡在房间里走来走去。当她对自己的脚步声都感到害怕的时候，她躲到沙发的一角开始想：“爸爸非常生气！他是一个脾气暴躁的人。而瓦夏是一个容易冲动的人，他会把瓦夏毁了的。即便他不会冲瓦夏大喊大叫，也会用自己的道理来折磨他……上帝啊！我该怎么办啊，该怎么办……”

事情已经变得非常可怕了。她打开窗户，然后靠在窗台上。

下面有轨电车和马车都在跑来跑去。

“如果头朝下，跳下去，一切就结束了。”

济纳奇卡全身颤抖了一下，她急忙关上了窗户。

房间里变得更加暗了。卷烟纸里上吊者的身体变得渐渐模糊了。

“如果瓦夏突然上吊怎么办？爸爸使他难以忍受，他就会上吊！”

她心里一下子担忧起来。

“我还等什么！等什么？我真是个疯子！”

她抓起帽子，一边走，一边把它别住，跑到了街上。

她正好赶上了火车。

“上帝啊！只要他别死！他可别死！爸爸，不该这样残酷的！”

她顺着小道往别墅跑，心怦怦直跳，就好像哪根血管要断了一样。那样，一切就都结束了。

大老远她就看到，房子里是漆黑的。

她悄悄地打开房门，走了进去。她已经不再指望什么了。她知道，她找到的唯有他的尸体。

但是，似乎传来某人低微的谈话声。然后，她听到了一种奇怪的哈哈大笑声。哈哈大笑声？难道这是歇斯底里吗？

她浑身打了个寒战。这不是歇斯底里。这是他疯了。

她轻轻走到书房门口，把耳朵贴在紧闭着的门上。

爸爸的声音：“你和那个莫斯科的女人怎么样了？亲爱的，你简直太冒险了！”

“只不过让她和尼尼什卡反目，哈哈哈！”瓦夏声音饱满地回答道，“也是一段非常有趣的故事……”

“等等，亲爱的！我也给你讲一段自己的奇遇吧！那是在夏天的时候，我把我的卡秋莎和孩子打发到农村去了……”

“他这是在说妈妈！”济纳奇卡整个人都呆住了。“他这是在说妈妈呢……”

“你明白的，亲爱的！我处于单身的状态……

“一会儿提醒我一下！我要给你讲讲去年我在巴甫洛夫斯克的故事……”

“打住，不要打断我。突然我收到了一封电报……”

“哈哈哈！您又来电报了！您在电报方面是走运的。哈哈哈！”

“哈哈哈！”爸爸也开始笑了。“亲爱的，不是所有人都会使用信函的，总归有人会用到电报的……”

“啊，就这个话题，我给您讲一件事儿。我去华沙的时候……”

“这也就是说，去瓦拉姆？”

“当然。”

“哈哈哈！”

济纳奇卡坐在门外的地上，瞪大着双眼，张大着嘴。由于震惊，她的脸甚至变得有些扭曲了。

她的内心里再也没有恐惧和疼痛了。什么都没有了。震惊已经去除了一切。

“爸爸啊！啊？”她摊开双手小声地说道，“我们的爸爸究竟是怎么回事啊？”

被修改的命运

总排练结束后，一名年轻的女演员走到我跟前。她显得有些激动不安。

“请问，您是这个剧本的编剧，对吗?”

“是的，是我。”

“请不要认为，我总是……”

“不，不，我不会认为您总是……”我急忙安慰她道。

“我对你有个小小的请求。同时，也是一个非常非常重要的请求。顺便说一句，如果不可以的话，那就毫无办法了。”

我不知道，她是笑了一下，还是抽噎了一下，我却叹了口气。因为我猜到了这是怎么回事。也许她会求我给她的角色再加点儿台词。永远都是这样，他们所有人都想多说一点。

女演员咬了咬手帕的一角，垂下眼睛，小声地指责道：“您为什么要这样欺负他呢?难道您就一点儿都不可怜他吗?”

"谁?"我奇怪地问道。

"就是您剧本中这个棕黄色头发的年轻人啊。他其实是一个很可爱的人。当然，他并不聪明，也没有才华。但他也没有什么过错啊，他并不恶，甚至还很讨人喜欢。可您让这个可恶的赌鬼骗得他一无所有。为什么啊?"

我感到非常发窘。

"听着，我完全不明白。因为这就是这么个剧本。要知道，假如没有这些情节，这个剧本也就不存在了。您明白吗？这就是剧情。"

她又咬了咬手帕，然后又指责道："就算是这样，就算您是对的，但是，难道您本人就不同情这位可怜的轻信之人吗？只是请您告诉我，当您眼睁睁地看着有人在欺负无力自卫的人，难道您就不心痛吗?"

"心痛!"我叹道。

"那您为什么还允许这一切发生呢？这说明，您并不可怜他。"

"听着!"我坚定地说道，"因为这一切都是我杜撰出来的。您明白吗？这件事并不存在，也不曾发生过。您为什么要紧张呢?"

"我知道，这是您杜撰出来的。所以，我才直接来求您。既然是您杜撰出来的，您就是可以修改的。您就这样改：给他遗产，完全是意外的。"

我沉默未语。

"哪怕不多的遗产，两百卢布，让他能够过一种诚实的生活，能够有自己的事业。我请求的并不多，刚开始只是两百卢布而已，然后等他能独立自主时就不难了。"

我沉默不语。

"难道不行吗？那么就一百五十卢布吧。"

我仍旧沉默无语。

“一百，一百卢布。再少，就太难了！因为您把他从别尔江斯克带来，即便坐三等座也很贵。您不能帮他吗？”

“我不能。”

“我的上帝，我该怎么办啊？您该明白，假如我可以帮他的话，我会把自己的钱给他。但是您知道，我帮不了他啊！假如我能帮的话，我永远都不会这样低三下四地求您。因为只有您一个人能够帮他！可您不想帮他。您想想，这有多么可怕啊！您知道吗，坦率地说，我从未想过，原来您如此残酷。比如说，我有几次都发现您的行为并不体面：您要么把一个小男孩从房间里赶出去，向整个剧院的人展示，他是怎样一个白痴！要么您会因为一个被使女丢掉的胸针而破坏一个家庭的幸福！但是，我总是不断地安慰自己，我想，您的周围一定没有一个善良的人可以指出您的残酷。但是，如何解释您现在并不想修正您所带来的恶？”

“我没什么……我同意。只是这样，我们就破坏了整个剧本。您自己想想，突然就这样毫无缘由地给他遗产。”

“那，那就让他在早些时候就存下了一百卢布留作困难时救急之用。”

“不行，他不是这样的性格。”

“那，就算他不是这样的性格，只要他过得轻松点儿就好。上帝啊！这一切都取决于您。”

我犹豫起来。

的确，对我来说，毁坏一个人是龌龊的。因为我事实上就是他的命运。我赋予他生命，却还要折磨他。假如我有一颗高尚的心，我塑造人物就是要给他们以欢乐和幸福，而我却借助各种恶人公开地嘲笑、侮辱、抢劫他们。这很不好，令人讨厌。该反省一下了。

“怎么办呢，朋友？”我问女演员。“我本人很愿意帮他，但现在已经晚了。总排练已经结束了，晚上就要正式上演了。现在已经毫无办法了。”

“太可怕了！太可怕了！会死人的。”

“白白地就消失了。”我沮丧地附和道，“在异乡，一个人……”

“您从前怎么就没有想想呢？”

“我自己也不明白。不知道为什么，我太残暴了。”

我们俩都默不作声了，沮丧地坐在那里，低着头。

“你看，可以这么办！”我突然说道，“我们不让他这样，我们还是要给他一万卢布，只是不是今天，而是以后，等剧本发表在文集里的时候。我直接标上一个星号来注释：这个年轻人，据说从姨妈那里（看，如此方便）得到了一万卢布，并用这些钱开创了自己的事业。然后，他很快就成功了！这样好吗？”

“我亲爱的！可以吻一下您吗？”

“当然可以！我们来亲一下吧！我们会感到轻松一些的。您知道吗？我甚至会给他两万卢布。随他的便吧！就让他没有任何麻烦就能安顿好吧。”

“亲爱的！亲爱的！您太好了！但是……只是您不要生气……那个小男孩，就是您去年侮（辱）……就是您赶出门去的那个小男孩，也可以给他点儿什么吗？”

“当然，就让这个棕黄色头发的年轻人与小男孩相见，然后从两万卢布中拿出哪怕两千来给这个小男孩。”

“是的，是的。这样很好。就让他学会做善事吧。您真是太好了……那么……其他人怎么办呢？”

“等等，只要给我们时间！我们会把所有人都安置好的！”

“亲爱的！您还记得吗？在您的故事里，还有一个老处女。她在五旬节的时候，还在等待自己的未婚夫？我们能为她做点儿什么呢？”

“啊，这是小事一桩！况且，她还并不是那么老，还不到三十五岁。她会得到很多钱！休息一下，她会变得更加美丽。那时候您再看，她很快就会出嫁的。”

“亲爱的！亲爱的！让我们亲吻一下吧！知道吗，您的脸已经变成完全另外一种样子了。真的！请您照照镜子！”

我看了看。

的确，完全是另外一种样子了。

但究竟是什么样子，我说不出来。

别人的痛苦

——致维拉·米丽娜

米丽娜家的早饭时间都在谈论古济克医生的丑闻。原来，他不仅没有还债，还耍了一个毫无创意的花招：拿走了某位女士——好像是扎涅维奇——丈夫的烟盒，后来也没有还。不知是把它典当了，还是干脆卖了。

可怜的扎涅维奇处于可怕的境地。尽管这当然是她自己的错——怎么能让自己迷恋上这种人呢？

早饭后，维拉·米丽娜去了加林那里。今天是加林家招待客人的日子。桌子上摆着饼干和果酱，旁边热热闹闹地聚集了十来个客人。

沙发上坐着两个胖女人，她们的旧束腰衣不时发出嘎吱嘎吱的响声。扎涅维奇太太就坐在这张沙发上，懒洋洋地眯着眼睛，用长柄眼镜看着自己的腿。

维拉·米丽娜堆起一张笑脸，开始听大家

的谈话。

大伙儿正在谈论一个什么省长。他死后大家才得知，原来他是一个非常非常廉洁的人，一辈子不仅没有贪污过，甚至还自己倒贴钱。突然，长得胖胖的、满脸通红的上校拍了一下巴掌，喊道：“先生们，有一个消息你们听说了吗？我们的医生古济克吃了官司！”

维拉·米丽娜吓得呆住了。也许，上校并不知道扎涅维奇已经卷入了这件事。天啊，真是太难为情了！天啊，她此刻该有多羞愧啊！

维拉·米丽娜坐在那里一动不动，不敢抬起眼睛看扎涅维奇。此刻，她感觉到她的脸正在渐渐变红。

“是的，是的！”坐在旁边的工程师高兴地接话道，“他做的这是什么事啊！据说，竟然连个烟盒都不放过……”

新来的客人打断了他们的谈话。

维拉·米丽娜怯生生地皱着眉头，把目光转向扎涅维奇。

而后者就像什么事情都没有发生一样，正在大口地吃着草莓蛋糕。

新来的那位客人也加入到了谈话中。

后来，那两位束腰衣嘎吱嘎吱响的胖太太站起身来，走了。上校走了。扎涅维奇也走了。又来了两位太太，话题突然又转到古济克医生身上去了。

“是，是。”有人说道，“听说，他偷走了某位太太丈夫的烟盒……”

维拉·米丽娜又想起了刚刚经受的那种窘迫，那种为不幸的扎涅维奇太太感到羞愧的情形。正想着，她感觉到自己的脸又红了。

“天啊，她该多么难为情啊！”

“维拉·尼古拉耶夫娜，您听说过这件事吗？”人们开始问她。

“我？我？不，不，我什么都不知道……我都是听说的……”米丽娜含含糊糊地嘟哝道。

大家不知所措地彼此交换了一下眼色。

上帝啊，这一切都多么愚蠢啊！米丽娜痛苦地想，我有什么资格啊？这关我什么事啊？

第二天，就是米丽娜的命名日。客人们聚集在一起。当然，大家又谈到了古济克医生。

难道我还会脸红吗？维拉·米丽娜恐惧地想。正这样想着，她立刻就惊恐地感觉到她的脸红了，甚至开始耳鸣。

“唉！”

吃午饭的时候，大家又谈起了医学。

上帝啊，快把这种痛苦拿走吧！米丽娜惊恐地想。他们马上就会谈起医生们，就会转到古济克身上去。那么，我就完了！

但是，这次他们并没有把话题转到古济克。只是大家心里都很奇怪，为什么女主人会脸红，会那么不知所措，会那样不自然地努力转移话题。当大家都已经开始吃冰激凌的时候，她却建议说：“再吃一小块鲱鱼吧。”

维拉·米丽娜在家里呆了两天，就是为了给大家时间安静下来，尽情地谈论个够，然后把古济克给忘掉。

然而，即便在家里也并不轻松。

如果碰巧有某位客人顺路来探访，并恭恭敬敬地问到了健康问题，她就会想，从健康的话题开始，一会儿就会谈到医生，然后就会提到古济克。

于是，她就会脸红，并垂下眼睛。

不，我真是一个白痴！她愤懑地想。我应该控制住自己的情绪。他们关我什么事啊，我为什么要痛苦呢？

第三天，她去参加洗礼宴。这样，她就直接卷入了古济克事件。

“是的，是的。”一个红脸女人如此喊道，“这就是事实！他向自己所爱的女人要了一个烟盒，然后悄悄地把它卖掉了。”

维拉·米丽娜站起来想走，却又重新坐下，想说点儿什么。

就在她的正对面，扎涅维奇一边无忧无虑地摆弄着长柄眼镜，一边向中尉卖弄风情。突然，她把长柄眼镜转向了米丽娜，惊奇地盯着她。

的确，这是有原因的。

这样一张充满不幸、不知所措的涨红了的脸，还有那双满含泪水的眼睛，那种充满祈求的眼神，不能不引来惊奇的目光。

大家突然都停了下来，很荒唐地，就像疾驰中被车辕碰伤了的马一样，突然停了下来。

女主人也急忙站了起来。

“这里太闷了。”她挽起米丽娜的胳膊说道，“跟我到小客厅去吧。”

大家用低垂着的眼神默默地目送她们到了门口。米丽娜不是在走，而是拖着步子跟在女主人身后。她就像一只顽皮的小狗，碰到了所有的椅子，踩到了所有人的脚，满脸通红，一副不幸、受辱的样子。

“喝点儿水，朋友！想喝点儿缬草酊吗？您不要这样紧张！其实，谁都没有发现什么！”

维拉·米丽娜笑了一下，她的笑容很不自然。

“是啊，这不是我。不是在说我，不是我。”她含含混混地说道，是那样地可怜，那样地不能令人信服，以至于她自己都不能相信自己。

她无望地挥了一下手，转过身去，悄悄地哭了起来。

典型乞丐

我们在酒店门口碰到了他。

他是一个个子不高但长得很结实，刮过了胡子的老头。他穿着最绚丽的乞丐服。他翻着白眼，用忧郁颤抖的声音说着什么给点儿面包、给点钱吧。他伸着那只粗糙的手。手上的指甲参差不齐，黑乎乎的。

我的同伴喜欢上了他。

“这是真正的典型乞丐。这种老人，只在那不勒斯才能见到。他的形象多么鲜明生动啊！一位好画家，会为这样的模特给出好价钱的。”

老人以为她在谈论着他的贫穷和对他的同情，肯定地点了点头，挨个地指着自己衣服上的破洞。一处用一个手指指了指，另一处用两个手指指了指，第三处用整个拳头指了指。

“给点儿面包！给点儿钱吧！”

我们把所有零钱都给了他。然后，我们去

了火车站，要去参观古城庞培。

当我们坐在车厢里的时候，有一位老人走到了我们的窗口跟前，忧郁地低声说："给点儿面包！给点儿钱吧！"

"喂！这不是那个老头吗？"我说，"难道你没有认出他？"

我的同伴耸了耸肩。

"这又是幻想！他怎么能和我们同时到这里来呢？"

这的确很不可思议！但是，这位老头像极了那位乞丐，甚至到了可怕的地步。他衣服上的破洞甚至都在同一个位置。

但是，我的同伴把这一切都考虑得很实际。"既然这是那不勒斯最典型的乞丐，他们很像，也没什么可奇怪的。至少，他在相像问题上并没有错，而且应该给他点儿什么。"

我们给了乞丐一些零钱，而他一瘸一拐，迅速地走了。

我们认认真真地看了庞培城，惊奇于它的街道，钦佩于它的壁画，在装橄榄油的罐子前深为感动。

总之，一切都恰如其分。

后来，在等回去的火车时，我们坐下来吃早饭。

我们吃了通心粉，一边欣赏着蔚蓝色的天空，一边聊道："哎！只要想一想！也许，卢克莱修①在庞培别墅的廊上欣赏的是同样的云彩！哎！"

"哎！"我们后面传来了轻微的叹息声。

而紧随其后，是轻微的哼哼声："给点儿面包！给点儿钱吧！"

我的上帝啊！这个乞丐多么像那两个那不勒斯的老头啊！

"这里的乞丐装化得都很好！"

我的同伴对我的取笑并不喜欢。

"取笑这样的乞丐，只是因为他们很典型。这很不明智，也

---

① 公元前一世纪古罗马诗人、唯物主义哲学家。

很残忍……”

我感到很难为情。为了彻底地用那种高尚感击败我，她给了老头两里拉。①

在那不勒斯火车站，我们又遇见了车站乞丐。而在酒店的门口，又遇见了酒店乞丐。

应该承认，我已经对他们很厌烦了，但我不敢说出来。因为我很怜惜我的同伴。只要我一表现出哪怕一点点的不满，她的慈悲之心就会一下子双倍地迸发出来。因此，这位酒店乞丐得到了四里拉。

第二天早上，酒店门口等待我们的已经是另外一幅新面孔了。也就是说，他的脸还是昨天的那张脸，但他今天穿得更干净一些了，裸露的脖子上扎了一条红色的领带。他表现出很有尊严的样子，并没有用哭腔，而是一本正经地说：“给点儿面包！给点儿钱吧！”

我们奖赏了他应得的之后，去了维苏威火山。

在站台上，那位老熟人——昨天的那位老头，一瘸一拐地走在我的旁边。他也把自己打扮了一番。在他裸露的脖子上，一条红色的领带光彩夺目。

“听着，他就是那个我们刚刚给过钱的老头。看，红色领带。我已不再说什么其他的了……”

“嗯！”

她很奇怪。但是，她很快就明白是怎么回事了。

“亲爱的！因为今天是星期天，所以，这些乞丐们也尽可能地打扮起来了。这真的很感人！昨天我们给了他们点儿钱，瞧，他们今天就开始讲究穿戴了。难道这不令人感动吗？”

“可为什么偏偏是红色领带呢？”我不解地问道。

---

① 意大利、梵蒂冈的本位币，等于一百分。

她生气了。

“什么都可以这样问。为什么就不能是红色的呢？普通的穷人自然会认为红色是最漂亮的颜色。”

回来的路上，她又给了那两位一些钱，又是车站乞丐又是酒店乞丐的。

我已经厌烦了这种典型的乞丐老人。到处都是一样的，千篇一律。

第二天早晨，乞丐已经穿上了一身新衣服在等我们了，还是在那个位置——膝盖处有一个小破洞，在衣服襻上别着一枝薄荷。他冲着我们很严肃地说：“给点儿面包！给点儿钱吧！”

我们赶忙每人给了他一个硬币。

但是，他还说了点儿什么。我们听啊，听啊，终于听出了他的意思。他问，我们去哪？

我们觉得很奇怪，但还是回答说：去波蒂利波。

他做了一个很不满意的表情，开始解释说，不值得去那里，因为灰尘太大了。

“多么可爱的老头！多么会关心人的老头啊！他对待我们像对待亲人一样！”我的同伴深为感动。

但是，我并没有大为感动。

“这和他有什么关系呢？我们走吧！”

于是，我们上路了。

的确，灰尘很大。不只是我们不断地打喷嚏，马车夫和马都打了喷嚏。但是，有两次我感觉，好像马车的下方，弹簧附近有什么东西打了喷嚏。

我们在一个小酒馆旁边停了下来，向跑出来的侍役要了圣培露饮品。那位侍役很开朗，也很机灵，围着马车跑来跑去，奉承着。

“给您的朋友来点儿什么呢？”

“他这是说马车夫。给他来一杯酒！”

“夫人，给马车夫来杯酒！而您的朋友呢？”

“什么朋友？”

“就是这位老先生……”

“这位机灵的侍役往哪里看呢？是往马车底下看吗？”

我们从车上跳了下来，发现在踏板上，典型乞丐老人蜷着腿坐在那里，抖动着他那条红色的领带，生气地冲着我们眨动着他那双满是灰尘的眼皮。

马车夫看了看他，也生气地说道：“马拉车上山，本来就已经很困难了。可是，你还跟着借光上来了。”

老头生气地说道：“我？借光？我已经是第三天和这些太太们一起参观周围这些地方了。我倒是想看看，她们没有我怎么办！‘借光’！真是放肆！人家在干活，在为自己挣口饭吃，他却叫喊什么‘借光’！”

马车夫不允许他再坐踏板了。于是，他指责我们说，他是因为我们才冒着一路尘土而来的，他的一天就这样白白浪费了。

“不能把他扔在这里啊。就让他坐在前面的椅子上吧。”我的同伴如此决定道。

“好，当然可以。”我同意道。我们一起走了三天，如今好像不太好拒绝人家了。

就这样，我们又一起走了。

近看他的脸，非常令人讨厌。而他，显然也表现出对我们的强烈不满。

电话

我爱它，恨它！没有它，我不能活。

世上没有一个人能像它这样折磨人的心。

每个人都能用自己的声音说话，而且说的只是他自己特有的那些令人不快的东西。就从这儿开始吧！

“它”可以用世界上所有的声音说话，用整个宇宙的麻烦事来折磨您。

它不会改变自己的形象，它就是一切。

它可能是一位和你闲扯了两个小时的女士；也可能是一位收电费的办事员；它可能是一位说不清为什么总是失败的朋友；它也可能是一位女裁缝，告诉你裙子不能如期做好。

它有各种各样的声音；它非常可能通过这些声音让你遭遇各样坏事。

此刻，它就挂在墙上，无辜地用它的按键看着我。就好像我在诋毁它。但是，你骗不了我。我可清楚，它会干什么！

叮铃铃！

快跑，快跑！嘿！我有感觉！预感还从来没有骗过我。此刻，我亲爱的，亲爱的电话马上就会用我熟悉的声音告诉我一件坏事。嘿！我全都知道。

叮铃铃……

“请讲！请讲！”

“劳驾，送十磅的鱼筋来……”

“什么？”

“鱼筋，鱼筋……”

“您打错了。”

我挂断了电话。

叮铃铃……

这次我已经知道了！

“劳驾，送十磅鱼筋来！”

“您打错了！请挂机！”

我等着。现在，另一个声音该来叫我了。不能离开电话，因为电话该会再次响起，不会晚于十二点钟。而此刻，正好是十二点钟。

叮铃铃……

“乌拉！请讲！”

“亲爱的！”电话里传来的声音很不清楚。“我真高兴能找到您。您在做什么呢？”

“我太忙了！我在工作。我要在一点钟前交稿，而现在已经是十二点钟了。我简直绝望了！”

“您可以散散步。”

“这当然很有益。但是，那样的话，工作就会干不完了。”

“哎，您真可怜！好吧，那您工作吧，工作吧！我来逗您开开心。您知道吗，卡佳给自己买了栋别墅……”

“对不起，安娜·巴甫洛夫娜，我非常忙。”

“好吧，您工作吧，工作吧！我不会打扰您的。这个别墅，她交了二百卢布的定金，可现在，她又改变主意了……”

“如果可以的话，我半小时后再给您打电话。”

“好。吻您，亲爱的。”

叮铃！

“叮铃。”它说道。它说得那样地可爱，那样地愉快，且声音洪亮。但是不管怎样，我都觉得它并不可爱。

叮铃铃……

“请讲！”

“劳驾，送十磅鱼筋来！”

我清楚且明了地说出了几个词。但是，此刻，我却不想再重复这几个词。

然后，我坐下来开始思考。

现在，已经是十二点半了。昨天五点钟前，我应该写完剧本。我已经答应人家了，我应该写完。可是，现在……

摘下话筒吗？那我应该听到的和我愿意听到的那些重要事情怎么办呢？不，我不能。

吩咐仆人来接电话吗？但是，电话就在我的写字台旁。仆人离得远。再说，在我叫她的工夫，没准儿电话就不响了。当然，这种情况恰恰就会发生在我正在等待的电话身上。

叮铃铃……

我不去接。

“可休莎，可休莎！快点儿接电话。如果是安娜·伊万诺夫娜，就说我不在家。如果是剧院打来的，我也不在家。如果是杂志社打来的，就说在家。如果从……”

叮铃铃……

“您是哪位？我不知道他们是否在家。”

可休莎使眼色问我，我是否在家。我使眼色问她，是谁。

“是女人的声音吗？”我低声地问道。

“听不出来。不知是女士的，还是女人的，搞不清楚。”

“不知是女士还是女人的声音？这是怎么回事？把话筒给我！”

“在家啊？”一个奇怪的女人声音说道。

“在家。”我莫名其妙地答道。

“啊哈！”女人说道，“剧本写好了吗？”

“上帝啊，您是谁啊？”

“我是拉兹多利耶夫导演。对不起，我嗓子哑了。您承诺过的。”

“好了，好了。也就是说，再过半个小时就写好了。当然，是完全写好。”

我挂掉电话后，有些愤怒地用拳头敲打 A 键、Б 键。

叮铃铃……

我仍在希望……

“劳驾，送十磅鱼筋来！”

我的牙齿咬得吱吱作响

“送哪里？”我问道。

“瓦拉舍耶夫家！”

“好的，马上送。”

我挂掉电话，冲着它吐了吐舌头。

“什么？要得多吗？爱迪生发明的笨蛋！”

叮铃铃……

“怎么样？工作完成了吗？听不出来？我是安娜·巴甫洛夫娜。”

“太太走了！”我用一种不自然的声音，尖声地说道。

“走很久了吗？”

“早晨就走了。然后，就睡觉呢。”

上帝啊，我在胡说什么啊！

“那您是谁呢？”

的确，谁会这么愚蠢地说话呢？

这一点，我却没有好好想过。

我怎么能用一个这么愚蠢的女仆呢！事实上，我究竟是谁呢？

“我是洗衣工！”

“洗衣工，怎么突然出来个洗衣工呢？”

“你先等等！我自己也不清楚，为什么我是洗衣工！”

“怪事。你们太太告诉我，她要写作，而你却说她在睡觉。”

“哦，你先等等！她一边睡觉，一边写作。与我无关。”

叮铃！

“吧唧。”我亲了它一口，直接亲到号码上。

叮铃铃。

“剧本写好了吗？”

“当然！五分钟后就好……”

“叮铃铃……”

“劳驾，怎么还没有派人送来鱼筋呢？”

叮铃铃……

“太太回来了吗？”

叮铃铃……

“抱歉，我的名字对您来说，只是空话而已。我刚刚从阿尔汉格尔斯科来，想指责您对待牙医生活那种肤浅的态度……”

“对不起……我很忙。”

“抱歉。”

叮铃。

叮铃铃……

“是您吗？”

“我！我！我！终于听出来了！什么事？”

“不，这是该死的电话故意扭曲了嗓音！”

“您过得怎么样啊？”

“不好……也就是说非常好……我很着急。”

“急着去哪？”

“去睡觉。”

“睡觉？我们最好一起出去玩玩。您需要透透气。”

“我不想透气。”

“好啦，到我们这里来吃午饭吧。今天我们有馅饼和江鳕。”

“我，难道饿吗？如果想吃，我就在家吃。对不起，有人叫我。”

叮铃。

叮铃铃……

“剧本写好了吗？”

我什么都没有回答。我把话筒放到了椅子上。它长时间地在那里小声地说着，响着，叫着。最后，终于沉默了。

十分钟后，它再次响起。也许，这次是那个我正在期待的声音在叫我？

但是都一样。战胜电话对于我来说，比其他任何快乐都要宝贵。

哎，你啊！号码一八二六三！我很少需要你，就像你前面的一八二六二这些卑鄙的家伙们，还有你后面无数的号码。你听见了吗？我不需要你！

假如我现在就挂上听筒……也许……

叮铃铃……

“劳驾，十磅鱼……”

真想知道，修理一部电话机多少钱？或者，不得不买一个新的电话机了。

恶魔女人

恶魔女人与普通女人的区别，首先就在于她的穿着打扮。她穿着天鹅绒的紧袖长袍；额上挂着项链；手镯戴在脚腕上；戒指上有小洞，小洞用来装氰化钾，下周二前一定有人给她送来氰化钾；衣领的后面藏着三棱匕首；念珠套在胳膊肘处；奥斯卡·王尔德的肖像就在她左边的吊袜带上。

她同时也会戴一些女装配饰，只是佩戴得不是地方。比如，恶魔女人会把腰带系在头上，把耳环戴在额头或者脖子上，把戒指戴在大拇指上，而把手表戴在脚腕上。

恶魔女人用餐时什么都不吃。她从来什么都不吃。

“为什么呢？”

恶魔女人可以有各种各样的社会身份。但更多的时候，她是演员。

有时候，她只不过是一个离婚的女人。

但她永远都会有点儿秘密，不知是紧张，还是不适应。这一点不能说，谁也不知道，也不应该知道。

“为什么？”

她的眉毛像逗号一样，悲剧性地竖起来，眼帘半垂。

从舞会送她回来的舞伴无精打采地从性爱审美学家的角度，与她谈论色情美。这时候，她抖动着帽子上的羽毛，突然对他说道：“我亲爱的，我们去教堂吧！我们快点儿去教堂吧！快点，快点！我想祈祷，想趁天还没亮大哭一场。”

教堂，夜里是锁门的。

殷勤的舞伴建议她就在教堂前的台阶上大哭，但她的那种情绪已经消失了。她知道，她是该死的，救赎是没有的！她恭顺地低下头，把鼻子藏到毛围脖里去了。

为什么呢？

恶魔女人总觉得自己有文学追求。

她经常偷偷地写一些小说及散文诗。

她也不给谁读。

为什么呢？

顺便提一下，著名的批评家亚历山大·阿列克谢耶维奇冒着生命危险得到她的手稿，读完了，哭了整整一夜。甚至好像还祈祷了。后者不确定。有两位作家预言，假如她最终能够同意发表自己的作品，将会大有前途。但是，读者永远都不能理解这些作品。因此，她不会把自己的作品给普通人看。

为什么？

夜里，只剩下她一个人。她打开书桌抽屉的锁，取出了精心用打字机打出来的那些手稿。然后，长时间地用橡皮膏擦去“退稿”的字样。

“早晨五点的时候，我看到你窗户里的灯还亮着。”

“是的，我工作来着。”

“您这是在害自己，亲爱的！为了我们，你要爱惜自己！”

为什么？

坐在摆满美食的桌子旁边，她垂下眼睛。她的目光不由自主地被乳猪冻所吸引。

“玛丽亚·尼古拉耶夫娜，请给我来点儿酒！”她的邻座，一位普通的女人，非恶魔女人，耳环戴在耳朵上，手镯戴在手脖上，而不是戴在其他什么地方，对女主人如此说道。

恶魔女人用手遮住眼睛，歇斯底里地开始说道：“酒！酒！给我来点儿酒！我想喝酒！我要喝酒！我昨天已经喝了！我这已经是第三天在喝酒了。明天也要喝……明天我还要喝！我要，要，要酒！”

其实，一个女人连续三天喝点儿酒，有什么可怕的呢？但是，恶魔女人就能把这件事做得让所有人头顶上的头发都颤抖起来。

“她在喝酒。”

“多么神秘的女人啊！”

“她说，‘明天我还要喝……’”

普通女人开始吃菜，会说：“玛丽亚·尼古拉耶夫娜，劳驾！给我来一块儿鲱鱼。我喜欢洋葱。”

而恶魔女人会睁大眼睛，看看周围，然后会吼叫道：“鲱鱼？是的，是的！给我来块鲱鱼！我想吃鲱鱼！我想吃，我想吃！这是洋葱吗？是的，是的！给我洋葱！都给我多来点！鲱鱼，洋葱，我想吃！我想做点儿有失体面的事！快点……再多来点……多点……你们大家都看着……我在吃鲱鱼！”

事实上，发生什么事了？

只不过是胃口大了起来，想吃点儿咸的东西。而这是多么好的效果啊！

“你们听到了吗？你们听到了吗？”

“今天晚上，不要留下她一个人呆着。”

“?”

“否则的话，也许，她会用氰化钾来自杀的。有人周二的时候要给她送来氰化钾。”

生活中会有令人不愉快的时刻，也会有并不美好的时刻。普通女人会双眼盯着书架，手里揉搓着手帕，双唇颤抖地说道：“我，其实，就不长时间……总共二十五卢布。我希望下周或者一月的时候……我可以还……”

而恶魔女人会趴在桌子上，用双手托着下巴，用她那双充满神秘、半睁着的眼睛直视你的心。“为什么我看着您？我现在就告诉您，听着！看着我……我想，您在听吗？我想让你现在马上就给我，您在听吗？马上就给我二十五卢布！我就想要这个。您听见了吗？我要。就管您要，而且就是给我！而且也一定要给！正好是二十五卢布。我是坏蛋！现在，您走吧……走吧……不要转身，快点走！快点……哈哈哈！”

“歇斯底里的笑声应该会让她本人感到震撼，甚至会震撼他们两个人：她和他。”

“快点……快点！不要转身，走吧！永远不要回来！一辈子不要回来！一辈子……哈哈哈。”

他整个人都感觉很震惊，甚至搞不懂。她只不过是拿走了他的二十五卢布不还而已。

“您知道吗？今天她看起来很奇怪，很神秘。她说，让我不要转身。”

“的确。我确实感觉到了一种神秘。”

“也许……她爱上我了……”

“!”

“这是个秘密!”

寡　妇

玛丽亚·尼古拉耶夫娜已经守寡一年多了。

这是她的一项特殊功课。所有人都知道这一点。

“我们迷人的玛丽亚·尼古拉耶夫娜过得怎么样啊？”

“没什么。守寡呢。”

您以为守寡容易吗？

比如，您可以买张票去看戏，或者去菲利波夫买新鲜的面包。而玛丽亚·尼古拉耶夫娜在做这些事的同时，还要守寡。

事实上，这些事是怎么做的，我和您也解释不清楚。但是，事实毕竟是事实。

就在这项功课进行到第十三个月的时候，她突然得知，她守寡守得很愚蠢，而且徒劳无益。更确切地说，是没有任何抚恤金。

“怎么会这样呢？您的丈夫任过公职，而

您怎么就突然没有抚恤金了呢？不管您怎么想，这是有点儿奇怪的。”

“该怎么办呢？”玛丽亚·尼古拉耶夫娜急忙问道。

“亲爱的，您要去找啊！要知道，您是五品文官的遗孀啊！”

就这样，玛丽亚·尼古拉耶夫娜的孀居生活得到了正确的引导。

她开始忙活起来。

她穿上了黑色的长袖圆领连衣裙——中世纪隐士的风格，低垂着眼睛，嘴唇涂得鲜红，红中透着某种悲恸的东西。她去找了将军，后来又去找了另一个将军。再后来，又去找了一位类似将军的什么人。后来，她还找了一位“可怕的”先生。他吻了她的手掌，他的胡子上还粘有一小块煎蛋呢。

最终，还是有什么东西帮了她的忙。

也许，是她的手掌。

玛丽亚·尼古拉耶夫娜得到消息说，警察局的警官要来她这里取证，要证明她什么财产都没有。

玛丽亚·尼古拉耶夫娜带着忧郁顺从的表情，迎接了警官。她在守寡，因此，她安静地低下了头。

“多好的房子啊！”警官不时地捻捻胡须，赞许道，“布置得很有品位。费用不低吧？”

真是个粗野的人！玛丽亚·尼古拉耶夫娜想道。她叹了口气，回答说：“两千五，六个房间。”

“对不起，对于这么迷人的女士来说，当然不能少了。”

也许，他并不是粗野的人。玛丽亚·尼古拉耶夫娜思忖着。

“这里是书房吗？让我看看行吗？太漂亮了！这大概是您个人的品位吧？俗话说得好，这一切都出自漂亮女人之手。充满芳香之气。”

其实，他不是一个粗野的人。玛丽亚·尼古拉耶夫娜最终判断道。想罢，她脸红了。

“这是真的版画吗？”

“真的，真的。而这些都是哥本哈根的瓷器。”寡妇简短地回答道，“不，这套老虎价值四百卢布。”

“太迷人了！对不起，夫人。我穿着工作服……我没有想到会有这种享受……难道真值四百卢布？简直就像活的一样，只要一分钟就会把人撕碎。我耽误您了吗？”

“啊，不。别客气。我很高兴能在家里休息一下。否则，总是在忙活，熬苦日子。因为抚恤金，有多少麻烦事啊。总共才六十卢布……但是，当一个人什么都没有的时候，六十卢布也是很多钱啊。”

“这好像是餐厅吧？能允许我看看吗？”

“请吧。想不想尝尝这些葡萄？这是产自我克里木庄园的葡萄。那里，我有一小片地……”

“非常感谢……多么美丽的花瓶啊？”

“是的，这是一整套的。”寡妇叹道，“是银质的，极好的做工。”

“这个是水晶吗？”

“是水晶。您瞧，多么精致啊！都不敢用手拿，非常易碎。要是打碎了，我连抚恤金都没有，买不了新的了。”

“的确，这很可怕！”警官叹道，“而这是地毯吗？”

“这是郭伯廉花毯，真品。只有两块。我可是什么都没有啊！您自己看得见的。”

“的确，夫人。这幅画很沉。这是钢琴吗？”

“这是微型三角钢琴。好像三千左右吧。我喜欢音乐。您知道，如果一个人正在受穷的话，音乐就是最好的安慰了。我可是什么都没有啊。您自己看得见的！”

“的确，夫人。您什么都没有。您若允许的话，我就会写上，您没有任何财产。”

“是的，是的……您写吧。”寡妇忧郁地微笑道，“说这些，对于我来说很沉重。但有什么办法呢！”

“能怎么办呢，夫人，既然您什么都没有。”

“现如今，我一切希望都寄托在这抚恤金上了，寄托在给寡妇的这点钱上了。”

“很荣幸……”

“谢谢您。”

玛丽亚·尼古拉耶夫娜难受地微笑了一下，握了握警官的手。然后，到自己玫瑰色的书房去了。她要在那里独自呆到午饭时间。因为午饭的时候会有许多人，她需要好好休息一下。

日　记

男人写日记，都是为了后代。

他想，我死后，他们会发现这些日记，而且会很珍视。

男人在日记中，不会涉及任何外在生活的事实。他只是对这样或那样具有世界性意义的问题，表达自己深刻的哲学观点。

一月五日

人与动物的本质区别在于什么？也许，只是在于人不得不去工作，而且要在工作中忍受许多麻烦事……

二月十日

我们在女人身上寻找快乐。找到以后，就会离开她。难道我们不是这样看待女人与河马吗？

三月十二日

什么是美？迄今为止，还不曾有人提过这个问题。我认为，美不是别的，而是可见的外观与色彩的一种结合。而丑不是别的，是对可见的外观和色彩的一种破坏。

但是，缘何为了这种结合我们可以赴汤蹈火，而为了那种破坏我们却不肯做任何事情呢？

关于这一点，我们应该好好思考一下。

一月五日

什么是责任感？是人在支付账单时所经历的那种情感吗？还是某种另外的感觉？

也许，再过千万年之后，某位思想家发现了这些文字。读过之后，他会认为我是他久远的先辈。

四月六日

人类发明了飞机！为什么？难道这能够让地球停止围绕太阳转吗？哪怕是停下百分之一秒的时间？

男人偶尔会给人读读他的日记。当然，绝对不会给自己的妻子读。原因在于，妻子反正是不会理解的。他会读给一位俱乐部的朋友听；读给一位昨天刚刚在跑步时认识的先生听；或者，是读给一位来询问“这座房子哪些东西是属于您的”法警听。

但是，男人的日记并不是为这样一些人而写，男人的日记是为后代、为荣誉而写。

女人的日记总是为了某个弗拉基米尔·彼得罗维奇或者什么谢尔盖·尼古拉伊奇而写的。因此，每个人都必写自己的外貌。

十二月五日

今天，我特别漂亮。甚至在大街上，所有人都为之一振，回头看我。

一月五日

为什么他们都要为我而疯狂呢，尽管我的确很美？尤其是眼睛，用叶夫根尼的话来说，我的眼睛蓝如天空。

二月五日

今天晚上，我在镜子前脱衣服。我的金色胴体如此美好！我甚至忍不住跑到镜子跟前，虔诚地亲吻镜中的自己，亲吻我的后脑勺，一绺绺蓬松的鬈发就顽皮地长在那里。

三月五日

我自己清楚，我是一个充满神秘感的女人。既然我就是这样的，我又有什么办法呢？

四月五日

亚历山大·安德烈维奇说，我长得像古罗马的高等艺伎。我会很欢快地把古代的基督徒送上断头台，然后会欣赏老虎对他们的折磨。难道我真是这样的吗？

五月五日

我想，在很年轻、很年轻的时候就死去，不要超过四十五岁。就让人们在我的墓前说："她活的时间不长！

还没有夜莺的一首歌长！”

六月五日

B又来了！他丧失了理智，而我冷若大理石。

六月六日

B仍旧很疯狂。他的言辞无比漂亮。他说：“您的眼神深邃如海。”

即便这些话语很漂亮，可是无法打动我。我喜欢，但无法令我感动。

七月六日

我推开了他。但是，我很痛苦，我的脸色苍白如大理石。我睁得大大的一双眼睛似乎在小声说：“为什么？为什么？”

谢尔盖·尼古拉维奇说，眼睛是心灵的窗口。他很聪明，而我害怕他。

八月六日

所有人都发现，我变得更加漂亮了。上帝啊，以后会怎样啊？

女人从不给任何人看自己的日记。她会把日记用一件旧衣服裹起来，藏到柜子里。但必要时，她会暗示它的存在。而后，她甚至会展示它。当然，只是从远处展示给必要的人看。而后，再让人拿在手里几分钟。再然后，当然就是不能再强行夺回了。

必要时，有人会读到她的日记，了解到她在四月五日那天是多么的漂亮，也了解到谢尔盖·尼古拉维奇和疯狂的B是如何评论她的美貌的。

如果必要时，某人一直还没有发现这一切。读过日记之后，也许会注意到他应该注意的东西。

女人的日记从不会留给她的后代。日记一旦完成它们的使命，女人就会烧掉它们。

黑色鸢尾花

“太太，瞧您说的！天气也没有那么坏啊！当然，稍微有点儿风。但出去玩一会儿也没什么坏处。太太，这不过是因为您心情不好。”

卡特舍夫医生在开导维基娜，而维基娜一边听着，一边在想自己那些痛苦的事。

她的状况的确不好。

维基娜的丈夫去了喀山参加姨妈的葬礼，一共要去五天。而这已经是第三天了。维基娜原本指望这五天能给她带来一切她所熟知的生活的快乐。她以为，她可以每天早晨和画家沙托夫一起游玩，每天可以和画家沙托夫一起吃早饭，每天可以和画家沙托夫一起吃午饭，而每天夜里至少可以和画家沙托夫一起吃晚饭。

然而，这已经是五天快乐日子中的第三天了，他们甚至连一次面都没见着。画家一会儿打电话来说，他正在为画展赶画；一会儿又写来信说要见一位重要人物，为其画肖像；一会儿又派人送来鲜花，没有只言片语，本人也不来。

“多么愚蠢啊！”维基娜痛苦道。

“他应该明白，什么是幸福。也许，幸福永远都不会再来，因为每个女人一辈子只会死一次。或者，这只不过是一种策略，为的是戏弄她。这下，他找到了合适的时间。”

“那么，太太您还为什么忧郁呢？您还有什么不满足的呢？”卡特舍夫热心地问道。

看，开始纠缠了！维基娜心里想道，和沙托夫闹别扭，难道就要对他卖弄风情吗？

“亲爱的太太！真的，您的小脚多么美啊！有这样美脚的人怎么可以忧郁呢？假如我有这样的美脚，我都不知道……”

维基娜想象着肥胖、秃顶的卡特舍夫穿着银色的鞋子，肉色的长筒袜。她开始有些恶心起来了。

“怎么？看来是喜欢我的小脚啊？”她忍住了恶心，问道，“很想亲一下吗？”

这一切都是因为你，一切都是因为你啊！她在心里对画家说。这就是你该得的！

“来吧，医生！亲一口吧！”

医生咧开嘴笑了，哼哧了一下，跪了下来，双手托起维基娜的小脚，响亮地亲了一下鞋上面的小蝴蝶结。

“这简直不是脚，而是牛奶杏仁酪！”

“真讨厌啊！他就像是在做手术！”维基娜全身紧缩了一下。“看看你把我逼到了什么地步！你！你！你！啊哈！不喜欢吗？那就再让你瞧瞧！”

她突然狡猾地笑了笑，把连衣裙的袖子撩开。“您看看，我的胳膊肘上有一个小窝。”

医生把嘴唇伸成了管状，弯下腰去。但维基娜猛然把手缩了回去。

“您太放肆了！”

医生瞪大了眼睛，却继续噘着嘴。

他走后半小时，画家沙托夫来了。

“请您不要解释了！”维基娜冷淡地打断了他。“对我来说，都一样。况且，我自己也要向您承认一些事情。

“我迷上了另外一个人。假如您早来一个小时的话，您就会确信不疑了。其实，我很高兴，我们之间的一切就这样结束了。我们彼此都很快乐。”

沙托夫有点儿慌了神，嘴唇轻轻地颤抖了一下，而且是恰到好处。这是慌神之人该有的反应。

“这么说，你觉得……彼此都快乐？”

维基娜笑了起来，笑声充满讽刺意味。这种笑声只能是臆造出来的。然后，她默默地走出了房间。

她听到沙托夫在前厅穿上鞋，又等了等。然后，她听到门砰的一声关上了。而她却突然咬住自己的手，哭了起来。

晚上，她躺在被窝里写信。

开头是这样的：“仁慈的阁下！我希望能够收回我的肖像画……”

接下来，这样写道：“我们分手了，却还是朋友，不是吗？就让我的肖像画成为我们普通友谊关系的见证吧……”

最后，她又这样写道：“叶甫盖尼，我爱你！把你的肖像画寄给我吧……”

之后，她睡着了。

早晨，有人送来了一束黑色鸢尾花。

“没有信吗？”

“没有！”

她吻遍了每一个冰冷的黑色花瓣。

“这样就不会走了！不，这不是告别的鲜花。它们是黑色的，这是因为他在想念我。他想念我，是因为爱我！还剩下两天的自由时间，不能浪费一分一秒。”

“叶甫盖尼！”她对着电话说道，“叶甫盖尼！请原谅我！我没有跟你讲真话，我并不爱别人。我毁谤了自己，就是为了要报复你。我怎么醒悟过来了？是因为黑色鸢尾花。黑色鸢尾花告诉我，你思念我，并爱我。我喜欢黑色鸢尾花！明白吗？黑色鸢尾花！只有黑色鸢尾花！不，不，我没有疯，我只是感到非常幸福！”

他答应来。足足一小时，她就在客厅与卧室的两个镜子之间来回跑来跑去。她把鸢尾花用鲜艳的黄色带子扎了起来。

“笑笑吧，鸢尾花！”

三点钟的时候，门铃响了。期待中的她闭上了眼睛。当她睁开眼睛的时候，看到的是医生卡特舍夫那张刚刚刮过胡子的脸。

“喂，今天怎么样，亲爱的太太？我担心您的身体，就顺便来看看。”

“没什么，今天很好。只是我很忙……”维基娜嘟囔道。

卡特舍夫扫了一眼房间。

“您把花扎得多么漂亮啊！真是太有品位了！”

“只是，您不要碰！”维基娜紧张道，“这些花不能碰。它们是神圣的。它们给了我如此大的幸福，以至于……总之，这不关您的事。”

卡特舍夫突然大为感动。

“我亲爱的！”他口齿不清地说道，“我的宝贝儿！难道我真的让您这么开心吗？”

维基娜开始感觉浑身发冷。

“什么？您说什么？”

“难道我送花就让你感到开心了吗？而我原本没想要买黑色的呢，是店里的伙计说服我买的。他说，这是这个季节最时尚的花了。好吧，时尚就时尚，那就买吧。您怎么啦?”

维基娜站在那里，脸色苍白，喘不过气来。

“您怎么敢这样呢！您真卑鄙！无耻之徒，您怎么能不写封信，不附带一张卡片就送花呢?”

“真的，您这是怎么啦，太太?”卡特舍夫吃惊道，“我以为，昨天的事情……过后，您自己会猜到这是谁送的。”

“您给我滚开！您怎么敢如此侮辱女人呢！我要告诉我丈夫，他会和您算账的。滚！坏蛋！”

惊慌失措的卡特舍夫踮着脚，下楼了。当他碰到正在上楼的画家沙托夫的时候，他不敢用整只脚迈步了。

画家高兴地吹着口哨，手里拿着一大束黑色的鸢尾花。

“亲爱的！卡特舍夫抓住了他的手。您是去找她吗？还拿着花？快扔掉吧！我是把您当朋友才告诉您的，快扔掉吧！这种女人啊！这是圣女……这就是美德……这是畜生。我觉得，她这里不对劲儿。”他一边说着，一边用手指敲了敲自己的额头。

“您真的这么认为吗?”画家警惕地问道。

他想了想，开始和医生一起往楼下走去。

节 后

教室里又潮湿又闷热。

过节时没有烧的炉子这会儿冒出烟来了。

瓦里娅·济宾娜就坐在第二把长椅上。只要她往旁边稍微低一下她那鬈发头，就可以躲开老师的目光。因为坐在她前面的那个女孩个子比她高。

老师在毫无生气地讲着有关叶卡捷琳娜二世的故事。

有时候他会停下来，好像在听自己的心口究竟怎么啦。

显然，他有点儿恶心。他甚至知道自己为什么恶心，是因为昨天的鲟鱼。尽管他在讲女皇奢侈的皇宫，却总是感觉到鲟鱼的味道。

“名字……嗯，我告诉你们。就是在国内政治生活中是幸运的鲟鱼……名字……叫叶卡捷琳娜……”

瓦里娅·济宾娜把头低得更厉害了，继续

着她们被打断的谈话。

瓦里娅无精打采，眼睛是疲惫的，双颊是发烫的。

“……他是军校的学生。秋天毕业。知道吗，热涅奇卡！我从来，甚至在最年轻的时候，都不曾爱过军校生。但是现在，我自己也不知道，我是怎么了。这是某种疯狂！”

热涅奇卡，一个鼻子尖尖、脸上长着粉刺的女孩！她的双唇薄而精致。此刻，她正轻蔑地皱着眉头。

“你总是有这样的故事。秋天的时候，是大学生利马索夫。然后，又是什么马戏演员。现在，又是这个军校生穆金。”

“大学生那是瞎扯，我甚至从未和他讲过话。马戏演员倒是挺有意思的。但自从那次之后，我再也没去过马戏团，他也没有回信。对了，他不懂俄语……”

“名字，”老师说道，“请大家注意！嗯，我告诉大家。就是，她发起的运动……”

瓦里娅沉默了一会儿，然后又开始小声说道：“昨天晚上，他向我表白了。他曾在布里克家里呆过。但是，玛尼娅·布里克一直在追他。”

“她是学生吗？”

“是的，她是被请去过节的。夏天的时候，他曾经在他们家的别墅呆过。她曾经像小猫一样迷恋过他。”

热涅奇卡想了想，皱起眉头，说道：“也许是他的姘妇。”

瓦里娅甚至兴奋和嫉妒得喘不过气来。

“也许，也许，她什么都能干得出来，这个傻瓜。只是夏季的时候，他还在夏令营，到他们这里总共才有两次。”

“也不少啊。”

“假设这是真的，她非常卑鄙。昨天她问我，是否学会跳那个时髦的探戈舞了。而我说：‘我没有学会，也不想学。反正，人们在院子里是不会跳探戈的。’”

“她发火了吗？”

“呵呵！”

“你也许知道，他爱你。”

“知道。昨天以前我还在怀疑，但现在已经非常确信了。他对我说了，‘我不相信爱情，只承认赤裸裸的激情’。”

“哎，他太好色了！”

瓦里娅骄傲并得意地看了看热涅奇卡。

“他还握了握我的手……”

“你们接吻了吗？”热涅奇卡认真地问道。

“令人疯狂！”

“是吻嘴唇吗？”

“是鼻子。”

“？”

“就这样发生了。我喝茶的时候，弄掉了一块面包。就弯下腰到桌子下面去捡，他也是。就在那里，发生了这疯狂的一切。”

“到底谁吻谁啊，我不明白。”热涅奇卡兴奋地蜷缩着身子，问道，“如果要是吻嘴唇的话，你们会一起吻。而如果是吻鼻子的话，或者是一个人主动吻了对方，或者是两人先后吻了对方。”

“嗯……我不知道……好像是我吻了他。”瓦里娅脸红地说道，“但是，他也想吻我来着，却没来得及。因为傻瓜布里克也爬到桌子下面去了。当然是出于嫉妒。这样，我就跳了出来。”

“那他呢？”

“然后，他也跳了出来。”

热涅奇卡恶狠狠地笑道：“要是她吻他的鼻子……”

“这纯属胡说。他会允许才怪呢。他身上充满了对我的激情。”

两人都沉默不语了。

“啊，感觉好吗？”热涅奇卡小声地问道。

“令人疯狂!”

老师突然沉默了。鲟鱼肉正在折磨他。他想起了某人的说话声。那是不久前，早晨五点钟的时候他听到过的。这个声音都说了些什么？嗯，我给……“彼得·尼古拉耶维奇，还有花楸露酒。”不，这是另外一个人说的。是斯韦克林说的，而叶琳娜·彼得罗夫娜说：“皮埃尔，您的侧脸像拿破仑。”而他也用尖细的声音答道：“是的，我像拿破仑。如果说要完全像的话，我只是缺少一位圣叶列娜。难道您不是圣女吗，叶列娜·彼得罗夫娜?”呵呵！真聪明……我给。但鲟鱼……为什么？既然享受的感觉要惬意得多，为什么要经受折磨呢?

他突然醒过神来，意识到自己在沉默，想起来要说点儿什么。而究竟说什么，他想不起来了。

“嗯，我给……那么，我们说到哪了？济宾娜女士，我讲什么了?”

瓦里娅站起来了，激动得脸发红。她心里说的是军校生穆金的事，嘴却是不动的。

“说啊，济宾娜女士，我讲什么了?”

第一排的女孩用手掩住嘴，小声提醒瓦里娅。“叶卡捷琳娜。叶卡捷琳娜。叶卡捷琳娜。”

“讲了叶卡捷琳娜。”瓦里娅委屈地重复道，“你就找碴吧！我说，我什么都听得见。”

“讲了叶卡捷琳娜?”老师问道，“难道可以说‘讲了叶卡捷琳娜’吗？讲了哪个叶卡捷琳娜？叶卡捷琳娜是谁啊?”

瓦里娅沉默着，整张脸都表明，她正在想着军校生穆金。

“叶卡捷琳娜是谁？啊？上帝！路易十五是谁？啊？我问您，路易十五是谁?”

“嗯?”

“路易十五是……”

她叹了一口气，回答道：“他是一个男人。”

老师不说话了。

他想说点儿什么，甚至已经张开了嘴，但是懒惰、无聊和鲟鱼战胜了他。

“咩。”他叫了一下。“嗯，我给……”

突然，某种明亮、令人感到愉快的东西打破了这种毫无生机的氛围，就像一根闪闪发光的藤条抽打了一下萎靡不振的神经。

感谢上帝！

这是看门人尼基塔用他那粗大的手指按响了的铃声。

下课了。

为了过节，保姆用海绵为雅沙擦洗的时间比平时更长，而且肥皂泡沫比平时更多地进到了他的眼睛里，嘴里和鼻子里。

雅沙摇摆着头，骂保姆是个肥胖的笨蛋。

他走进餐厅的时候，还在生着气，头发湿湿的，两眼通红。

他一看到母亲和姨妈之后，马上想起要快点儿解决那个折磨了他一大早的问题。

“妈妈！”他很忧虑地问道，“请你告诉我，马用什么来擦鼻涕的啊？”

但是，妈妈显然也不太清楚。她并没有直接诚实地回答，而是开始教育雅沙。

“首先，进屋时要先打招呼。去到姨妈那儿行个礼，问个早安。你听见妈妈对你说什么了吗？”

他听是听见了（感谢上帝，他不聋），但是，他向来不好意思问早安。更何况妈妈刚刚吩咐过，就更没有可能了。大人们可以装，很容易就会说：“谢谢！请！”可是小孩子们对这些，却觉得很不好意思。

雅沙沉默了一会儿，吸了吸鼻子。他觉得，反正和妈妈的关系已经破裂了，就决定当个坏蛋。

“我要喝咖啡！你自己喝咖啡，却让我喝牛奶！”

“岂有此理！”姨妈小声说，翻了翻白眼。

“坐下，喝你的牛奶吧！”妈妈坚决地说。

雅沙伸手去拿面包，胳膊肘一下子碰翻了自己的杯子。

他感到很尴尬，内疚地望着牛奶从桌布往地板上滴。

“看！他这是故意弄洒的！”姨妈尖叫道。

雅沙连想都没想过要故意弄洒牛奶。此刻，他却喜欢这个想法。坏蛋，这样就已经是坏蛋了。

他噘起嘴，一只脚支撑着桌子，开始在椅子上摇动。这样马上就达到了他的目的。一分钟后，雅沙就已经冲着门的方向在狂嚎了。

他吼了很长时间，甚至自己都烦了。可是，吼的结果是什么都没有。没有眼泪，也没有真正的号啕大哭。于是，他去了小花园。像所有别墅花园一样，这个小花园有绿色的栅栏、绿色的长椅，还有褐色的无叶灌木。他钻进栅栏，开始想下一步该计划做点儿什么。

要是能去商人的马棚就好了。他可以冲着马低声说：“喏！玩吧！”

拿根长棍把牛从林中空地往下赶，赶到河边去，也挺好。但是，去和医生家的狗交交朋友也不错。他听过，医生冲它喊：“叼来！”要是自己也能亲自这样喊喊，该有多好啊！

商人家别墅对面的老太太那儿有一只公火鸡，逗弄起来很开心。老太婆很富有，也许，公火鸡就是用来玩耍的，所以，她就这样养着。

所有这些计划，母亲、保姆和姨妈都知道呢，而且都被严加制止。因为马会踢人，牛会顶人，狗会咬人，而公火鸡一生气会啄人眼睛。

他只能跳上栅栏，用棍子拍打褐色的灌木，对它喊：“喏，玩吧！”

但是，姨妈走到凉台上，翻着白眼说：“不要在窗前喊，拜托。你的母亲，都是因为你，开始偏头痛了。她去躺着了。你快回你的儿童房吧！”

儿童房内很闷，也很无聊，甚至有些危险。因为保姆正在收拾五斗橱里雅沙的衣服。而这些衣服的样子总是会让保姆对雅沙的生活方式产生厌烦。

“您看，看在上帝的面上！这可是新裤子，膝盖处却磨破了。就穿了一次，膝盖就磨破了！我说了多少次，不要用膝盖在地上爬！可是，我的话一点儿也不起作用！这是什么？我的天哪！这真是故意的，整个袖口都磨破了！”

雅沙默默地坐在那里，装作这一切都和他没有直接关系。他在看着图画书，而且用铅笔给每个女孩的头上都画了个蝴蝶结。因为女孩的数量少，而雅沙工作得很起劲儿。所以，他不得不为男孩和狗都画上了蝴蝶结。

从远处传来火车头的轰鸣声。

“要是建一条铁路，从儿童房到餐厅可以坐火车，那该有多好啊！”

他快速地从房间走了出去。

“不要到妈妈那儿去！妈妈在睡觉。”保姆冲着他的背影，喊道。

“没事。我小声点，她不会醒的。”

他踮着脚，走近卧室。“妈妈，妈妈。”

没有声音。

“妈妈！妈妈！”

妈妈抬起了裹着厚厚围巾的头。“天啊！怎么了？发生什么事了？”

“没什么。你睡吧，睡吧！我只是来问问，你有没有钢轨。我非常需要！”

“保姆！”妈妈绝望地喊道，“你为什么要放他到这里来？你是知道的，我有偏头痛！上帝用这个孩子来惩罚我！我真是不幸啊！”

他不得不听完保姆数落他的话。这些话如此之多，以至于他甚至都忘了建铁路的事。

他再次来到了小花园。

上帝惩罚了妈妈，为什么啊？他在想。

他马上沉思起来。显然是因为什么事。想必，上帝不会白白惩罚人的。

医生家的纳坚卡来到了别墅的台阶上，头发梳得很光滑，脑袋上别着一把小梳子，穿着方格的短裙。她费事地提了提还没到膝盖的裙子，坐到台阶上，像女人一样两手托着腮帮。

雅沙爬过了栅栏。和女孩子打招呼他还很害羞，所以，他只不过从她身旁单腿跳过去，然后倒在了台阶旁的一堆沙子上面。事实上，这与平时的“你好”是完全一样的。

小姑娘完全像个小女人一样，吧嗒吧嗒嘴问道：“你们家的太太很严厉吗？”

雅沙作出一副很委屈、一本正经的样子，就像看门人谢苗在向保姆抱怨的时候一样。“哎，生活啊，在现如今的老爷家里，看门人的日子也不好过！”

他回答说：“很严厉。你们家的呢？”

“我们家的太太非常严厉。”小女孩噘起嘴唇，深吸一口气，小声地说道，“和医生的太大卢克里亚一模一样，甚至非常非常严厉。我一摔倒，她马上就会大喊大叫，大喊大叫！什么都不准我干。”

“不准干什么？”

“不准胡闹！根本不准胡闹，一点儿也不准许你胡闹。”

“在老爷家里，我们的兄弟生活得很艰苦！”雅沙小声地说。就好像看门人谢苗那样，甚至还摸了摸十四年后才会长胡子的地方。“薪水还不错，三十戈比。”

“上帝保佑，我长大嫁人后，要经常吃沙丁鱼，在我的每个房间里都要有沙丁鱼，而且在床上也要有沙丁鱼。”

医生的太太卢克里亚从门里探出头来。

“小男孩，你为什么到这里来了？你若再胡闹，要受罚的！走，走！这里没什么可胡闹的。”

雅沙刚开始想听她的话来着，但是又想起，卢克里亚是个外人，于是郑重其事地说道：“我没有义务听你的。你没有任何权利说我！”

“瞧着吧，我给你权利选择。”卢克里亚威胁道，抓起纳坚卡的手把她领进屋去了。纳坚卡慢慢地蹒跚而去，就像卢克里亚一样，迈过门槛的时候，提起短裙。这一切让雅沙明白，她突然完全转到了卢克里亚那一边。他还知道，这就叫背叛。但是，他立刻觉得很讨厌坐在“他们”家台阶旁、“他们”家的沙堆上。

他跳了起来，为了表示他对发生的这一切很鄙视，大声地叫喊着、蹦跳着回家了。

家里人对他责骂了很长时间。先是保姆，因为他扯断了纽扣。接下来是姨妈，因为他粗野的外表。再接下来是已经起了床的妈妈，因为他那双脏兮兮的手。最后是从城里回来的父亲，因为大家都对他不满。

“你会成为一个猪倌！”

大家都坐到桌子旁。

午饭的时候，突然来了一位女士。再也没有人出声地责骂雅沙了。

“我们家的彼得鲁沙可聪明了！”客人说，“你们想想，今天他问丽莎：‘都主教和省长谁更重要？’丽莎回答说是都主教。他说，‘那么，我要当一名都主教，就让我的孩子们当省长吧’。”你们想想！这么小的孩子，就已经开始梦想事业了。亚申卡,[1] 你想当什么？”

“我？”

雅沙想了一分钟，随后并没有醉心于瞬间闪现的当一名船长、强盗、伯爵和列车员等的前途，坚决地说出了自己的未来计划。“等我长大嫁人后，我要做一个红皮肤的人。”

根据父母的脸色判断，他对自己估价太低了。于是，他想说他要当一名列车员。但这时，这位女士突然挥了挥手，咕嗒咕嗒地叫了起来。

“哎，真是太可爱了！哎，金色的童年！你们把他给我吧，我把他带走。”

“嗯，我倒是可以去！不过，这里还付我三十戈比呢。怎么，你也打算付钱吗？你会亏本的！你不会给更多钱的！”

他说这些的时候，就像看门人每次谈钱的时候一样，用那种低沉的声音。他还想插话，但是父亲严厉地看了看他，让他睡觉去。

他还从来没有这么早睡过觉。躺在被窝里，他觉得世上唯有他一个人是那么的不幸。日子本来会很好过，假如他们所有人不总是在生气的话。

睡觉前，他哭了几声。然后，他在心里想象着把所有人都挨个抽了一顿，从父亲到医生的老婆卢克里亚。由于他没有吃甜点

---

① 亚申卡是雅沙的昵称。

就下桌了，所以，他第一个梦就梦见了粉红色的牛奶杏仁酪，甚至勺子就在他的旁边。

但是，那位女客人来了，笑了起来，咕嗒咕嗒地叫了起来。她把所有东西都拿到了自己的鸡窝里，然后从鸡窝里大声叫喊着：“金色的童年！咕—咕—咕嗒！”

可怕的客人

圣诞前夜，所有剧院都关门了。人们都沉浸在和睦的家庭欢乐之中，单身汉们却无处可去。

因此，俱乐部里早早便聚集了一些人。而到十二点钟的时候，更是最热闹的时刻。

年轻的工程师约翰·威利斯特输了一大笔钱之后，离开赌桌。他想休息一下，冲淡一下自己糟糕的情绪。

他观察着正在玩儿的这些人。发现一位文雅的年轻人，个子高高的，鹰钩鼻子，体态灵活。他以前在这里从未见过这个人。

这位年轻人没有赌，只是在桌子旁边转悠着，用胳膊肘推着大家，挑衅似的嘲笑着每个不走运的人。

“这个令人不爽的人是谁啊?”威利斯特跟旁边的人问道。

“不认识。显然是位客人。因为他没赌。”

而此时，这位陌生人拍着威廉姆斯先生（俱乐部的老顾客，最受尊敬的会员）的肩膀喊道：“老头真不走运！活该，不能像鞋匠一样赌。”

威廉姆斯先生脸红了，干巴巴地说：“请您不要这样放肆，阁下！”

“怎么？”陌生人哈哈大笑起来。“他竟然还对我不满！”

威廉姆斯耸耸肩，躲开了这个无赖。

“他是谁？”他向值班的班长打听道。

“我真的不知道，好像是什么布莱克先生。”

“是谁介绍他来的？”

“某个会员。我马上找找他的名片。”

班长拉出了桌子抽屉，找到了名片。

“琼斯先生。他是琼斯先生介绍来的。”

“琼斯？可怜的琼斯！要知道，他昨天死了！”

“是的，我知道。”班长回答道。想了想，他又补充道，“但是，他可以在死前两天介绍。这里没写日期。”

“希望不是死后介绍的。”威廉姆斯嘟囔道。随后，他又回到了赌桌前。

陌生人还在纠缠其他人，还在刺激大家。

“您踩到我的脚了！”一个赌徒喊道。

“没什么了不得的！”陌生人放肆回答道。他一副挑衅的样子，好像就等着吵架了。

但是，赌徒全神贯注在纸牌上，并没有注意他的话。陌生人转过身去。显然，他有些怅然若失。

“这是谁啊？”工程师威利斯特问威廉姆斯。

“谁知道呢！一个死人介绍来的。来了就搞怪。”

“死人介绍的？”工程师奇怪道，“他姓什么？”

“布莱克。”

“布莱克？布莱克（Black）的意思是黑色的……他是什么人啊？”

“也许，是鬼。”威廉姆斯沉着回答道。

威利斯特冷笑了一下。不知道为什么，他对威廉姆斯的这个玩笑感到很不爽。

“胡说！为什么死人要介绍他呢……”

他走到陌生人跟前，好奇地开始打量他。

这个人长得的确像鬼。可以如此描述他：目光锐利，大鼻子，甚至有些跛脚，就好像他的鞋不是穿在脚上，而是穿在了蹄子上，所以不能自由行走。

他的额头很窄，额角已经秃了，笔直的发缝将耷拉在两个鬓角处（黑色的角状物）的硬硬的头发分开。

一种奇怪而可怕的感觉攫住了年轻的工程师。

“也许，我这是在做梦。”他想，“如果我在做梦，那就更好了。因为那样的话，这位先生就是个真正的鬼了。”

这时，赌徒中有人冲着陌生人喊道：“请不要碰我的牌！”

陌生人用小男孩式的傲慢回应说：“我愿意，我就碰！”

随后，他仔细地看了看那位和他说话的人，突然改变了腔调：“不过，对不起。我和您没什么好干的。您太瘦了，太单薄了。对不起。”

他离开赌桌，所有人都很奇怪地给他让出了一条道。

俱乐部会员——一位年轻的诗人走到威利斯特跟前。他脸色苍白，有些不知所措地笑着。

“您知道这位先生是谁吗？”他问威利斯特，“有人在死后的信中介绍他来，这是真的吗？我一点儿都搞不懂。”

“我自己也是什么都不懂。”威利斯特承认道。

“为什么他这样不断地挑衅所有人和他吵架？莫非，他是个有名的决斗者，在找人决斗？”

如果这样的话，那他刚才为什么还要给特尔纳道歉呢？

“我一点儿也不明白。或许我在做梦，或许我是见了鬼了。”

他讪笑了一下，走了。

“他也以为他在做梦！”威利斯特含含糊糊地小声说道，“不，是我在做梦。要不然是我疯了，产生了幻觉。”

他用手按了按太阳穴，突然勇敢地走到陌生人跟前。

“黑色先生，”他说，“您正好是半夜来到这里的，不是吗？出示的是一个死人的名片。你的头上有角，靴子里面有蹄。您来是要选一位牺牲品，然后杀害他。对吗，布莱克先生？”

陌生人用他锐利的目光紧紧地盯了一眼威利斯特，将其浑身打量了一遍，突然说：“我不喜欢您的长相！”

这已经不是在做梦了。

威利斯特发怒了。

“您要为此付出代价的，阁下。这是我的名片。”

但是，陌生人并没有接受威利斯特的名片。

“我不会和你打架的，小男孩。”他鄙视地回答道，“您是懦夫！您永远都不敢，甚至不敢给我一巴掌！您的手实在是太柔弱了，打不了。”

这真是闻所未闻。

他，威利斯特，著名的拳击手！别人却说他的手太柔弱。或许，这的确是他在做梦？

他抬起眼睛。

陌生人转过身，侧对着他，站在那里等着。

威利斯特大喊的一声，使出浑身力气，一巴掌打在这个鬼的脸上。

后者“啊”的一声，倒下了。

“医生！”他喊道，“快点儿叫医生！”他将手指伸到了嘴里。

坐在赌徒中间的医生，应声跑到他跟前。

陌生人慢慢站起身，转向医生说道：“您快给我做个证明，查验一下事实。两颗牙被打掉。看，这里和这里。而另外位于它们之间的两颗牙完好无损，甚至连动都不动。您可以确信，这是因为，”他庄重地继续说道，“打掉的两颗牙是用普通的方法镶上的，而剩下的这两颗是用牙医扬奇的新方法镶制而成的。牙医扬奇的住址是在列格—斯特里特，一三〇B 栋楼；每天从一点至五点接诊；每次两美金！”

他站起来，慢慢地退到门口，开始成扇形地抛散名片。

“牙医扬奇，列格—斯特里特，一三〇B 栋楼！”他重复道，“详细地址就印在这张名片上。扬奇医生，列格—斯特里特！”

他的面容焕然一新。此刻，他的脸上现出一种平静、满足的表情，是办妥一件有利之事的人的样子。

“牙医扬奇！”从门外传来的声音说，“列格—斯特里特。”

赌徒们默默地相互看了看。

老水手

傍晚，灰蒙蒙的大海平静而又亲切。

甚至在我的水手放下桨休息的时候，海浪都没有摇动一下小船。于是，他默默地、懒洋洋地返回岸上。

岸上已经开始亮起了灯。

科瓦尔内罗咖啡馆的一串串彩灯亮了起来。我应该去那里，却不想去那里。

我应该去那里是因为，那里有位华沙来的女士在等我。

她已经追问我五天了，想问出我多大年纪。她不想直接问，而总是提出一些引导性的问题，狡猾地为我设置罗网。刚开始的时候，这还能像体育比赛一样吸引我。后来，我厌烦了。于是，我决定投降了。但是，我突然感觉到，她在小心翼翼地为我设置另外一些陷阱。她还想知道我的房间要付多少钱，谁在追求我。于是，我逃了。我说，我会再来咖啡馆，但我没去。

除了这个女人和陷阱以外，等着我的还有一位来自布留诺的德国人。这个德国人对我的私生活一点儿也不感兴趣。他想见我是因为，他要第十五次向我讲述，在布留诺大家是如何敬重他的。显然，他认为前十四次的讲述我都没有相信。他甚至好像有些恨我，因为他不得不反复地、毫无条理地向我重复同样的东西。但是，作为一个认真的人，他不想半途而废，因为他已经付出了很多的时间和精力。

不管怎样，就让他明天再讲吧。今天我解放了。

微微的涟漪滑向淡紫色的地平线。群星即将闪亮，黑夜即将来临。

“好!”我大声地说。

“好!”某人的声音重复道。

我稍微抬起身。这是一位在划船的老人说的。

“你会说俄语?”

“我会说很多语言：德语、英语、意大利语、俄语。我游遍了全世界，整个地球我都知道。”

“你是本地人吗?”

“这里的克罗地亚人。整个地球我都了如指掌。”

他伸出手，分开手指，给我看他的手掌。

“瞧！我都见过了。我到过日本、澳大利亚、美国、意大利、印度、英国、敖德萨、符拉迪沃斯托克。所有地方都去过，什么都见过了。”

他说的俄语里面夹杂着克罗地亚语和德语。他身材高大，微瘦，有点儿驼背，胡子长而软。他穿着肥大的裤子，麻布衬衫，看起来像乌克兰人。只有从他那紧皱的眉头和炯炯有神的眼睛可以看出，这个人习惯于看那一望无际的远方，习惯于发现远方乌云的威胁。

船桨在他那宽厚干燥的手掌中沙沙作响，小船顺从他青筋嶙嶙的手发出的每一个微小动作。他那张被遥远国度的风吹得干燥的脸是那样平静与威严，甚至令人羞于想到，这位认真的人必须工作，只因为我不想和那位来自布留诺的德国人坐在咖啡馆里。

“您喜欢俄罗斯吗？”我问水手。

“好。俄罗斯的小麦好，很好。美国的要差，差很多。”

他甚至有些鄙视，美国的小麦要比俄罗斯的差很多。

“您喜欢敖德萨这座城市吗？”

“喜欢。我们装过小麦，好小麦。”

“那您喜欢俄罗斯人吗？”

“俄罗斯人们是好的。这是个非常强大的民族，吵起架来很凶悍。我对整个地球了如指掌。”

他快速摇动两下右桨。于是，小船灵巧地从一条大船的船头下快速驶过。大船的甲板上有人冲他喊着什么，一个戴有金银装饰线制帽的人恶狠狠地用拳头示意，在威胁他。

但是，他平静而安稳地用力划桨。我非常相信他宽阔肩膀的力量与灵活，我甚至都没有回过头去看看，我们是否能再次碰到那艘大船，那艘在我们附近转动螺旋桨、用长长的海浪摇动我们的大船。

“您曾经是在帆船还是轮船上工作？”

“二十年在帆船上，十五年在轮船上。”

二十年在帆船上！这个人的确了解整个地球、所有的海洋！他曾听过绳索之间风的呼啸声；他曾听过暴风雨的歌声；也曾听过湿湿的帆布抽打桅杆的声音。

他该见识了多少啊！他该了解了多少啊！

我们这些游客，坐着快船、特快火车，从一个旅馆转到另一个旅馆。我们乘坐巨轮，用五天时间穿越大洋。我们就坐在有保障的吊舱内。我们怎能知道大海的野蛮之美？怎能了解大港口的僻巷中色彩鲜明的生活？这些永远不会有人为我们展示，而是深藏在那里，离我们很遥远。在各样帆船载其到过的每个国家的每个城市，他都过的是真正的生活。那是那种当地人所过的生活，而不是我们所看到的，经过修饰、净化、专门为游客需要而准备的生活。

这个老人趁着还有力气，还在工作着。而再过几年，他会坐在烧得旺旺的炉火旁，周围儿孙环绕，一边抽着那根见过世面的烟斗，一边讲述他对那个了如指掌的世界所知道的一切。也许，儿孙们会将信将疑地交换眼色。毫不奇怪，这需要二十年的时间来乘坐帆船走遍世界，才能了解到这位长着一双明亮眼睛的老人所知道的一切。

“你是俄罗斯人？”他突然问我。

“俄罗斯人。”

“俄罗斯人很强壮，吵架很厉害。”

我从他说话的腔调听出，他想恭维我。于是，我感激地笑了笑，还是转移了话题。

“您喜欢英国吗？”

“英国人吵架也很厉害。”

显然，他没有明白我的问题。

“请问，是乘帆船好，还是乘轮船好？”

“帆船上吵架吵得厉害。我们装运过小麦，在加拿大也装运过小麦。在那里，他们用法语骂人，而小麦要比俄罗斯的差。在澳大利亚用英语骂人，而小麦不好。我什么都知道，因为我走遍了世界，整个地球。俄罗斯人是强大的民族，很厉害地吵……”

“请问，”我打断他，“您觉得哪里最美。日本吗？”

他摇了摇头，说：“不。瞧，那里最美！”

他用手指了指左边的什么地方。

“那里？哪里？意大利吗？”

“不，这里。在港湾里，我们的新咖啡馆很漂亮。科瓦尔内罗咖啡馆。那里有漂亮的灯，还有音乐。这是世界上最漂亮的地方。”

他用他那双明亮、见过全世界的眼睛望着我，然后，转向科瓦尔内罗咖啡馆，满足地叹了口气。

“这里比日本要好。我去过两次日本。日本也骂人，但是俄罗斯人更严重一些。俄罗斯人很……”

“您喜欢印度吗？”

“印度人用英语骂我们……”

“现在可以靠岸了，我该走了。”

他的手使劲地动起来，船桨在他那干燥宽厚的手掌里悄悄滑动着。那双习惯望向遥远河岸的明亮眼睛，平静而智慧地观察着。他见过一切，知道一切，了解整个地球，就像了解自己那干燥而宽厚的手掌一样。

在那漫长的冬夜，他将会给自己的儿孙们讲述这个地球。

美国短篇小说

所有当代文学中，最有益处的是登载在美国报纸上代替小品文的美国短篇小说。

在类似的小说中，读者总是能够为自己和家人找到必要的信息。

我认为，对于从来没有读过美国报纸的人来说，这是一项令人惬意的责任。哪怕是简单地了解一下这样的短篇小说。

我知道，这有可能会是拙劣的班门弄斧。

但是没有办法！

就来看一看这个故事吧！

《请您只买贝克的鲑鱼肉》：想娶富有的中年寡妇的约翰·史密斯的短篇小说。

亿万富翁盖尼的女儿起得很早。

她这样做，就是遵照了著名医生斯莫尔的建议。这位医生住在十六大道三号楼。他每天下午两点到晚上六点接诊，每个病人建议收费一美元。

盖尼小姐按了一下电铃。这个电铃是在八大道十六号楼买的，很便宜，无与伦比。她对应声而来的从“诚实女仆介绍所”（在那里总是能找到很好的女仆，有介绍信和保证金）雇来的女仆说道：“我要吃鲑鱼肉。给我拿怀特罐头厂生产的鲑鱼肉。”

我们这位有介绍信和保证金的女仆两手一拍，惊恐地说道：“您说什么啊！关于这个怀特厂，我已经读到过好几个警告了。这个厂子粗制滥造，生产的鲑鱼肉质量不好，做得随随便便。”

“我已经厌倦了一直在吃的贝克罐头。”

亿万富翁的女儿无忧无虑地挥了一下手。而这位有介绍信的来自“诚实女仆介绍所”的女仆，恭恭敬敬地鞠了一下躬，履行主人的吩咐去了。盖尼小姐开始穿衣服。

她穿上了没有接缝的双层袜底长袜。这是在“梅丽·豪和儿子们”商店买的，非常便宜。然后，她用“白鸭”牌香皂洗了脸。香皂是在杰克·史密斯（这篇小说作者的父亲）商店花四便士一块儿买的，无与伦比。

这块香皂瞬间令这位年轻女富豪的皮肤完美洁白。

她用折不断的彼得斯梳子梳好了头，吃了几块贝克尔的饼干。这些饼干让她很快恢复了体力。这些饼干是用公司专门的秘密配方制作而成，不仅能让食者吃饱，还具有一种不同寻常的特质。那就是永远不会变坏，而且味道会很好。这一切让其处于无与伦比的地位。

年轻的美人儿穿上了来自“梅丽·布列克”的连衣裙（很便宜，可以分期付款）。打扮完毕，她开始等待她要的鲑鱼。

尽管她一边想着她的鲑鱼，同时她也没忘了年轻的大卫·杰伊。她疯狂地喜欢他。她倒是很乐意嫁给这个杰伊。可是，她的父亲永远都不会允许她嫁给一个普通的百万富翁。对于亿万富翁的女儿来说，这会是一种耻辱和屈尊。

诚实的女仆终于来了，拿来一盒怀特厂的罐头。

盒子的外观非常漂亮。但是，我们大家都知道，外表常常是骗人的。

年轻的女富豪刚吃下第一块鲑鱼，就突然感觉到恶心。很显然，鱼的质量不好。

“快点，快把格里那专利药丸拿来！快点，否则就晚了！”

诚实的女仆用颤抖的双手递上了格里那药丸。

年轻美国小姐的痛苦稍微减弱了一些。这时，响起了电话铃声。

“喂！”盖尼小姐小声地说道，都是不新鲜的鲑鱼搞的。“您是哪位？”

“是我，亲爱的莫特！我是始终如一爱你的大卫·杰伊，祝我幸福吧！”

“怎么啦？”莫特惊恐道。

“是这样的。今天，我和你的父亲打了一个赌，赌一个亿。如果我赢了，就是亿万富翁了，就可以和你结婚了。如果我输了，我就要永远离开你，而且要在二十年之内偿还输掉的钱。”

“你们赌了什么？”莫特用颤抖的声音问道。此刻，她的颤抖已经不是因为鲑鱼肉了。

“我们打赌哪个罐头更好一些。我说，是贝克的罐头，而他说是怀特的。”

盖尼小姐高兴得大叫起来。

“快到我这里来，大卫！我一辈子都是你的了。这下好了，任何事情都不能让我们分开了。因为怀特的鲑鱼让我恶心！”

整整过了一年，莫特·杰伊把一个粉扑扑、浅蓝色眼睛的小大卫抱到了丈夫跟前。他把胖嘟嘟的小手伸向父亲，说出了他平生学会的第一句话：“请您只买贝克的鲑鱼肉。”

他的父母交换了一下眼色，眼里流出了喜悦的泪水。

女售货员

玛丽小姐早上穿好衣服，把自己的腰身装扮得玲珑紧致。

她头上有二十二绺亚麻色的卷发。她每天都要把它们数上一数。因为她担心，姑娘们夜里会给她剪掉几绺去打扮自己。

玛丽小姐很喜欢接待客人。她站在离柜台两步远的地方，把自己的翘鼻子转到侧面去。

她的右边是三排白色的纸盒，左边则是黑色的纸盒。她自己就像这一神秘殿堂的祭司，而柜台就是祭坛。祭坛上是一堆祭品的尾巴和羽毛。

门铃响了。

玛丽小姐现出了她自认为法国女人应有的表情：伸直了脖子，双唇紧闭并上翘，惊奇地把眉毛挤成圆形。

此时，看到她的人一定会认为，她似乎闻到了某种气味，而且不能确定那究竟是什么气味。

她就这样来迎接女顾客。“您需要什么，太太?”

“请给我拿顶帽子看看!”

“太太，您当然想要买一顶浅色的帽子了。现在没人戴深色帽子了。”

“不，我正是需要一顶深色帽子。”

“深色的?”

玛丽小姐的脸上现出那种出乎意料的高兴神情。

“深色的？当然，太太需要深色的。因为只有深色帽子才可能是优雅的。呐，比如说，请看看这顶!”

她从纸盒里取出一顶杂色的帽子。

“就这顶。这是搞的什么啊！难道会有人说，这样很好？他们在巴黎给自己杜撰出了各种各样的破玩意儿，我们却在这里要因此而受折磨。为什么啊？我最好买一顶优雅的深色帽子，那么这顶……”

“对不起。”女顾客打断她道，“请把这顶杂色的帽子给我看看！它看起来很不错。”

“啊哈!”玛丽小姐高兴道，“我已经看出来了，太太您很在行！这是巴黎的最新款。再新一些的，只有等到明天了。您看看，这多么奇特啊！啊？什么？您再看看这些花！啊？难道这不是花吗？这是花……”

“请等一等！我想试一下。”

但是，玛丽小姐没有让她试。她深信，每顶帽子她戴起来，都会很合适。

“请允许我先戴一下！这样，您就可以看见它的样子了。”

她一边戴着帽子，一边在女顾客面前慢慢地、骄傲地转过身去。而女顾客一边看着，一边纳闷，为什么自己突然就不喜欢这顶帽子了。

“不，戴上这顶帽子双颊就显得突出来了，鼻子也显得翘起来了。不，我最好还是买一顶深色的吧。”

“深色的?”玛丽小姐高兴得脸都红了。“我已经和您说过了，如果要戴的话，只能戴深色的。我可以给您推荐。”

“不，我不想要浅紫色的。最好给我拿顶蓝色的。”

“蓝色的?”

“玛丽小姐停了一下。可见，她的头脑里此时闪过一长串的帽子。她正在回想，她是否有蓝色的帽子。”

“蓝色的?但是您知道吗，太太!现在，大家都不戴蓝色的。当您说出这个词的时候，我甚至大吃一惊。但是……丽兹卡!把那个盒子拿给我。太太，这就是蓝色的。这是多么漂亮的帽子啊!这是洋娃娃，而不是帽子。这是最时髦的帽子。您看见了吗，上面的鹅翎是真正的鹅翎，而不是人造的。”

“请等等!让我试试!”

“太太，请允许我亲自来!这样，您会看得更清楚。”

“嗯……不，这顶我不喜欢。您这儿所有的帽子都是一样的款式，会让鼻子显得噘起来，而双颊显得突出来了。”

“就是这样的时尚。最新的……羽毛也是最新的……款式最新，草也是最新的。您还需要什么呢?”

“您再给我看看别的吧。”

“我还可以给您看看这顶绿色的。只是这顶已经不是那回事了。这顶不漂亮……”

“不，我喜欢这顶。”

“这顶，不能不喜欢它!这是洋娃娃，而不是帽子。那顶黄色的就让老太太戴去吧。而这顶绿色的，这是多好的帽子啊!一个女演员看到它之后，一下子就想订购十顶这样的帽子。”

“怎么，她买的所有帽子都是一样的吗?”

“是的，这样很实用。一顶帽子起皱了或者晒褪色了，她就戴另外一顶。而大家都以为还是原来那顶。这非常……”

“请停一下，您先不要讲话！否则，您说得这么多，我甚至都不明白，帽子是什么颜色的了。”

“太太，是最好的颜色，最时髦的。甚至到了明年，这也是最新款的。唉，您为什么戴上了？您可以让我给您试啊。但您知道吗，太太！您戴这顶帽子非常好。就好像是您戴着它长大的，真的！我建议您把这个花带子放到这个地方。我这里有这样的巴黎产的小带子。简直就是洋娃娃！系上这条带子将会妙不可言！所有人看了，简直都会疯掉的！您只需看一眼！”

“不。知道吗，我更喜欢不系带子。”

“不系带子更喜欢？”玛丽小姐高兴地再次问道，“我看得出来，太太，您是一个有品位的人！就让别人在那里戴这玩意吧。但是，既然人有品位，那么……”

“看在上帝的分上，请您把嘴闭上一会儿吧！否则，我都看不见镜子里的自己了。”

“太太，请允许我戴在头上，这样您马上就能看见了。看，好了！”

“嗯……不，知道吗，我不喜欢这顶。您这里都是这样的款式……我最好以后再来！下次，晚上吧。”

玛丽小姐的表情变了。她从一个惊奇的法国女人变成了受侮辱的法国女人。为此，她把眉毛抬得更高，更加紧闭双唇，直到门铃不再响了。

当门铃声渐渐变弱的时候，女顾客改变主意又转身回来的希望也在渐渐地消失。这时，玛丽小姐的脸上才现出最普通的国际式的表情。

她把随处乱放的帽子都一顶顶地放回纸盒，还以毫无惋惜之意地教训已经离去的女顾客。“太太，您大概以为您对款式很在行吗？也许，您有一个时髦的作坊？或者，您一直住在巴黎？求求您还是饶了我们店吧！您在这里已经说得够多的了！”

骗　子

我们经常会为我们碰到的骗子感到惋惜。

“假设能够顺利脱身，他也完了。因为他的名誉被毁了。”

我就不同意这种说法。即使他的名誉被毁，他也不会就此完蛋的。相反，这是他最辉煌的时刻。

我不是开玩笑。这有什么可开玩笑的！我们对待骗子，完全是一种特别迷恋、恭敬的态度。

我们有点儿羡慕他们，有点儿为他们感到骄傲。

“看，就是那位戴红色领带的！您知道他是谁吗？他就是那位著名的Z！偷了四十万的那个！记得吗？”

于是，所有人都感到很愉快。

“怎么能不知道呢？他甚至是我的亲戚呢！”

也许，您甚至撒了个谎，说他是您的亲戚。但是，吹这种小牛，大家是能够理解的，也会原谅的。大家都知道，有个偏僻地方的酒鬼亲戚很不体面；若与一个大盗沾亲带故，却变成一种好事了。

这有其特殊的道理。

杀害一个老太婆不好。杀害两个老太婆更不好。杀害三十个老太婆，简直令人深恶痛绝！

偷一卢布是耻辱。

偷一万是聪明的小伙子。

偷三十万那就是……

“莫非真的？等等，让我想一想！他好像是我妻子的一位远房亲戚。”

骗子在社会中的地位是最舒适的。由于意识到这一点，他会认为自己不应该是个轻浮之人，而应是个干正经事的。所以，骗子的脸上总是会流露出忧虑的神色。尽管如此，他的面容还是很可爱，并且很吸引人。

牌局中的骗子，那是另外一回事了。赌牌骗子的脸看起来应该是极其诚实的。是面孔，而不是脸。凸出的眼睛，络腮胡子，鼓起的鼻孔。你若和长着这种面孔的人开玩笑，就不合适了。你连想都不会想到，要怀疑他点儿什么。

受贿的人又是另外一回事。受贿人的脸一面是诚实的，另一面表现的是对人软弱的宽容。

他的整张脸表现出理解你、鼓励你的神情。

“怎么，蠢货！你害怕吗？给吧，能给多少给多少！我们两个人一起琢磨琢磨，怎么才能办好你的事。”

牌局中的骗子的表情是：“你看吧，你颤抖吧！我站在上帝的面前！”

受贿者的表情是：“我们都是人，我们都是一样的人。”

而在骗子的脸上，你什么都看不出来。他的表情平静、严肃，令人愉快。

他清楚某种你并不知道的东西。或许是一些人，又或许是一些事、一些计划。总之，是某种非常重要的东西。

任何一件大事的开始都不能没有骗子的参与。否则，事情就不会顺利。

哪怕你直接在报纸上刊登："诚邀骗子主管新事业。"

如果您需要一个管家，你会拒绝别人推荐给你的那种默默无闻、朴素的劳动者，而会欢欢喜喜地雇用一个别人给你讲过的骗子，说他在管理你朋友家的时候，三年之内为自己赚了两套房子。

"这真是好样的！跟着这样的人走，你不会走丢的。他知道所有通道和出口。"

"但他在你这里也会聚敛钱财，也会骗您的！"

但是，你这样说服不了任何人。每个人都会得意地想，那个骗了所有人的骗子就会为他而牺牲自己的性命。

有一次，我们"按照合理的方式"开始创办一份报纸。有人不知从哪里弄来了两万卢布。

我们决定暂时免费贡献我们的劳动。

我们租了房子，雇了看门人，买了茶炊。我们一边喝茶，一边为报纸想标题。

两周后，大家厌倦了这一切：看门人、茶炊还有标题。而报纸的事还是没有进展。

需要某人去找某人，做点儿什么。

但是，大家都很懒怠，而且好像有些不爽。

我们当中突然有人说："为什么不请一下安德烈·卢基扬内奇？他能很快就把我们的一切事情都办好。他是一位老练的人。"

大家都"啊"了一声。

安德烈·卢基扬内奇是一位有名的受贿者；一些“轰动一时”的文章和简讯的作者；一个被揭发、处于颓废和抑郁状态的骗子。

谁都不想请他来。

第二天，当我们聚集在编辑部的茶炊旁时，门敞开了。安德烈·卢基扬内奇跑了进来。他面色红润，精神饱满，一大堆话和想法让他上气不接下气。

“我亲爱的朋友们!”他喊道，“你们为什么要在这里坐着呢？你们在想什么呢？大家都对你们很感兴趣，谈论的都是你们。X本人今天亲自问过我你们的事。”

他像陀螺一样转着，自己打断自己的话，说了一大串部长的名字。他和所有人都认识。后来，所有人竟然都对他说：“亲爱的安德烈，你一个人就能办好所有的事。”

他跑到电话机跟前，往按键的旁边按了几下，然后开始说话。他对某个大人物以“你”相称，以至于看门人都恭恭敬敬地为他关上了门。

然后，安德烈·卢基扬内奇详细地询问我们的所有情况。在得知我们想免费工作时，他因为我们的不现实把我们大骂了一通。

“为什么免费？正相反，你们应该为自己定出薪水。刚开始的时候，每人每月五百卢布。”

我们担心钱不够。

他只是笑了一下，说道：“我给你们安排。谁是你们的投资者?”

他记下了地址，又开了个什么证明。然后说，他该走了，他不能浪费一分钟。

我们变得惊慌失措，满脸通红，有些不好意思起来。第二天，安德烈·卢基扬内奇就开着车来了。他宣布说，他已经找好了印刷厂和需要的工人，而工作报告他以后再行提交。因为现在他没有时间，而且也没有必要。如果钱不够的话，他会用自己的钱补齐。事情将会进展得很顺利，因为所有的部长都对办报很感兴趣。

他把我们催眠了，就像响尾蛇给兔子催眠一样。单独呆在自个家的时候，我们每个人都明白，安德烈·卢基扬内奇在撒谎，在骗我们。但是，当我们聚集到一起时，就变得很无力了。

两周后，一位大人物对安德烈·卢基扬内奇说："我亲爱的，放弃这个想法吧！它是不合时宜的。"

他来到编辑部，非常失望。冲着我们喊，说我们让他上当了，说他花掉了自己一万两千卢布，说他没那么富有，这些钱对他来说不是无所谓的。

他走后，我们决定卖掉编辑部的茶炊，付给他哪怕一部分钱也好。

"你们觉得，"有人胆怯地问道，"他会不会认为我们是骗子呢?"

所有人都认为，不会的。

但还是有点儿难堪。

生活与创作

天气闷热。

院子里飘来猫和煎洋葱的味道。

记者萨图尔诺夫坐在窗户旁，思想正在漫游伏尔加河。

编辑部给了记者萨图尔诺夫一百五十卢布的预付款。他用这些钱给自己买了一个皮箱、一件防水的大衣，还了房东两个月的房租。剩下的六个半卢布，他买了烟卷、纸和笔。然后，他坐到了窗户旁，开始神游。

大衣散发着橡胶套鞋的味道，而皮箱散发着拉车的马的味道。这些味道让正在神游伏尔加河的萨图尔诺夫感到非常惬意。

“春天的伏尔加河真美啊！”他如此写道，“世上再没有这样的河了。河岸被淹没在樱桃园中，我们就游走在这花园之间。有时候，当船的烟囱顽皮且威风凛凛地碰到了正在开花的树枝时，白色的花瓣就会纷纷落下。于是，我们便被淹没在一片芬芳的海浪中。”

不好！我怎么写什么都是被淹没呢，又是河岸，又是我们的，他想道。于是，他把写下的文字又重新朗读了一遍。但是，修改的话就会很可惜，因为这样很美，太美了！好吧，我马上就要去萨马拉了，他想道。

“小嫩黄瓜！”从下面的院子里传来了这样的叫卖声。

“我们正在顺路去萨马拉。此刻，已经是另一番景色了。此刻已经是黄瓜了。”

“小嫩黄瓜。”

“到处都是黄瓜，黄瓜。整片的黄瓜。我们被淹没在黄瓜中了。我们的心中充满了快乐。黄瓜！对于俄罗斯人来说，这个词包含太多的意义！也许，比‘甜瓜’之于西班牙人的意义更多。”

“带着你的黄瓜见鬼去吧！”下面看院子的人大吼道，“已经说过了，不能放你进去！”

“不知在什么地方，黎明前，黄鹂鸟在唧唧喳喳，忧郁地唱着春天之歌，歌唱着爱情与痛苦。看，黄瓜已经没有了。它们的绿色田野已经漂走了，已经被淹没了。我们告别它们，正在等待着，等待着美带给我们新的快乐。”

“彼得·尼古拉耶维奇！想喝点茶吗？”门外女房东喊道。

“谢谢，很愿意。”

“迎面来船刺耳的汽笛声打断了我们的幻想，将我们拉回了现实。”

“稍等一会儿，彼得·尼古拉耶维奇。格拉什卡马上就把糖给您拿来。”

我们正在码头等待，正在装糖。”

格拉什卡，宽肩敦实的女孩，梳着辫子。辫子垂在她宽宽的后背上面。她正在端上糖罐。

“我们正在看着那些装卸工人。让我们吃惊的是他们那宽宽的肩膀，好像生来就要担负重物似的。他们当中许多人把垂下来的长头发都编成了辫子。这是效仿中国人的时尚。曾经某一时期，有许多这样的中国人在伏尔加河岸工作过。

“普拉斯科维亚！”女房东喊道，“别忘了把鲱鱼浸上，也别忘了放葱。”

我们继续前行。瞧，又一件喜事：整整一群鱼！这些鱼太多了，以至于船都不得不放慢了轮子的转数，被这些鱼挤得不能动了，就好像极地的冰一样。覆盖着葱丛的绿色河岸装点着这一壮观的画面。鲱鱼游走了，淹没在了回忆的国度里，而我们长久地用暗淡的眼神目送着它们。

也许，这样不好，我的鲱鱼淹没了？不管怎么说都是鱼，鱼怎么能被淹没呢？但是，这样很美。我不是在写记录，而是在写小说。

开始稀稀拉拉地下起雨来。我披上了防水大衣，把皮箱的皮带系紧了一些，登上了甲板。

我为什么要把皮带系紧一些呢？鬼才知道呢！好吧，只不过就系了一下，系就系了。还不敢系皮带了吗。

伏尔加河上下起雨来了！多么美妙的景色！想象一下，无数的雨珠从天上落下，直接落到了我们故乡的土地上，土地带着轻轻的咕嘟声迎接雨滴进入自己的怀抱。瞧，雨停了！

在地下室里，鞋匠用手风琴奏起了马特奇什舞曲……

亲切的黄昏笼罩着我们，空气因着雄壮的夜莺之歌而颤抖起来。歌声荡漾，声音越来越大，四处飘散，心中充满了欢乐，眼里流出了充满感激的泪水。夜莺一直在唱啊，唱啊。一群伏尔加河的姑娘们快乐地跳着轮舞，从陡峭的河岸走下来。

“你怎么，没有鼻子吗？”女房东喊道，“我从房间里都闻到了烧焦的味道。牛奶又溢出来了。”

夜里，我们被叫喊声弄得惊慌不安。可怕的烧焦了的味道弥漫到了客人的休息室，让人的心里充满了不安和恐惧。我迅速套上救生圈，跑到了甲板上。

“哪里着火了？我们互相询问着。”

“在机舱。”

“快放下小救生艇！”有人喊道，“女人和孩子先上！”

但很快，警报就解除了。火从一开始就被扑灭了。大家笑着，纷纷回到自己的休息室去了。我留在了甲板上。美妙的夜散发着刚刚割下的干草的味道。远处的渔民叫喊着，捞起了沉睡中的鱼。周围一片寂静！无论轮船的汽笛声，还是夜莺婉转的歌声，甚至是我被美陶醉的心跳声都无法破坏这种宁静。

萨图尔诺夫擦了擦额头，大声喘着粗气，往院子里看了看。

恰好，他对面的窗户旁坐着一位脸色红扑扑、系着花围巾的厨娘，正在喝茶。

我顺着甲板慢慢往前走。在一个休息室的窗户里，有什么东西在泛着白光。这是一张女人的脸。一张必不可缺的女人的脸，她长着一双充满幻想的眼睛。你是谁，神秘的女人？在这样寂静的夜里，安静下来的你在幻想什么？就像我一样。

你是谁？宽广辽阔的伏尔加河草原上的美人？但是，不，我在你的肩上看到了充满异国风情的花围巾。

你是异域文化的花朵？但在这伏尔加河之夜，你充满了我们俄罗斯伏尔加河的幻想。再见了，孩子！我默默地向你致敬，默默地从你身边走过。我的路还很长，我不敢停下。安睡吧！

记者萨图尔诺夫停了下来，又读了一遍他写过的内容，算了算字数。

还少一点儿。明天必须再顺便去一趟卡玛。或者用现实的口吻描写一下，小鱼是如何因我们的疏忽而死掉的。

他又重新读了一遍，欣赏得入迷了。

歌声荡漾，声音越来越大，四处飘散。人们心中充满了欢乐……

他们还要什么？难道还要另外一个只花一百五十卢布便游遍伏尔加河及其支流的人吗？那还得需要找找这样的傻瓜！只有一点不好：我旅行了这么长时间，却一次都没有进过小餐馆。这样好像就有点儿不真实了！

算命

“妈妈，薇拉·伊万诺夫斯卡娅和卡佳·菲施来找我。可以让我去参加晚祷吗？”娜佳用冷淡的口气问道。但是，她的脸色是紧张的，嘴角在抖动。

“去吧。”妈妈回答说，“怎么突然这么虔诚了？有点儿让人怀疑……”

娜佳有点儿脸红了。她迅速转身，从房间里走了出去。

在前厅，身材并不匀称的高个子卡佳·菲施和敏捷的小个子薇拉紧张地小声探听着情况。

“可以！可以！准许啦！我们走吧！”

娜佳迅速地穿着衣服，心怦怦直跳。真可怕！他们要是改变了主意，就会把她们叫回来的。

她们跑到了街上。

“只是坏在我们穿的裙子都太短了。人家

会想，我们都是小女孩，就该不给我们好好算了。”

“胡扯！”薇拉安慰道，“她不会注意我们的裙子的。我们的脸已经不年轻了。”

“周五我从学校回来的时候，车夫还管我叫太太呢。”高个子卡佳炫耀道，“真的！真的！”

“哪怕把辫子扎起来都要好些。”娜佳不安地说道，“否则，她不会认真对待我们的。”

“不，不，别担心！她是一个很认真的人。她把所有真相都告诉了女仆费尼娅。她还会使用邪术，让人爱上你。她什么都会。”

“使用邪术，让人爱上你？”

娜佳陷入了沉思。要是能使用邪术让人爱上自己，该有多好啊！昨天陶贝太太向妈妈讲了伯爵叔叔格拉多利，他一直住在巴黎。一个老富翁。要能在他身上使用邪术，就好了。格拉多利伯爵！世上还有比这个更好听的姓吗？格拉多利伯爵夫人。娜杰日达·亚历山德罗芙娜·格拉多利！年轻貌美的伯爵夫人……

“小声点儿！小声点儿！小心，这里有台阶。”高个子说，“就往这个地下室走。”

“什么，去地下室？”娜佳吃惊道，“不，无论如何，我不会钻进地下室的。”

“我害怕！”薇拉尖声叫道，“你没有搞错吧，这就是那个地下室吗？”

“当然！女仆费尼娅告诉我的。”

“我害怕！”

“这没什么可犹豫的。”高个子转过身去，以示抗议。“真遗憾，叫了你们！”

“究竟怎么办啊？”娜佳苦恼地说道。通往地下室的台阶又湿又滑，又凹凸不平。门上挂着撕破了的漆布和擦子。但是反过来看，又可能会有更美丽的姓格拉多利的……年轻的伯爵夫人格拉多利……

“反正已经来了，我们就走吧。”

“地下室里散发着菜汤和木板发霉的味道。”

“你们找谁？”一位穿着雪青色衬衫的瘦弱男子问道。

女孩们谁也没有说话。她们有些不好意思，也不敢说她们要找算命的女人。那样的话，男人会生气的。

“我们可能走得不对。”薇拉惊恐道，一边拉着娜佳的衣袖往外走。

“对，她们找达里娅·谢苗诺夫娜。”炉子后面传来一个嘶哑的声音说道，“达里娅，来找你的吧？”

“上帝啊！他们这儿有一帮人呢！”娜佳紧张道。

从隔板的后面，出现了一张女人的麻子脸，一双黑色的眼睛斜视过来，专注地打量着来客。

“怎么，小姐们，想算命吗？只是我不干这事。是谁告诉你们的？”

“费尼娅……费尼娅说的。”

“费尼娅？是那个棕红色头发的女人吗？”

“是的，是的。”

“既然已经来了，那就给你们算吧。只是你们要先交钱。每个人三十戈比。请吧！”

隔板后面放着一张窄窄的铁床，一张铺着红色纸桌布的桌子，还有两把没有任何椅罩的圈椅。那只不过是用一种椴树韧皮纤维填充物做成的。

一把椅子上坐着占卜女人，而另一把让卡佳坐下了。女人马上就判断出卡佳是领头的。

“方块Q，也就是说爱情上前途光明。工作上也有令人高兴的事。而在买卖的事业上，会受到一位年轻男子的危害。”

高个子卡佳惊恐地瞪着眼睛。尽管她没有做什么买卖之类的事业，但是，有位年轻男子会危害到她这样的说法还是让她感到害怕。

“现在给谁算?”占卜女人用一种感到无聊的声音问道。

娜佳脸红了，不好意思地笑了。

“您可不可以……有人对我说……我想用蛊惑术。”

“蛊惑术?”占卜女人一点儿都没有感到吃惊。“用这个要另外加二十戈比。先交钱。叫什么名字?”

“我……叫娜杰日达。”

“要谁?”

“什么?”

“要让谁爱上你?”

“他……他……叫格拉多利伯爵。”

“名字叫什么?”

“名字？名字我不知道。”

“怎么会这样？怎么没有名字呢？没有名字会很困难。这样不会很准。”

占卜女人忧心忡忡地咬了咬嘴唇，突然哭诉起来：“在蓝色的海上，在红色的石头上有一块木板，而在木板的下面是烦恼。木板请躲开，烦恼如烟弥漫吧！弥漫到海上、山谷里，弥漫到绿林中。烦恼，落到上帝的仆人格列……格拉……格格多利的心上吧，使他疲惫不堪，让他憔悴，让他睡不着觉，吃不下饭，喝不下水，为上帝的仆人娜杰日达而消瘦。阿门！阿门！阿门！呸！呸！呸！上帝的仆人娜杰日达，请吐三下!”

娜佳弯下腰来，认认真真地往桌子下面吐了三下，然后，擦了擦嘴唇。

她们出来的时候，有点儿沮丧。

“不管怎么说，她说得非常对!”由于对超自然的恐惧，高个子卡佳蜷缩着身子，说道，“这个年轻男子可能就是克留金医生。他总是喜欢害人。或者是神甫。‘菲施·卡捷琳娜，节后我要给你打一针。’也许，这个年轻男子就是神甫。她说得太对了！她是怎么做到这一点的呢？”

“我害怕！”薇拉时不时地尖叫道。

娜佳沉默不语。她心情不好——与这个格拉多利扯上了关系，万一他是一个丑八怪呢！

两天后，喝晚茶的时候，妈妈递给娜佳一小瓶香水。

“这是陶贝太太给你留下来的。可怜的她今天就去巴黎了。她太伤心了！”

“为什么伤心呢？”

“她收到了电报，她的叔叔病了。记得吗，她讲过的，格拉多利伯爵？可怜的小老头。可惜啊，做了许多好事。”

“啊，他怎么啦？”娜佳用颤抖的声音问道。

“不知道怎么了。突然就感觉不好了。应该活不了了。”

娜佳整个人都呆住了。

它！就是它，开始了！木板啊，躲开吧，烦恼降临了。上帝啊，我现在该怎么办？

“妈妈，难道他是个好人吗，这个伯爵？”

“是的，他是一个有名的慈善家。很善良的一个老头！”

“我为什么要害他啊？为什么？娜佳痛苦地想道，善良可爱的老人，原谅该死的我吧！要知道，他连我的存在都不知道呢。”突然，木板就挪开了，烦恼就来了。连忙都帮不上。人们不知道该怎么治！

“妈妈，他们可能医治得不对。妈妈，也许他想结婚？他们不明白。”

“什么？你胡说什么啊？”

娜佳脸上的神情是那样的不幸，是那样的伤心。

“假如我知道如何可以把蛊惑术化解的话，我愿意搭上自己所有的财产……”

“什么化解？你的什么财产？我一点儿也不明白。”

“六十五……戈……戈比……比……”

“上帝啊！她在哭！”

母亲迅速跑向电话机。她一直看着大哭的娜佳，按下了电话键“**A**”，叫了医生克留金来。

香甜的毒药

谢肉节的那一周，人们都去看魔术。

小小的舞台上，挂满了棕色的破布条。这里上演着各样的奇迹。

不时地，会传来小提琴低沉的吱呀声，还有手鼓的敲击声。

这里散发着油漆和碎麻的味道，因为舞台上什么都没有。因此，这一嗅觉现象也可以被视为奇迹的一种。

克沃奇金和妻子坐在了一起。彼佳就坐在父亲左膝盖和母亲的右膝盖之间。由于紧张，他的鼻子均匀地发出了呼哧声。

的确，紧张是有原因的。

舞台上的一幕幕，即便是具有丰富想象力的人，也会对此感到震惊。

吃玻璃；吞下硬脂蜡烛之火；咀嚼烧着了的碎麻；相互从鼻孔里掏出银质卢布等。而首席魔术师在咕嘟咕嘟地叫了一分半钟之后，从手帕中取出了一只鸡蛋。

克沃奇金，作为高级人物，有义务保护、启发妻子和彼佳。他向他们详细、清楚地解释了所有这些奇迹的奥秘所在，以免被迷惑。

“看，他从鼻子里拉出来了卢布！”妻子惊叹道，“这究竟是怎么回事啊！我亲眼看见那个男人的鼻子里什么都没有。而他却掏出了卢布！这究竟是怎么回事啊！”

“是电！很简单，他这是利用电来完成的。”克沃奇金冷淡且平静地解释道。

“上帝啊，他们把自己弄到了什么地步啊！看，看！碎麻烧着了，他却张口咬住了它。”

“这是磁性的原因。这是借助于磁性。很简单，是一种常见的现象。”

“上帝啊！也许，是因为他饿了。即使是饿了，也不会吃这个啊。”

“是磁性。这一切都是净水的磁性。”

魔术师推开自己的助手，点上蜡烛。然后，他面向观众，开始用魔法语言说话。这种语言与俄语不同的地方就是，所有变格都是不对的。

“请最最可敬的观众朋友们注意了，把手帕给我。”

观众沉默着，不太相信。

“请！”魔术师继续请求道，“只需一块手帕！我会完整地还给您的。”

克沃奇金突然感觉到自己身上发生了某种变化：他的心跳加速，变得惊慌起来，嗓子里有什么东西颤抖了一下。他从衣袋里拿出了自己那块带有“H. K.”标记的厚厚的大手帕。尼古拉·克沃奇金站了起来，登上了舞台的两级台阶，把手帕递给了魔术师。

“非常感谢!”

克沃奇金回到了座位上。此时，魔术师以及舞台上正在表演的一切突然引起他特别的、强烈的兴趣。他的心还在跳，只是他不再惊慌了，而是很开心。他感觉到自己脸红了，鼻孔鼓起来了。他觉得，所有人都在看着他。他因为不好意思，也因为很高兴而不敢抬起眼睛。

“那么，就这块手帕!”魔术师说道，“我现在把它展开，给我们最最尊敬的观众看。现在，我再把它叠起来！然后，再把它拿到蜡烛旁边。请奏乐!”

小提琴响起来了。紧接着，手鼓也响起来了。

“他会把手帕烧掉的。”妻子悄声说道，“看来，谁都不愿意把自己的手帕拿出来，而我们什么都舍得。”

“闭嘴!”克沃奇金呵斥道。他觉得，妻子怎么突然变得那么陌生，那么疏远和多余。喘着粗气的彼得卡像大袋子一样压着他的腿。“真不该带他们来。”

“我为什么要沉默呢，既然他在烧我的东西。这是我靠自己辛勤劳动挣来的。天晓得攒了多少块手帕。瞧，他在烧我的手帕，一股烧焦的味儿。”

“现在，请停止奏乐!”魔术师喊道，“一、二、三！这就是您的手帕！完整的，毫无受损的!”魔术师对克沃奇金说道，“十分感谢您的配合。”

克沃奇金拿回了自己的手帕，锐利的眼睛骄傲地扫视了一下观众。然后，他慢慢地从舞台上走了下来。

“上帝啊!”妻子惊叹道，“手帕完好无损！没有窟窿，也没有补丁，我却闻到了一股烧焦的味儿。”

“闭嘴，村姑!”克沃奇金压低声音，恶狠狠地说道。

他尽可能远一些地躲开自己那些讨厌的家人，整个人都沉浸在艺术世界之中。

当魔术师从帽子里取出一只活蹦乱跳的兔子时，他没有像大家那样发出惊叹，而只是轻轻地叉起腰，威严地扫视着观众。

“这是电。非常简单。无知，当然，他们也不知道自己愚昧无知。”

他已经属于舞台了。当魔术师在变戏法的过程中无意打碎了一个鸡蛋、观众哈哈大笑的时候，他感觉到很失望。他的失败感比表演者本人还要强烈。

“你回家吧！”表演结束后他对妻子说道，“我到干亲家那儿去看看。”

干亲家，怎么说呢，是旧事过去之后还没有调整好自己的人。他坐在床上，看着自己那双穿着灰色毡靴的双脚，带着一种惊奇的神情，就好像他平生第一次看到它们一样。

“我再也不能这样生活下去了！”克沃奇金用一种悲剧性恋人的口吻说道，“周围环境真是令人窒息。”

“你不要喝酒。”亲家鼻音很重地说道。

“我没有喝酒。”

“那你喝吧。”

两个人都不说话了。

克沃奇金站了起来。

“兄弟，再见了！我只想着一件事。兄弟，我想当演员，啊！”

亲家盯着自己的毡靴看。

“最重要的是什么？如果你要上舞台表演的话，最重要的就是不要紧张。我就不紧张，真的。我可以对着上帝发誓，我一点儿都不紧张。观众发出了惊叹，我却毫不在乎。”

亲家仍在盯着自己的毡靴看。

“你看，你能给我什么建议呢？去吗，啊？”

亲家抬起头，脸色阴沉地看了看他，吐了一口唾沫，说道：

“依我看，哪怕去见鬼都成！”

克沃奇金没有见怪。他只是叹了口气，转过身走了出去。

“愚昧无知。不能和他们交流。”

他走在街上，思考着，回忆着。甚至稍微整理了一下过去发生的事。这让他感觉更加开心了。

“您的手帕……”

“瞧，请允许！看一会儿会发生什么事。”

“非常感谢您……”

“我们也一样。”

“瞧……完好无损……”

“我们非常清楚……这是电……”

“再来一个！再来一个！再来一个！”

“您贵姓？”

“他们姓克沃奇金……”

“乌拉！”

先　知

“大概，瓦先卡午饭前会回来。显然，他是在赫里亚平家耽搁了。起码要给他留点儿汤。”

寡妇丘尼娜和她的两个女儿坐到了餐桌旁。她们三个人都长得皮肤白皙，眉毛稀疏，都有一头比额头还要白的白色头发，还都有一双圆圆的白色眼睛。这三双眼睛长得彼此相像，就好像是成双成对被排列在那里的丑陋骨制纽扣，整整半打。

她们默默地吃着白色陶瓷盘子里的白色面条，舞动着白色的餐巾。就连她们自己，都感觉到这样很无趣，很难受。假如上帝能看看她们，哪怕是一眼，他就会马上拿起自己的神来之笔，随便蘸上点儿什么涂料，哪怕是绿色涂料，然后会把她们重新涂抹一遍，好让她们变成另外一种样子。

“瓦先卡大概不会回来了。”吃完面条后，

丘尼娜再次说道，“显然，他是在赫里亚平家耽搁了。起码，要给他留点儿肉饼。”

但是，他显然没有耽搁。正好这个时候，瓦先卡走进了餐厅。

他长得要比姐妹和母亲黑一些。他的上嘴唇上，长着一根黄毛。

基于这些优点，他觉得自己是命运的宠儿，是出身高贵的人。

他走到餐桌前，看了看母亲，又看了看盘子，很失望。

“你们现在会说，‘瓦西卡午饭又回来晚了’。可是，我又怎么能不迟到呢，既然是在赫里亚平家被耽搁了。我不能像一条疯狗一样只坐两分钟，就回家吧。你们会说，‘应该早点儿从家里出门’。可是，赫里亚平用俄语告诉我，四点半前，他是不会在家的。那我早点儿出门又有什么意义呢！你们当然高兴让我到处游手好闲，但是你们要先问问，我还会不会去。”

“还是吃饭吧，汤快凉了。”母亲平静地插话道。

“好的，好的。我会吃的。而你们会说：‘坐下了，就知道吃！’可你们问问，我从早晨到现在吃过饭了吗。我像一条饿狗一样到处跑，可你们马上又会说，为什么我不吃饭呢。早晨我睡过了头，后来又在赫里亚平家里耽搁了。如此这般，我又怎么能吃饭呢？世界上一切事情的发生都是有某种原因的，有自主的，也有非自主的原因。我若因非自主的原因而不能吃饭，那就没有必要指责我饿着肚子跑这件事了。”

“天啊，他又开始高谈阔论了！”母亲小声地说，“看在上帝的分上，你快吃饭吧！汤快凉了，而且你也在耽误别人。”

三个人都用祈求和恐惧眼神望着他。但是，他扔下勺子，冷笑了一下。

“对！现在你们会说，我挡着大家的路了，我毁了别人一辈子，格拉菲拉因为我而嫁不出去。可是，帕尔金要嫁妆，我有什么错呢？你们去找他说好了，而不是跟我说。他没有授权，让我替他解释。现在你们会说，我是家里的代表，我应该关心所有人，维护大家的利益。那么，今天去这，明天去那，而后天又要去什么其他地方，可如果我体力不支怎么办？那就要去死吗？你们现在又会说……”

“上帝啊！”寡妇丘尼娜叫道，“上帝啊！求你教导他！”

“而你们现在会说……”

“我现在什么都没说！我只说：你吃饭吧。瞧！格拉菲拉在哭……

“当然，你们现在会说，一切都是我的错，我的性格很不好。可我的性格不好在哪里呢？我最善于交际了。善于交际，而且优秀。而你们会说：‘优秀真好，甚至连中学都没有毕业！’你们这么说真是没有良心，因为你们非常清楚，我没有毕业实在是因为太累了。要是你们还指责我吃白饭的话，那真是不公平……不公……平……”

他痛苦地抬起眉毛，抽泣着，用叠成小块的手帕按住嘴，说道：“真是……不……公平……你们现在会说，我是卑鄙的，我是不领情的。可是，我不能忍受这些！我不能！我不能！”

他站起身，迈着他那长如通心粉一般的腿，磕磕绊绊地走出了房间。

三双圆圆的眼睛温顺地转向他离去的方向，定睛在那里，泪眼汪汪。

信

通往黑色楼梯的门，因为重拳的敲击而震颤了一下。

“自己人！自己人！快开门，没什么！”

厨娘费多西娅正在织补套在木勺上以便拉紧的长袜。此时，她放下手中的活计，去打开了门。

“你好！你好！”

看门人瓦维雷奇眯缝着眼睛看着灯，摘掉了帽子，说道：“你们的稻草人究竟在哪儿？我一直没有时间磨洋工。既然叫我来写信，她就应该准备好了。”

“请坐，伊万·瓦维雷奇。我叫她一下。”

厨娘往房间里看了看。

“我们的稻草人来了。”

“稻草人走了进来，原来她是老爷家的奶妈，穿着印花布连衣裙，没有戴头巾，眉毛很淡，看起来很温顺。她长得很小，像是受了很大的惊吓，眼睛凸起，张着嘴。”

“你怎么啦，慢腾腾的，走还是不走!”瓦维雷奇这样和她打招呼道。

“我喂孩子来着。”奶妈恭敬地小声说道。

“纸准备好了吗？还有笔、墨水？难道我要给你用靴子往墙上写不成?”

“费多西娅·米基季什卡答应给我准备好纸的。”

“那，拿着，别诉苦了。”

费多西娅从厨房的桌子里拿出来一张长方形的粗糙的英国纸，上面带有花字与伯爵王冠。

看门人认可道：“嗯，好吧。可以用这个写。你要写什么呢?又写给谁呢?”

奶妈默默且不慌不忙地掀起裙子的下摆，在裙子下面找到了口袋，从里面掏出一条餐巾纸大小的手帕，然后慢慢地放下了裙子。她突然激动起来，用手帕擦了擦眼睛和鼻子。“呸，真糟糕!”看门人吐了一口唾沫。“和这些农村人打交道，真是倒霉啊！帮他们写信，他们就开始哭。傻瓜，你哭什么啊？你这是干什么啊，给谁送葬啊?”

“别哭了，稻草人。”厨娘帮腔道，“奶会变酸的。”

“你给谁写呢？啊?”

奶妈默默地擦了擦鼻涕。

“是给母亲写信吗?”

“是给母亲。”她小声地抽噎道。

“那写什么呢?”

“您有学问，您比我要更清楚。”

“那，这样吧。信的头几行，我们祝她节日快乐，向我们的妈妈……致敬，她怎么称呼来着?”

“玛特廖娜。玛特廖娜·伊万诺夫娜。”

“那么，就是玛特廖娜·伊万诺夫娜，嗯……这是永远不可违反的规矩。还有什么亲戚？”

“还有卡捷琳娜·伊万诺夫娜、佩拉格娅·彼得罗夫娜姐姐和安德烈·彼得洛维奇弟弟，还有刚刚去世的萨瓦以及叶戈尔·伊万诺维奇叔叔。

“等等，别急！萨瓦，是彼得洛维奇吗？”

“不，哦，不是！他是什么彼得洛维奇啊！是伊万内奇，而不是彼得洛维奇。”

“等等，别急！这城里你还有别的亲戚吗？还要转达谁的问候？”

“这里她没什么亲戚。”厨娘说道。

“怎么没有呢？”奶妈嗔怪道，“甚至还有好多呢……有妯娌、有连襟，还有卢克里亚表姐……”

“那他们为什么都不来探望你呢？”

“那是因为他们不知道我在哪。他们又怎么能知道呢？”

“可以给他们寄张明信片啊，稻草人！哭，光知道哭！就是想不到请他们来！”

奶妈的脸变得很痛苦的样子。

“没法给他们寄。他们有地址。”

“什么？”

“他们有地址。假如他们没有地址的话，我就亲自跑过去了。但是，他们有地址。”

“你胡说什么呀？”看门人惊奇地说道。

“我说的是真的。我们村里就没有地址。这样，我就可以找到任何人。而这里每个人都有地址，而且还都不一样：连襟是一个地址，妯娌是另外一个，而表姐又是另外一个。太太昨天说，我现在也有一个地址，还说没有地址谁都找不到我。”

奶妈全身紧缩了一下，眼泪一下子就流了出来，落到了胸前的衣襟上。

“瞧，又开始哭了！”甚至看门人都奇怪了。“什么，她是把自己的地址告诉你了？”

“是的，反正谁都记不住的。”

看门人沉思地挠了挠胡子。

“见鬼！那我给你写什么呢？”

“那就多写一点。您是有学问的人，你比我更清楚该怎么写。”奶妈那双圆圆的、惊恐的大眼睛，正以充满祈求和绝望的眼神看着他。

看门人叹了口气。

“好吧，没办法。那就以我的名义，写点儿什么有文化的东西吧……嗯……敬礼……祝健康……航天事业达到了专门的生产规模……季节性的生活正处于极盛时期……在享受假面舞会的恍惚中，我们都沉浸在疯狂的激情中……您所熟知的女儿——玛尔法，不是吗？”

“马夫拉。”

“女儿马夫拉。因不识字，由伊万·瓦维洛夫·科普罗夫代笔。”

看门人把自己的签名用光环圈上，用螺纹状的图案修饰了一下。他欣赏了又欣赏，最后交给了奶妈。

“小心，别弄模糊了。村姑，满意了吗，你？”

“我的上帝，祝你健康！”

“你不要哭了，傻瓜！这就是老百姓！”

自讨苦吃

一

“哎！”

“你怎么了？”

“愁人！一月份要还给施尼费尔四百卢布。”

“怎么，他催你了吗？”

“没有，他只字未提。他是一个很有礼貌的人，无论如何不会自己提起的。”

“可能，他已经忘了？”

“嗯，未必。”

“还来得及。现在还只是十一月份。”

“反正都一样。一月份的时候，就没地方可借了。”

施帕林同情地看了看自己的朋友，打了个响舌。

施帕林和涅赫列夫是很要好的朋友。他们甚至住在同一所住宅里。

施帕林，他的姓本身已经表明，他是一名工程师。而涅赫列夫，他的姓本身也已经表明，他在社会上似乎没有任何意义。他在部里任公职，是一个诚实胆小的人。

“我简直不知道该怎么办。昨天夜里想起这件事，之后就睡不着了。”

施帕林开始沉思起来，用手指轻轻敲了敲自己的鼻梁。这一动作很快就让他想出了办法。

“倒是有一笔钱。”施帕林说道，“我打电话给捷布列夫。他从去年秋天开始，就欠我六百卢布。终于到了该让他知道什么是名声的时候了。”

二

施帕林的请求让捷布列夫非常失望。他正好输了钱，根本就没钱。就算不必着急，因为施帕林让他在十二月底前还钱就行。可最好还是提前张罗这件事才好。

他琢磨了一会儿，走到电话机前。

“米亚金少校吗？不好意思，我不得不提醒您！但是，别人也是这样催逼我的，简直让人喘不过气来了……好吗？哪怕只是一部分……五百卢布，剩下的我自己再想办法。啊？十二月份？好吧！”

三

米亚金上校用铅笔在脑袋上挠来挠去，持续了二十五分钟的光景。最后，他挠到了让脑袋开始思考的地步，并且想出了一个管施尼费尔要钱的办法。

他打电话了，又是恳求又是威胁的。

施尼费尔答应在十二月中旬搞到四百卢布。于是，他给涅赫列夫打了电话。

四

可怜的涅赫列夫无可奈何地站在施帕林面前。

“知道吗，他现在让我在十二月十五日之前还钱！说是有个什么坏人正在逼他。那，这怎么办呢？听说，他不能等到一月份了。”

施帕林又打了个响舌。

“不得不再催催捷布列夫，让他抓紧点儿。”

于是，他走到电话机前。

五

捷布列夫整个晚上都在给米亚金上校打电话。打通了，便向他发泄一通。米亚金对着话筒叹气，央求再宽限一些时间，他答应尽快办这件事。于是，他又给施尼费尔打了电话。

“有个坏人在逼我……我已经没有出路了……查封财产……工作的晋升……您看着办，我十二月一号之前必须拿到这笔钱。”

施尼费尔挂掉电话之后，请求给他接涅赫列夫。

六

“这个坏人又在逼他！”涅赫列夫嘟嘟囔囔地发牢骚。“他不能等了！他在十一月三十号这天，就需要这笔钱！我该怎么办啊！看在上帝的分上，如果可以的话，你再催催那个捷布列夫！

你知道，我们已经没有别的出路了。”

于是，施帕林又催了催捷布列夫。

七

捷布列夫要求米亚金少校，无论如何要在十一月二十三号之前弄到这笔钱。

八

米亚金央求施尼费尔，一定要在二十号前搞到钱。

九

施尼费尔又恳求涅赫列夫，在十八号前务必还钱。

十

涅赫列夫在施帕林面前干吼了一阵。于是，施帕林又催了催捷布列夫。

十一

“你知道吗，多么可怕啊！”两天后，变得又黑又瘦的涅赫列夫说道，“这个施尼费尔完全是发疯了。他说，如果我三天后不还钱的话，他只能开枪自杀了。”

施帕林默默地走到电话机旁，又催了一次。

十二

涅赫列夫躺在床上，喝着加了罗姆酒的茶。他患上了寒热病。

施帕林坐在旁边，嘟起嘴，无声地吹着口哨。

“简直就是厄运！”涅赫列夫说道，“我没想起来的时候，他也没有提醒我。而当我刚一想起来，他就来催逼我了。两小时后就已经开始给我打电话了，而他那里也开始铃声大作了。”

“别说话了！”施帕林建议道，“尽量不要去想了。”

“最主要的是，我也很可怜他。这么可爱的一个人！他说，假如不是他陷入了那种可怕的绝境，是不会提醒我那笔倒霉的债务的。”

“让他陷入这种尴尬的境地，我也非常难过。我真想知道催逼他的那个卑鄙家伙究竟是谁。世上还真有这样卑鄙的人。”

“你别在意。重要的是不要着急。现在时间已经过去了很多。反正半个小时内是搞不到这些钱的，就算我再给捷布列夫压力也没用。”

“不，不可能。我自己也明白，现在一切都结束了。我知道，我什么都做不了，而这恰恰可以安慰我。”

“睡吧。”

“我睡了。”

十三

他睡了。

十四

施帕林也睡着了。

十五

脸色苍白的捷布列夫也在自己的电话机旁睡着了。

十六

米亚金少校正在低沉地打着呼噜。

十七

感到惊奇的施尼费尔平静地微笑着，也在打着盹。他惊奇的是，米亚金少校怎么这么长时间没来电话了，这么长时间没有再催他了。

十八

所有人都在睡觉。

十九

就这样，一切都结束了。

永远结束了。

阿马利娅

阿马利娅·施特鲁姆夫年龄四十五岁，体重六十普特①，在柏林郊外有一处不大的庄园。

她这次来疗养院，是为了安慰一下自己的邻居们。就让他们明白，她是一个了不起的人物。她可以远行至三百公里以外。但是，最初治疗的日子还是震动了阿马利娅的整个身心：医生禁止她喝茶加奶油，还有，不让她吃馅饼。

阿马利娅顺从了，心里却在受着煎熬。早晨的时候，当阿马利娅路过面包铺的时候，稍微停了一下，看了看饼干、蛋糕还有甜点心，悄声地、深情而热烈地说着它们的名字，就像热恋中的女人在低吟自己爱人的名字。

“松软馅饼……奶油馅饼……浆果馅饼……面包干馅饼……”

---

① 俄国实行米制前的重量单位，等于十六点三八公斤。

她勉勉强强地从橱窗挪开脚步，眼睛半睁半闭，十分陶醉，摇摇晃晃地走了。

她回了疗养院，呆滞地嚼着加了柠檬汁的沙拉，沉默了整整一天。沉默是因为，当她的心在哭泣、呻吟、喃喃低语着面包干馅饼……面包干馅饼……面包干馅饼……的时候，还有什么可以说的呢？

夜里，她做梦（梦是不幸之人的幸福）了。她梦见她在自己家的厨房里，一只手里端着一杯咖啡，而另一只手里拿着一块带着泡沫奶油的蛋糕。而周围坐着一些邻居，鼻子擦得干干净净，一脸的恭敬神情。

由于长久这样默默地承受着压抑的痛苦，阿马利娅变得很容易伤感。有一天晚上，在疗养院的大厅里，一位年轻的维也纳女人唱了一首流行的抒情歌曲，《你可以离开她，却不能忘记她》。[①]

阿马利娅低下了头，低声地哭了。

的确！当然，她可以拒绝松软馅饼，可以拒绝奶油馅饼，也可以拒绝面包干馅饼。是的，可以拒绝，却不能忘记。忘记——永远不会！

但是，转机来了。

被剥夺了尘世快乐的阿马利娅开始在细腻的精神感受方面寻找满足。她开始关心别人的调情、别人的恋爱、别人的鲜花、别人的信件和别人的丑闻等。

这不，一位女士走在街上。

阿马利娅停下来，看她往哪里走。

嘿！

从街道的另一头走来了一位先生。当然，这位先生马上就要

---

① 此处原文为德语。

和这位女士相遇了。噢，多么可怕啊！多么可怕啊！这是什么道德啊！她，也许已经嫁人了。她的孩子真是可怜！

怎么会这样！这位先生没有走到这位女士的跟前，他们甚至都没有打一个招呼。真是奇怪！难道他们不认识吗？得了吧，不会的！阿马利娅是没这么容易被欺骗的。她很清楚，这只不过是装模作样而已。他们这么做，就是为了转移别人的视线！多么不幸的孩子啊，有个这样的妈妈！

阿马利娅赶紧去找那位来自法兰克福、和她同病相怜的涅尔扎尔茨夫人。她是一位受人尊敬的忠诚的女人，因煎香肠和白菜而备受折磨。

“您听说了吗，涅尔扎尔茨夫人？真是太可怕了！那位戴红色帽子的女士……哦，我甚至说不出口。她可怜的丈夫，不幸的孩子！”

“怎么就说不出口呢？您还是说吧。”

“噢，不，我不能说。但是，您大概已经猜到了？”

但是，涅尔扎尔茨夫人很难放弃自己对煎香肠的想象。她坚持地说道：“您还是说吧！”

于是，阿马利娅趴到她的耳边，小声地说道：“她和那位高个子先生假装不认识。啊，就这么回事！”

涅尔扎尔茨夫人忘了香肠和白菜。

“而他们自己，也就是说，已经……哎哟哟！怎么能让他们在疗养院里呆着呢？这里可都是一些忠诚的女人啊！”

“真可怕！我今天想过，要是我的女儿在这里看到了这样的场景，他走着，她也走着，互不问候，无辜的孩子会怎么想呢？真是可怕！”

有一天早晨，在旅馆的走廊里，阿马利娅遇到了一位新房客，一位年轻快乐的女士。女士穿着高跟鞋，走起路来踢踏作响，口里还唱着小曲，面前捧着一大束红色的石竹花。

这一切都让阿马利娅感觉很反感，而且很觉可疑。为什么她要踢踏作响，为什么她要唱歌，为什么又有鲜花呢？

原来，这位女房客就住在她隔壁的房间里。

这又让人感觉很不愉快。

“竟然就住在我隔壁！这规矩真好！任何人都可以来，都可以住下！”

晚上的时候，阿马利娅听到，隔壁房间的女人好像在和谁说话。于是，她把耳朵贴到墙壁上。可是，这会儿又没声了。

“当然，他们在耳语。难道可以这么大声地说这种东西吗？自己听自己说话都会感到羞耻。不幸的孩子们，竟然有这样的母亲！”

去吃晚饭的时候，阿马利娅对服务员说：“你们真没必要让这样的女人住进来……”

“怎么啦？”后者奇怪道。

“您自己会看见。”

阿马利娅很神秘，也有些居心不良。

夜里醒来的时候，她突然听到从隔壁房间传来的沙沙声。

嘀！开始了！等等，亲爱的人们！我要让你们看看，在清白的房子里是如何拆穿这种风流韵事的。

她听了很长时间。最终决定踮着脚，走到走廊里，把耳朵贴到了隔壁房间的门上。里面很安静，很长时间都很安静。但是，突然想起了一声平静、深沉、有节奏的鼾声。这是男人的鼾声。阿马利娅对此是不会搞错的。她死去的父亲，还有他的丈夫，都是这样打鼾的。她的儿子将来也会这样打鼾的。这是不会搞错的。

女人的鼾声是杂乱无章的，是节奏不匀的，是短暂的，是让人难为情的。

门里面有个男人在打鼾，而且深知自己对此的权利。

阿马利娅呆住了，等待着。她要等到他醒来，要看到他惊慌失措、东张西望地偷偷溜到门前的台阶上。哈哈！美丽的故事。这个无耻的女人不会再唱歌了，不会再把鼻子伸进石竹花里面了。明天，阿马利娅要在整个疗养院搞出一个漂亮的丑闻来。

门里面那低沉的鼾声一直在响啊，响啊，而阿马利娅一直在等啊，等啊。

她的腿冻僵了，累得头晕起来。但是，她一直没有屈服。

时钟已经敲过了五点半。再过一个小时，所有人都要开始起床了。也就是说，每一分钟，他都有可能爬起来。不能走。她疲惫的目光低垂下来。突然，她哆嗦了一下，就在隔壁房间的门口，摆着一双要擦洗的男士皮靴。一双厚厚的美国男士皮靴！

“为什么要等这么长时间呢！”

她抓起了皮靴，就像老虎抓住了自己的猎物一样，奔回了自己的房间，微笑着睡着了。

“现在，你再试试放走自己的美男子！不穿皮靴，哈哈。”

早晨七点钟的时候，一个生气的男人声音把她吵醒了。有个德国人在走廊里大声叫骂着。回应他的是服务员那同样响亮的尖叫声。

阿马利娅打了电话。而后，她突然想起了自己的快乐。

“这是什么？”她指着皮靴，向走进来的服务员问道，“啊，这是怎么回事？”

“这是皮靴！”服务员莫名其妙地望着，惊恐地说道。

“是的，这是皮靴！把这双皮靴拿到隔壁的房间去！就说，阿马利娅·施特鲁姆夫太太一整夜都站在走廊里的门旁，听这双靴子的主人打呼噜。是的，一整夜。就这样说吧。”

她做了个动人的停顿。但是，服务员突然生气了，并且开始喋喋不休地说了起来：“夫人，当然，可以偷听男人打鼾，假如这能让您感到满足的话。但是，您没有任何权利拿走皮靴。参赞先生非常生气。这令人很不爽。因为他总是住在我们这里。昨天他坐十点的火车来的。他不习惯这种混乱，他会投诉的，会有这事儿、那事儿的……”

“哪个参赞?”阿马利娅喊叫道，“那里不是住着一位女士吗?”

“女士昨天九点钟就走了。”

“走啦？下流胚！下流胚！我就知道，她会干出点儿什么坏事的。”

阿马利娅躺到了床上，心慌意乱，很沮丧。她的眼神也变得忧郁了，一颗大大的泪珠沿着鼻子流了下来。

“真是下流!”

爱如死一般强盛

安德烈·斯捷潘诺维奇恋爱了，而且恋爱得并不那么简单。

他恋爱的对象是迷人的威尼斯伯爵夫人。她出身于元首家族，身材苗条，长着一头金色的卷发。

安德烈·斯捷潘诺维奇连续几年往意大利北部的海滨浴场跑，爱得神魂颠倒。他就这样爱着，直到这位夫人去了美国，嫁给了一个美国富豪。

这以后，安德烈·斯捷潘诺维奇离群索居，安静地在外省呆了下来。

然而，长久未露面之后，当他突然出现在朋友们面前时，已经是一个幸福的新婚男人，令朋友们惊讶不已。

“你们所有人，所有人周四都来我这里吃饭吧！你们会见到我的妻子，我的夫人。”

激动不安、羡慕不已的朋友们在周四的时

候都纷纷跑来，就像来救火一样。

他容光焕发地迎接了大家，不时地搓搓手，微笑着。

“欢迎，欢迎！我的夫人马上就出来了……安娜·安东诺夫娜，你快出来了吗？顺便说一句，我应该预先告诉大家，先生们！我妻子与那位我曾经迷恋过的威尼斯夫人没有任何共同之处。她们的相像只是外表上的。你们会见到的。我曾给你们看过那位的……肖像。安娜·安东诺夫娜，我的夫人！你快好了吗？”

于是，安娜·安东诺夫娜走了进来。

这是一位非常胖的女人，近四十岁的样子，黑色头发，圆圆的鼻子短而上翘，就好像她的鼻孔不是长在鼻子的下端，而正好是长在中间。

“我的天啊！”一位朋友惊叹道，“原来是安娜·安东诺夫娜啊！我知道她。她是叶列梅耶夫家的保姆。”

“完全正确！”幸福的新婚男人高兴地紧接着说道，“她是叶列梅耶夫家的保姆。我马上就发现，这个位置对于她来说不合适。一个长得像元首夫人的女人怎么能给叶列梅耶夫家的小猪擦鼻子呢？瞧，她就是我的妻子！”

客人们听了，看了，惊讶了，却怎么都弄不明白。

当大家都开始纷纷回家的时候，其中一位很倔强的客人说道：“不，不管您怎么想，只是假如他没有疯的话，他会给我解释清楚，在威尼斯美女和保姆安娜·安东诺夫娜之间，到底有什么相似之处。”

“难道，你自己没看到吗？”安德烈·斯捷潘诺维奇很惊讶地说道，“顺便说一句，也许这是因为你只看到了一个链条的两端：元首夫人和安娜·安东诺夫娜，却没有看到整个链条。这样吧，我告诉你，你就会明白这一切的。

“失去了自己的威尼斯爱人后，我痛苦地去了哈尔科夫。在那里，在一个慈善晚会上，有人给我介绍了一位女商人。我看了她一眼，一下子就呆住了。女商人用元首夫人般的眼神看了我一下。同样是那样的深不可测，那样的透明。哎，你无法想象，那是怎样的一双眼睛！简直就像两个绿色的湖，干净而深邃，都可以在那里面钓鱼，如同梦幻。

“我当然一下子就失去了理智。然而，女商人原来是一个已婚女人。一星期后，她随同丈夫去尼日尼赶集去了。她带走的还有如元首夫人般的眼睛。

“我开始思念起来。很奇怪，我觉得，比起威尼斯美女，我更喜欢哈尔科夫的女商人。尽管她并不漂亮。她的上嘴唇很厚，而且噘起，就好像她总是在吹凉牛奶……嗯，是的，就这样，我喜欢她。

“女商人走后，我在滑冰场认识了一位年轻的女中学生。她的脸长得很可怕，我却不知为什么喜欢上了她。

“我开始仔细地看她。于是，我明白了是什么如此吸引我。原来她的上唇与哈里科夫的女商人长得一模一样。假如从侧面看她，就会觉得，她好像是在吹凉热牛奶一样。

我非常非常喜欢她。正打算为之疯狂的时候，春天来了，把我的女中学生带去了农村。实际上，她并不漂亮。头发是白色的，就像白化病患者一样，而脸色是红的，比头发还要暗一些。随她去吧。

“我开始渐渐地平静下来了。有一次路过集市，我看见有个女人坐在那里卖蜜糖饼。女人还是那个女人，蜜糖饼还是蜜糖饼，假如不是因为这个女人的头发，那么在这幅图画中没有什么令人惊异的地方。她的头发是白色的，就像白化病患者一样，要比她晒黑的脸白得多。

“女人的眼睛很灵活，也很狡猾，目光移动迅速，像老鼠一样。

“我开始每天都买她的蜜糖饼。买啊，买啊！一直到我去地主伊沃尔金家做客。

“伊沃尔金有个小姨子，个子高高的，皮肤黝黑，很漂亮。她很漂亮，随她去吧。这是她的幸福，这和我没有关系。

“我住在农村，请所有人吃蜜糖饼。那是我临走前在那个女人那里买的。只是有一次，吃晚饭的时候地主伊沃尔金说：‘谁在我的桌子里翻过？我有兴趣知道。’

“我偶然看了一眼他的小姨子，心里不禁惊叹道：她的眼睛开始变得很灵活，也很狡猾，目光迅速地移动，就像老鼠一样。

“我一下子就爱上了她。

“我渐渐地变得憔悴，直到她去了莫斯科。她走后，我还是不断地变得憔悴。但是，我没有忍受多长时间，就开始找她去了。

“我坐车的时候还在幻想着，伤感着。突然，车厢里走进来一位女士。女士就像女士，头上戴着帽子，而手里拿着纸盒。

“突然，女士说道：‘这个位置有人吗？’

“而我呆住了，没有说话。她的嗓音和那位小姨子的嗓音一模一样。甚至有些滑稽！

“讲这么长时间干吗！我爱上她，就是因为她的嗓音。我疯狂地爱上了她。我还曾想过开枪自杀，而她的丈夫，一位非常聪明的人，还曾劝慰过我：‘你为什么要死呢？一切死亡都是虚空。您要虚空干吗？您自己想想！’

“后来，我去了基辅。在基辅，我遇到了一位棕黄色头发的合唱演员。她的身材长得像那位女士一样。

“我又爱上了。痛苦不堪。碰到了一个女裁缝，头发也是棕黄色的。后来，又认识了一位沃姆扎的官太太。她的腿长得就像那位女裁缝一样。后来，我又认识了一位女教师。她抽动鼻子的样子与官太太一模一样。我又爱上了，很痛苦，分手了。后来，又遇上了省长夫人。仔细看看她，她就是一个老妖精，可是她笑起来就像女教师一样。我又爱上了，很害怕。于是，急急忙忙溜到了彼得堡。到了叶列梅耶夫家，一看，他家保姆的鼻子与省长夫人的一模一样。于是，我马上就消失了。

“我甚至去找心理医生咨询，哪怕哭哭也好。

“就这样，我爱上了这个保姆。至于与元首夫人有什么关系，我不敢比较。

“经过了十二次的折射，对元首夫人的爱竟如此强烈。

“对于有些毒药来说，存在这样一种理论，好像经过十二次分解以后，它的药效是最强的。

“把一滴毒药放入水杯中，再从这个杯子中取出一滴放入新的水杯中。继续这样做，直到第十二次为止。第十一个杯子里的毒药喝起来对身体毫无损伤，而第十二个杯子里的毒药只要喝上一点儿可以瞬间致死。

“就像我一样，因着对美丽威尼斯元首夫人的永恒之爱，我娶了一位翘鼻子的保姆安娜·安东诺夫娜。

“因为，爱如死一般强盛！”

奥韦奇金会计

奥韦奇金会计很走运。在叶戈罗夫家的晚会上，晚宴的时候，古谢娃亲自邀请他做舞伴。

由于激动，他什么都没吃，也没说话，像个死人一样。奥韦奇金的脸色十分异常。

“一张绵羊的嘴脸！”晚饭时坐在对面的古谢娃的丈夫对他如此评价道。但是，他说这些只不过出于嫉妒而已。因为奥韦奇金身上与绵羊有关的只有他的名字。[①]而他的脸长得像小树林里的灌木丛一样。他的眉毛是由灌木丛组成的，胡子也是由灌木丛组成的，而额头上面立着一撮头发，也像灌木丛。他从这些灌木丛中望去，充满了忧伤和恐惧，就像一个在刺柏中躲避狗的兔子一样。

奥韦奇金会计感到非常荣幸。因为他没有

① 奥韦奇金的姓与“绵羊”一词是同根词。

听到晚饭前古谢娃对米舍尔·鲁科亚特尼科夫所说的悄悄话："今天我们不能坐在一起。'半人马座' 在盯着呢。"

在她和米舍尔·鲁科亚特尼科夫的风流韵事中，古谢夫被他们称作"半人马座"。

古谢娃与这位刺柏中的兔子坐在一起，实在是感觉很无聊。作为一个很现实的女人，她决定利用自己的地位获取最大的益处，折磨一下米舍尔，让他嫉妒得难过。因此，她频频与会计碰杯，向他抛媚眼，用手指威胁他，就好像他说了某些暧昧的话。而他呢，这个可怜的家伙，只是叹了叹气，低声说道："这一切只不过是嘲讽。女人总是会嘲弄别人。"

米舍尔·鲁科亚特尼科夫对古谢娃与会计间的调情，并没有表现出特别的紧张。顺便说一句，他很会与女人周旋，习惯于在各种场合充当主角。因此，他知道自己的价值。在婚礼上他当伴郎，在车上他当司机，在舞会上他当指挥，而在工作单位他是旅行推销员。因此，他能看透古谢娃的游戏，并能保持平静。这并不奇怪。

但是，古谢夫本人却远远不能保持平静。他试图捕捉到妻子的目光，想瞪她一眼，以此来提醒她想想他作为丈夫的权利，以及她作为妻子的义务。

然而，古谢娃的目光快速地在会计和鲁科亚特尼科夫之间移动。他想捕捉到一点儿什么，却根本毫无可能。

于是，古谢夫放弃了关于权利和义务的想法，只剩下对会计奥韦奇金的仇恨了。

"绵羊的嘴脸！"他指着他向邻座说道，"大概，也像绵羊一样好色。"

"哦，老兄！"开朗的邻座回答道，"玛利亚·彼得罗夫娜好像不这么看。看，她的脸颊甚至都发红了。也许，这个衣着讲究的人是一个危险的坏蛋呢。嘿嘿嘿！"

而古谢娃仰起头，笑着，尽力在展示自己的下唇。因为她觉得自己的下唇要比上唇好看。同时，她还在想着鲁科亚特尼科夫。

“啊！你还嫌这不够吗？你无所谓吗？那就让你瞧瞧！看，等着吧！”

于是，她突然掀开手掌，将其按在了奥韦奇金的嘴唇上。

午饭后，古谢夫马上就带走了妻子，一路上沉默不语。只是到家脱下大衣之后，有力地说道：“告诉你的情人，我会把他的绵羊嘴脸撕成两半。听见了吗？”

“谁？”古谢娃真诚地问道。

但是，丈夫一下子就明白了。她这是在无耻地装模作样。

“你比我更清楚，我说的是谁！”

三天后，他问妻子：“请问，昨天从乌特金家回来的时候是谁送的您？”

“那个……他叫什么来着……没谁。我一个人回来的。”

“一个人？看门人刚刚告诉我，有个什么先生送你回来的。看门人不知道他的名字，但是我知道他的名字。这很好，听见了吗？”

第二天，古谢夫又问：“昨天你和谁一起去看戏了？”

“啊，和那位……他叫什么来着……和卡佳·波波娃。”

“原来如此！可是，伊万·伊万内奇看见你和某位先生在一起。这都成了整座城市的丑闻了，听见了吗？”

两天后，古谢夫已经是跺着脚在喊道：“你一整天都跑到哪儿去了？您竟然和您的那个无耻之徒到扎哈尔耶夫斯基大街散步去了！所有人都看到你们了！你们就在扎哈尔耶夫斯基大街上数落我的名字！我很快就会让这一切都结束的！请警告一下你的情人，听见了吗？”

就在那天晚上，古谢娃伏在米舍尔·鲁科亚特尼科夫的肩头，长吁短叹。“米舍尔，半人马座全都知道了！米舍尔，半人马座会杀了你的！”

米舍尔并没有过多的勇气。他第二天就要出差。古谢娃的痛苦无法形容。当她试图向税吏科布兹科描述自己痛苦的时候，她的脸色显得很苍白，无精打采。

“您知道吗，我至今忘不了他。”她痛苦地说道。

科布兹科尽量安慰她，直到早晨五点钟。

“您在楼梯上和谁告别了？”丈夫问道，“这已经超出了我的忍耐范围！听见了吗？”

很快，科布兹科的妻子从外省来看他来了。于是，古谢娃旁边空下来的位置同时被诗人韦特金和商人莫京坐上了。他们两个人的缺点真是太多了，就算把他俩的优点加起来也未必有一个可以接受的人多。

“我知道，您昨天和谁一起去看展览了！”丈夫说道。

诗人即兴读了诗，而商人更加开心。

古谢夫问道：“您和谁一起在康唐那吃饭了？如果您忘了，我可是永远都不会忘记他的名字的。”

她去了诗人的单间小屋。因为，他答应给她看一件稀有的小东西。

这稀有的小东西原来就是一支法贝尔牌二型铅笔。

“是的，但传说它曾经属于傲慢的塔克文！①”诗人解释道。

丈夫早晨的时候说道：“我知道，你昨天和谁在一起了。今天我去搞到他的地址，然后结束这一切。您听见了吗？”

当会计奥韦奇金看到古谢夫那张可怕的脸时，着实吓了一大跳。

“仁慈的阁下！”古谢夫大哭道，“我不是来找你决斗的，

---

① 传说中古罗马的最后一个国王。

因为警察局不允许决斗。但是，如果你现在不对我发誓永远离我妻子远点儿的话，我马上就用这根手杖把你脑袋里的卑鄙敲出来。”

奥韦奇金就像一只躲在灌木丛后面惊恐、忧伤的兔子，正在观看着，担心着那只最狂怒的猎犬，可别伤害到了他。

古谢夫看到了他的眼神，迟疑了一下，不再大喊大叫，开始正常谈话。

“仁慈的阁下，您引诱一位已经结了婚的忠实女人，您不害臊吗？我还是在叶戈罗夫家吃晚饭的时候就明白了，您是一个什么样的人。您用各种卑鄙手段勾引她。我知道，您对自己的这个牺牲品是不会放手的！因此，我建议您再次向我发誓，如果您再不停下的话，那么让你尝尝我安德烈·古谢夫的厉害！听见了吗？”

“我发……发……誓！”奥韦奇金愁苦地嘟哝道，“我发誓，我承诺。”

他的灌木丛都竖了起来，两眼发红。

古谢夫鄙视地笑道：“再见了！阿波罗·别利韦杰尔斯基！”

奥韦奇金独自留下来，长时间地叹气、摇头、摊手，然后踮着脚尖悄悄地走到女主人的房间，来到了镜子前。

“我一点儿都不明白！为什么偏偏是阿波罗呢？难道他们真发现我与之相像的地方了？”

他伸伸腿，抬抬胳膊，长时间忧郁、惊慌地看着镜中的自己。

“不！”他困惑不解。“归根结底，更准确地说，不是特别像！但这是怎么回事呢？天啊，究竟怎么回事啊？”

白围脖

等一等！等一等！请等一会儿！我只是想和你说两句话，说说我那白围脖的事。等等，只说两句话！我自己也着急呢。

你还记得我去年穿的那件蓝色衣服吗？对，还是我们一起在莫霍瓦亚买的呢！你当时还叫喊，为什么是绿色的边饰呢，一点儿都不显眼。知道吗，从你的角度说，绿色的边饰不显眼。这是非常愚蠢的。依我看，这个绿色边饰你怎么说它都行，但是说它不显眼——当然随你的便，你想怎么说都行——依我看，这很愚蠢。

你别生气。你为什么要生气呢？知道一句古俄罗斯的谚语吗？“朱庇特，你发怒了！”这就是说，你错了。你承认吧，承认吧！行行好，你就承认在绿色边饰问题上出了洋相吧！是出了！什么呀！这就是你身上的女性固执！

你还对卡佳·克雷什金娜说，不能在黑色

的帽子上插粉色的羽毛。但是后来我看到，你自己也弄了这么一个。这没什么，没什么。

我不明白，既然事实已经摆在面前，为什么还要反驳呢。你自己干的顽皮勾当，却要推卸给别人。记得吗，这与巴甫洛夫斯克的那件事如出一辙。你说："绝不能去，绝不能去！那里又潮湿，又没意思！"可是，后来你自己却呆在那里，直到秋天都不肯挪动地方。我真想去伊马特拉，因为没有什么"绝不能"，就是很傻。如果你想得到些什么，就需要到处走走。有一句谚语："平放着的石头下面水不流。"知道吗？懂吗？平放着的石头下面水不流，而要是流的话，那这样的石头到处都是……

都是你的固执！比如说，为什么要请索斯金呢？说什么"哎哟，他是贵族！哎哟，他是一个淡黄发的男子"。好一个贵族！他说，《黑桃皇后》是契诃夫写的。至于淡黄发的男子，依我看，正是令他感到可耻的地方。的确！这一切都是因为你的固执……

你说什么？我也没时间啊！我只是想和你聊聊白色毛皮围脖的事。你以为，只有你一个人没时间啊。而别人也许有比你更多的事情呢。

比如说，早晨的时候，我必须写四封信。四……封！而且都是公文。有一封甚至是匿名的……然后，还要在电话里和裁缝、理发师、医生和安德烈耶娃聊上几句，还要和那个人，他叫什么来着……对了，那个理发师真是一个笨蛋！我让他把我的头发做得蓬松一些，可是他却给我弄了个假发套。'尽管他的妻子也长着一张诚实的脸'，亲爱的，只是长得诚实是没有用的。

这让我想起了阿加菲娅。她连最简单的红菜汤都不会做。可是，当我赶她走的时候，她却责怪我说：'我是一个非常诚实的小姐，连一小捏盐都没偷过您的。您却不用我了。'

我对她说："亲爱的，你是诚实的。这样很好，我很乐意握握您的手。但是，我会请另外一个女人来给我做饭。也许在道德方面她要低您很多，但是她会做汤。”哈哈哈！瞧这开心事！而事实上，这一切都是你的固执。

啊，对了，我想讲讲白色毛皮围脖的事。

我也想过要买白围脖！丽莎姨妈曾有一个貂皮围脖。她已经戴了二十年了。她头发全白了，围脖却没什么变化。丽莎姨妈总是很怕戴什么东西时间过长。瞧，你不要生气，就不能这样说你。你哪怕是第一次穿某条连衣裙，它在你身上看起来也像是穿着它睡了三个晚上觉一样。请相信我！

你还记得那顶玫瑰色的帽子吗？你当时刚刚从商店买来，而我却以为你在上面坐过！哈哈哈！你不要生气。你知道吗，我早就想给你点儿建议了。假如你想让那顶帽子……等等，你不要打断我，看在上帝的分上！我自己也没时间，我每一分钟都很忙。我今天该写四封信的，可是，我还什么都没来得及做。还需要给理发师、安德烈耶娃，还有那个叫什么……的人打电话。可是，我还什么都没来得及做！因为我没有一分钟是闲的。

你无法想象，我究竟忙到了什么地步！

沃洛佳说：“要早点儿起，就来得及做完所有的事情。”太好了！好极了！我要是早晨五点钟起床，那么就会有人问，早晨五点钟的时候我能做什么啊？商店还都关着门，所有的熟人都在睡觉。这真是荒谬！这都是你的固执……除此之外，还要考虑到我的神经。如果我要每天早晨五点起床的话，那么我的神经系统要有很好的状态！可以给人提出各种各样的要求，但是不能提出不可能的要求啊！这真是荒谬！总之，我不理解你！

比如说，为什么你上周四那么急匆匆地去波戈金那儿呢？这真愚蠢！你快承认吧，这很愚蠢！不，你哪怕认一次错也好啊！除此之外，我还想问你……等等，你去哪儿啊？我也没时间啊！瞧这个怪女人！她以为只有她是个大忙人！我还在早晨的时候就该写好四封信的……等等，天啊！我只是想说说我的白围脖……瞧，她走了，见鬼去吧！有什么了不起的，真让人伤心！

下次你再试试和我说话、我连听都不会听！

亲爱的，也许我的事情比你的还要多！

多么可怕的性格啊！

波塔波夫娜

已经是第五周了，厨房里有点儿异样。

锅没有刷，垃圾堆在炉子后面的角落里没有扫出去。黑色楼梯的门口，经常会有一些女人探头探脑地张望，有时候是两个人，甚至一下子三个人，而且还神秘地交头接耳。

蟑螂正成群地聚集在水龙头附近，不安地微动触须，就连湿拖布都惊扰不了它们。

一条见过世面的雪青色老狗因老迈而丑陋，如今只能呆在厨房里。它忧郁地耷拉着右耳朵，就这样一直也没有抬起来。因为他以狗特有的灵敏，预感到了重大事件即将发生。

的确如此。

锅、垃圾、蟑螂，所有这一切的管理者是厨娘波塔波夫娜。她正准备出嫁。

一直在桌子上放着的甜酒，还有切成小块的酸黄瓜，很明显地可以证明这一点。

晚上，他——她的未婚夫就会来。

他头发花白，目光狡黠，长着一只通红的鼻子。这种鼻子只有人在冻过之后喝上一杯热茶的时候才会有，而且只是在最初的五分钟。

波塔波夫娜并没有因为未婚夫要来而打扮自己，因为婚礼是一件很严肃的事，这时候卖弄风情不合适。

她是一个有经验的人，知道什么时候需要做什么。她本人早就六十开外了，甚至视力都开始下降了，不得不戴上眼镜。她从太太的旧腰带上取下了一条粉红色的绦带，很讲究地系到了这副眼镜上。

她的头是圆的，就像一棵圆白菜，而后面，就在后脑勺的正中央梳着一条花白的小辫子，就像干枯的西瓜瓜蒂。

波塔波夫娜是一位女仆，但并非没有属于她的故事。一个故事发生在妹妹那里，在农村；另外一个是在女时装师那里学习的时候。灶台上面挂着一顶旧的士兵帽。五年前，这顶帽子还戴在一个眉毛很淡的士兵头上。

就在不久前，波塔波夫娜一看到这顶帽子，就会感到很振奋，她剁肉馅的时候都带着真正的激情。

现如今，已经不是那么回事了。如今是婚姻。这种爱是稳固的、合法的、得到承认的，是要白头到老的。

晚上的时候，桌子收拾得不怎么样，将就着，桌上还有茶炊、甜酒和黄瓜。

雪青色的狗微微活动着他那耷拉下来的耳朵，正在预感大事件的到来。

一对爱人在柔情细语地交谈着。

“我跟太太说，”波塔波夫娜说，“太太，我婚礼您送我一条裙子吧！她说，好吧，我送。太太是善良的。”

“裙子？”未婚夫动了动他那浓密的眉毛。“裙子算什么！裙子能有多少好处。最好是给钱，裙子也送。据说，裙子会过时的。”

“这也要看碰到什么样的了。我有一条裙子，穿了八年，一点没事儿。没被虫蛀，什么都没有。我穿得时间越久，它就变得越有风采。后来，我把它给了马尼卡，让她接着穿。直到现在，这条裙子也没有过时。”

“钱更好。如果在好的主人家，就会存很多很多钱。啊，我说，阿夫多季娅·波塔波夫娜，是这样吗？”

“攒钱当然是可以的。可是这有什么好呢？攒啊，攒啊，一旦嫁人后死了，那就要留给丈夫。也应该想想这些。”

“您说您会死？阿夫多季娅·波塔波夫娜，真是罪过！你会比所有的牛都长寿，不要说丈夫了。您长得多红润啊，比如说这张脸。”

“脸红是因为炉子。你要总是在煎啊，炸啊，你的脸渐渐也就变红了。而我的身体已经不是那么结实了。”

未婚夫紧紧盯着她看了几分钟。

“您得过什么病吗？”

“病？我什么病没得过啊。心口痛，一吃点儿白菜，就会……”

“这算什么病啊！这样，每个人都能吃饱。”

“我还牙疼，牙全都坏掉了。视力也变得差了，腿脚酸痛。你还觉得我是健康人呢。”

未婚夫开心地笑了。但是，笑容很快就消失了。他叹了一口气，说道：“这样也不会死人的。打碎的餐具还能留存两百年呢。瞧我，可以说，我的身体也不好。但是，二十年来，我一直在工作，工作也挺辛苦……”

“你又开始比较了！我的身体是女人的身体。难道您的身体能像我——一个女人这样弱吗？我曾有五个孩子，你算算吧！养孩子对身体有害。”

“孩子，这很重要！就在去年的时候，我有过一个孩子。只是很快就死了。是洗衣女工玛利亚的。”

“孩子？”波塔波夫娜瞪大了眼睛。

雪青色的狗抖了抖浑身的毛，抬起了耳朵。

“您这么大岁数，这个应该吗？”

波塔波夫娜的两腮耷拉下来，开始哆嗦起来。

“那你还叫自己什么老头啊！还要结婚！要是你去年还能有孩子的话，那么，再过十年你也死不了。难道我能活到那个时候吗？那么，你对我有什么用？上帝，请原谅，你对这个没毛的狗是会有用的，您就给它立遗嘱吧。”

她突然一把抓起甜酒，把它放到了柜子里去。

未婚夫有些不好意思，用钩形的指甲挠了挠胡子。

“我好像该走了！否则，看门人该锁门了。”

波塔波夫娜愤怒地用抹布擦了擦桌子，似乎好像在表示，今天的爱情诗已经结束了，枯燥的理性获得了自己的权力。

“几点了？要不，您看一眼？啊？”

波塔波夫娜停了一下，若有所思地说道：“不管怎么说，您已经七十开外了。”

她去房间看几点了。

未婚夫一个人留下了。他摸了摸床上的棉被，用拳头打了打枕头。

波塔波伏娜回来了。“长针指向八了。”

“那短针呢？”

“短针我还没来得及看。我现在去收拾茶炊，顺便看看。不能一下子都看完的。”

未婚夫没有和她争论。

“那好吧，晚安。明天我再来。”

在门口，他转过身，眼睛看着一边，问道："铺盖是您的吗？枕头是羽绒的，还是棉花的？"

波塔波夫娜在他身后用挂钩把门挂上了，回来坐下，开始闷闷不乐起来。

他不会死的，老鬼！无论如何不会死的！他会比我长寿，该死的！他会拿走我所有的财产。她心里想。

她看了看那条忧郁的雪青色的狗，看了看那些安静下来的蟑螂。它们正在专心地活动着长长的触须。此刻，她感觉到，她的心口又开始疼了。

好像是因为白菜。她痛苦地摇了摇头，心里想。

无论如何，他是不会死的！瞧，这就是你的快乐！瞧，这就是你的婚礼！

传说与生活

传说

巫婆戈杰鲁娜曾经长得很美。

当她从森林中自己的小窝棚走出来的时候，安静的小鸟会停止鸣叫，而树枝间一双双野兽的眼睛在闪闪发亮。

戈杰鲁娜曾经长得很美。

一天夜里，她来到黑湖的岸边，把自己的天鹅们都召唤过来。突然间，她发现树下坐着一位青年。小伙子的衣服显得很富贵，上面绣有金丝边，而头上戴着一顶贵重的王冠。但是，这位小伙子胸部并没有因为呼吸而上下起伏。他的脸色苍白，睁大的双眼中，远处的星星在闪耀。

戈杰鲁娜爱上了这位死人。

她将施了魔咒的水喷到他的身上，又用施

了魔咒的草来擦他的身体。一连三个晚上，都对着他诵读咒语。

第四天夜里，死人站了起来，向巫婆戈杰鲁娜鞠了一躬，说道："请原谅，美人！谢谢你！"

而戈杰鲁娜挽起他的手说道："你就住在我这里吧，死去的王子！你就和我在一起吧，因为我已经爱上你了。"

于是，王子就跟着她走了。就这样，一直和她在一起。但是，他的胸部还是没有呼吸的迹象，他的脸色苍白，睁大的双眼中，远处的星星在闪耀。

他从未看过戈杰鲁娜一眼。而当她温存地和他说话的时候，他的回应永远只是"对不起"和"谢谢你"。

戈杰鲁娜忧愁而又痛苦地对他说："难道我没有让你活过来吗，死去的王子？"

"谢谢你。"王子答道。

"那你为什么不看我一眼呢？"

"对不起。"王子答道。

"难道我不漂亮吗？当我在月光下跳舞的时候，就连森林里的狼都会围着我跳来跳去，而狗熊们都会高兴地吼叫，夜里的花儿们也会因爱我而绽放它们的花冠。唯有你，不肯看上我一眼。"

于是，戈杰鲁娜只好去找森林中的女妖，向她倾诉了自己的一切，关于那位死去的王子，还有自己那痛苦的爱情。

女妖想了想后，嘎嘎地叫道："你的王子是因在黑湖边吸入了天鹅的忧郁而死。你若想让他爱上你，就拿上一个金罐子，对着它哭上三天三夜。第一夜，就为你的青春而哭泣；第二夜，就为你的美貌而哭泣；而第三夜，就为你的生命而哭泣吧！然后，你把泪水收集到金罐中，把罐子送给那位死去的王子。"

于是，戈杰鲁娜哭了三天三夜，把泪水收集到了金罐中。而后，她来到了王子面前。

王子静静地坐在树下，胸部仍是一动不动。他的脸色苍白，睁大的双眼中，远处的星星在闪烁。

戈杰鲁娜把金罐交给了他。

“这个给你，王子！我把我所有的一切都给你：我的美丽、我的青春和生命。拿着吧，因为我爱你！”

戈杰鲁娜把金罐交给他之后，就死了。但在她死前的最后一刻，她看到了他的胸部开始因呼吸而上下起伏了，他的脸变得红润起来，他的眼睛开始闪烁，但已经不再是星星的亮光。而且，她还听到他说：“我爱你！”

爱源于牺牲的血。

生活

玛丽亚·伊万诺夫娜长相不错。当她在利莫宁家和丘布科夫中尉跳双人舞的时候，大家都报以热烈掌声，甚至连赌徒们都扔下手中的牌，从主人的书房溜出来，为了一睹这一令人赏心悦目的场景。

一天晚上，她在利亚古诺夫家吃晚饭的时候，碰见了一位奇怪的年轻人。他静静地坐着，穿着来自“捷杰斯基”的燕尾服。他的胸部没有因呼吸而上下起伏，他的脸色苍白，他睁大的双眼中闪耀着枝形吊灯上经济型灯泡的亮光。

“他是谁？”

“他是库利科夫·伊万·伊万内奇。”

她把他请到了家里，请他喝茶，又请他吃龙虾晚餐，还用钢琴为他弹奏了一首新的《二步舞曲》。她一边弹，一边高兴地哼唱着。声音很大，甚至邻居有人过来请求小点儿声。

库利科夫总在沉默着，好不容易开口的话，也只说“对不起”和“谢谢”。

于是，玛利亚·伊万诺夫娜来找自己的好朋友，一位老女妖安东尼娜·帕夫洛夫娜，向她倾诉了一切：关于那位伊万·伊万内奇，还有自己那痛苦的爱情。

“我该怎么办呢？我又是唱，又是表演，还请他吃饭，他却一直愁眉苦脸的，除了‘对不起’和‘谢谢’之外，甭想让他再说什么。”

女妖想了想后，嘎嘎地叫道：“我知道你这位库利科夫。他在俱乐部把代管的钱财给输光了，因此，才像夜猫子一样默坐着。这一切我都知道。他已经去过索菲亚·帕夫洛夫娜那儿借钱了，也有意思向我借钱。但你知道，从我身上是榨不出多少钱的。如果你真是那么愚蠢地喜欢上了他的话，那你就帮他把事情摆平。那样，他就会缓过来的。”

于是，玛丽亚·伊万诺夫娜叫来了库利科夫。

库利科夫坐在沙发上，胸部没有因呼吸而上下起伏，脸色苍白，睁大的双眼中闪耀着枝形吊灯上经济型灯泡的亮光。

他还是那副愁眉苦脸的样子。

玛丽亚·伊万诺夫娜对他说：“今天早晨，我赶走了我的管家。如今，没有人管理我在科洛门斯克的那栋房子了。您要是能担此责任，我将万分高兴。说实话，什么都不需要你做。那里有个老看门人，会照看一切的。您只是需要每年去上两次，看看那栋房子是否还在就行了。而所给的报酬是三千。”

“五千，行吗？”库利科夫又问了一遍。他眼里的灯光奇怪地闪了一下。

“五千就五千！”玛丽亚·伊万诺夫娜涨红了脸，回答道。说罢，她就死了。

但是，就在她死前的最后一刻，她看到了，他的胸部开始因呼吸而上下起伏了，他的脸也变得红润起来，他的眼睛开始闪烁了，但已经不再是那经济型灯泡的亮光了。

玛丽亚·伊万诺夫娜还听到他说：“我几乎忘了对您说……玛鲁霞，我爱你！”

爱源于牺牲的血。

大开眼界

在德国一处疗养地的厨房里，坐着两位尊贵的俄罗斯人：一位是法官古辛，一位是地主乌韦特尼科夫。

他们是新人，刚刚乘坐早晨的火车来，还谁都不认识。现在，他们安静地坐在一张小桌旁，好奇地打量着那些正在吃午饭的人，努力想通过外貌来判断，他们都是干什么的。

“看，帕维尔·叶戈雷奇!”法官古辛说道，“看看这位独眼高个子，额头凸起。最典型的刽子手!”

“嗯，对！乌韦特尼科夫同意道，“可别在夜路上碰到这种人。他会把人白白弄死的。”

“你说什么呀！为什么要杀人呢？他只根据法院的判决杀人。而那位，坐在大鼻子女人旁边的那位，我甚至不建议和他单独留在走廊里。他会像宰小鸡儿一样，把人宰了。上帝啊，如果这位不是开膛手杰克本人，那你就杀了我吧。”

“我们会小心的，他根本就看不到我们的肚子，就像他看不到自己的耳朵一样。瞧，我觉得挺有意思的那位，就是那个黑老太婆，坐在窗边儿的那个。她会是谁呢？是退休的歌唱家吗？”

“什么歌唱家呀！难道歌唱家会这样吮吸鸡爪吗？依我看，她是那位先生的姨妈，和她坐在一起的那位先生，头发湿湿的、脸红红的那位。”

“像澡堂的服务员。”

“对。这么说，她是澡堂服务员的姨妈。也许，她还很有钱，是所谓的富婆。否则，他也不会带她来疗养。他可以找到更好的人来陪的。很显然，他是把她从什么法兰克福带出来，离别人远一些，正在等待合适的时机把她掐死。”

“而这位细高挑的姑娘，也许是刽子手的女儿？”

“当然。金黄色头发的泽弗亨。她要是一个黑发的姑娘也没什么，不骗她骗谁啊。”

“看，桌子那头，有一位有趣的先生。高个，很时髦，刮了胡子，小手指上戴着钻戒。依我看，他是亚森·罗宾，那位绅士大盗。”

“当然，毫无争议。”

“看，这两位小个子的丑八怪！他们，依我看，就是铁路小偷。小人物，小人物。你瞧，亚森·罗宾多么鄙视他们！他们把沙拉给他递过去，他却头都不点一下。”

“那当然，他才不会给自己找麻烦呢。”

“瞧，桌子那边还有一个有意思的家伙。看到了吗？看他那贪吃的样子！看他那贪吃的样子，最典型的杀妻者！”

“而和他在一起的女人那么瘦弱，那么苍白！”

“那还用说，肯定是苍白的。要知道，这是他妻子的尸体。尸体没有粉红色的。”

“好样的，杀妻者！自己来度假，还不忘了带妻子的尸体来。据说，尸体也需要散散心。”

“他这是带她出来透透气，好不让她那么快就腐烂了。同时，也是在推迟自己的坐牢时间。

“好样的，杀妻者！”

午饭结束了。大家都四分五散，各走各的了。澡堂服务员和他的富婆坐船玩去了；铁路小偷去骑马了；杀妻者和他妻子的尸体手挽手去散步了；而法官古辛和地主乌韦特尼科夫到女主人这里打听所有人的情况来了。

女主人是一个殷勤、健谈的女人，讲了所有人的所有情况。

原来，那位刽子手是一个公证人，而那个金黄色头发的泽弗亨是他的女儿，是一位画家。

那位澡堂服务员是法国著名的记者，而那位富婆，是他的妻子。

亚森·罗宾，那位绅士大盗，是从罗兹来的牙医。

铁路小偷是美国来的歌手。

杰克，那位开膛手，是一位莫斯科商人。

杀妻者是一位痴呆的百万富翁，而妻子的尸体是他的护理员。

古辛和乌韦特尼科夫大笑了好长时间，还很奇怪呢。

“我们还心理学家呢，帕维尔·叶戈雷奇！”

“我怎么啦？我是有情可原的，而您是该羞愧的。因为您是法官。您当年应该好好研究研究各种骗子，不能把好人搞混了。”

第二天，他们在吃午饭的时候，坐在他们旁边的是一位上了年纪、眉毛很淡、显得有些惊慌的德国女人。她有点儿恐惧地望着他们，几乎什么都没吃。

这两个人聊了起来。

“今天不知为什么，好像不是所有人都来了。”乌韦特尼科夫说道，“澡堂服务员没来。”

“想必，他正在某个角落准备掐死他的富婆呢。”

“昨天他就引诱她去划船。也许，他想要淹死她，但是没有成功。”

“那位富婆可能开始怀疑了，于是，生气地走了。”

“刽子手今天也不知道去哪了？”

“应该是把自己锁在房间里，正在内疚呢。”

“只不过是在睡觉。想必那些死人的幽灵夜里是不会让他安生的，所以他只有白天好好地睡觉了。”

“那位金黄色头发的泽弗亨暂时还在监视着那两位铁路小偷，可能，她已经觉察到他们一晚上已经偷了两个车厢了。”

“开膛手杰克已经是第三次拿牛肉了。很显然，他想吸点儿新鲜的血液，搞清楚肚子里的某些东西。”

“而那个杀妻者还一直在这里呢。也许，妻子的尸体他再也不会看一眼了。”

“今天乘早班火车来了一位骗子。他的胡须又宽又密，有一张诚实的面孔。他带来了两箱已经做好了记号的纸牌。会有好戏看了！”

惊慌失措的德国女人还没等午饭结束，就匆匆站起来，走了。

“她怎么了？”

“癫痫病发作，她烧房子去了。”

第二天吃早饭的时候，德国女人没来。晚上，法官古辛通过邮局，收到了发自邻城的一封信。

信是用俄语写的。

慈爱的阁下！我不知道该如何感谢您，您让我看到了我——一个毫不设防的女人周围的一切恐怖情景。

我是霍尔金娜地主，来自坦波夫省，是遵照医嘱而来到这里的。也许，谁又能想到，医生竟与这一可怕的强盗窝的老板勾结呢？

也许，我不该感激您。因为在您和您朋友坦诚地聊天的时候，并不知道我听得懂。尽管如此，我还是要感谢你们，我因此幸运地避免了危险。

我知道，您是谁。当您走进餐桌的时候，一位正在吃饭的罪犯大声地说："看，这是造假币的人！"

这真是太可怕了！您改一下主意吧！放弃您这种可怕的手艺吧！您还年轻！回头走正路吧！您会发现，靠劳动吃饭的新生活会令您很开心，通过诚实手段挣来的面包是甜的。

真诚地为您担心的地主霍尔金娜

又及：快从贼窝里逃出来吧！

疯狂的快乐

每个人都想在过节的时候开开心，尤其如果这个人是位小姐，而且是办公室小姐。她除了周日和十二大节日之外，每天都要面对机器打字：“今有您四月二十日的来信一封……”

塔涅奇卡·班金娜决定去参加皮罗戈夫家的化装晚会。

三天三夜的时间里，她一直都在斟酌自己的服装。她的服装应该是漂亮的，而且还要便宜。最主要的是，要完全与众不同，无论谁，无论什么时候都不曾穿过，而且将来也不会穿。

塔涅奇卡·班金娜的两个朋友竭尽一切的精神力量来帮她。

“我要不要化装成幸福仙女?”塔涅奇卡问道。

“仙女要四普特[①]重才好看！”朋友们异口同声地答道。

“你们自己就很胖！”塔涅奇卡生气了。

“所以，我们也不会往仙女的样子打扮。”

“那如果打扮成勿忘我怎么样？天蓝色的长筒袜，而且全身都是天蓝色，行吗？”

“那样的话，只会是一个穿着天蓝色长筒袜的蠢女人。”

“打扮成蝴蝶的样子怎么样？系上一对翅膀……”

“周长为三俄尺[②]的蝴蝶才好看。”

“天啊！”塔涅奇卡哼叫道，“我也不能打扮成四〇维德罗的大桶啊！这样的衣服都找不到。”

她决定叫裁缝来商量一下。

裁缝玛利亚·阿尔达利诺芙娜也住在那些房间里。为了简洁和双方的便利，大家就叫她阿尔达利诺芙娜。

她很高兴地来了，而且没说几句就表示，服装对她来说，简直就是小事一桩。

“有很好的服装。阿穆尔[③]与普叙喀式的带有希腊图案的裙子，手里拿着把箭。还有邮递员式的装扮——斜挎包，后面有个盖有印章的很大的信封。还有土耳其女人的装扮。非常好。肥大的马裤，男人能穿，假如有人想装扮成哥萨克人的话。”

阿尔达利诺芙娜高高在上地给了些建议，口气中带着侮辱的感觉。塔涅奇卡开始觉得有些难过。

“这都是些非常有名的服装。而我想要很独特的那种。”

“那您就打扮成侯爵夫人。”

塔涅奇卡思索起来。

---

① 俄国实行米制前的重量单位，等于十六点三八公斤。

② 俄国采用公制前的长度单位，灯油零点七一米。

③ 罗马神话中的爱神，被想象为长着翅膀、手拿弓箭的小男孩，又叫丘比特。

“巴克坎忒斯[1]的服装也很好，而且也很少见。”

这已经非常好了。

她决定把一件棕色的裙子改成一件巴克坎忒斯式的服装。

“深颜色的，这没什么。因为巴克坎忒斯也是各种各样的。这会是一个不喜欢铺张浪费的巴克坎忒斯。她是一个讲究实际的巴克坎忒斯。”

皮罗戈夫家来的人很多。屋子里又热又闷。

有个戴面具的人跑到塔涅奇卡的面前。“你这是什么服装啊?巴赫奇萨赖的奶妈吗?”

塔涅奇卡一下子灰了心，躲到角落里去了。

她的新靴子很挤脚，面具也粘在了脸上。

一位带着铃铛的傻瓜跑到塔涅奇卡跟前，吃掉了她头上的葡萄。就这样，他毁掉了巴克坎忒斯的唯一特征。

塔涅奇卡彻底沉默了。而其他人都在寻欢作乐。

一位侯爵跳了俄罗斯踢腿舞。修士在热情奔放地和渔妇跳着波尔卡舞，一会儿把她转到左边，一会儿把她转到右边，时而后退，时而踩到她的脚。

别人都在寻欢作乐呢！塔涅奇卡忧郁地想道。

她的想法都是令人非常沮丧的。

“坐马车来要三十戈比，回去还要三十。新靴子八卢布，手套一点五卢布，半俄磅的葡萄花了二十戈比……这一切都是为什么呢？不，装扮成勿忘我就好了。那样，就完全会是另外一种样子了。”

面具下面的鼻子开始发痒。

“天啊！哪怕用什么办法能巧妙地挠挠鼻子也好啊！那样还是会有一些快乐的。”

---

① 古罗马酒神女祭司。

但是，塔涅奇卡·班金娜的命运突然发生了急剧的转变。快乐的侯爵邀请她跳华尔兹。

塔涅奇卡和他一起跳着，努力地让自己跟住节拍，同时也要跟得上侯爵的节拍。但是这很难，因为侯爵跳的是一回事，而音乐是另外一回事，各不相干。

塔涅奇卡感觉很闷。侯爵的身上散发着烟草的味道，就像车厢里的烟灰缸一样。而且，他总是踩塔涅奇卡的脚，一会踩左脚，一会踩右脚，碰到哪只踩哪只。而他们旁边的一对，则用胳膊肘和膝盖挤他们。

塔涅奇卡气喘吁吁地想道，这就是快乐。所有人都在追求这个。大家都愿意，说明他们都想要热，想要闷，想要挤，想要让靴子挤脚，想要散发出烟草味，想要跳。不管到哪儿，都想要接受来自四面八方的殴打。

回来的时候，她不得不慷慨地付给马车夫整整五十戈比，因为便宜了人家不干。在她准备躺下睡觉的时候，塔涅奇卡再次算了算花销，还骄傲地想，既然我不喜欢这一切，这只能说明我是一个聪明、严肃的姑娘，不会去追求那种疯狂的乐事。

当她睡着的时候，她的眼前出现的不是那位英勇的侯爵，也不是那位带铃铛的放肆傻瓜，而是什么“十二月五日的信”。

她严肃而高傲地冷笑着。

春　天

黑色的帽子使她的眼睛显得更大，也更忧郁一些，而脸色显得更苍白一些。

也许，她脸色变得苍白事实上是因为她很可怜鲍里斯·尼古拉维奇——可爱、英俊、快乐的博比克，一个愚蠢地开枪自杀了的人。

据说，他输了，他走入了绝境。

也许，也不是因为那个……

她记得，几天前他曾到过她这里。就在几天前，事实上就是他死的前一天还说："我亲爱的！我的太阳！我想看你的眼睛！"

她俯下身去凑到镜子跟前，看了看自己的眼睛。

"我亲爱的！我的太阳！博比克，你就是这样叫我的！亲爱的博比克……"

她的眼睛突然变得暗淡而又清澈，就像一颗落入杯底的宝石。她哭了。

于是，她用手帕一角儿擦了擦眼睛，戴上

手套，去参加葬礼了。

这是一个春天的夜晚，有点闷热，并不宁静。这样的夜晚，大家都急着赶往某处。因为大家都觉得，春天的快乐好像在什么地方等着我们，只是需要人们找到它。人们走得慌慌张张，逢人就问："是你吗？是不是你知道这件事？"

开枪自杀的博比克安静地躺在一栋房子里面。离这座房子不远的地方，有一个戴着黑色帽子的女人——他曾叫她"我亲爱的"——走进了一家花店。

"给我拿一些白色的百合花。就这些，多少钱？"

一个头发蓬松的小伙子走到了花瓶前。"一卢布一支，带蓓蕾的。"

他惊恐地斜视了一下坐在收银台旁的女主人，好像说，他没有要价太低。

"真贵！""亲爱的"如此说道。

这里，潮湿的、正在慢慢凋零的鲜花在散发着花香。但是，这些花还有生命。有时候，那些嫩枝还会稍微颤动一下，新成熟的蓓蕾绽放出自己的花瓣。当有人砰的一声关门的时候，高高的丁香花整个会颤抖一下，就像一个神经质的女人，然后轻轻地抖着，无法平静。

"给我拿四支！""亲爱的"说道，"不，给我六支！"

她想起来了，他对她说："我的太阳！"

"我给他买六支百合，因为我爱他。是的，我爱你，愚蠢的博比克！为什么，为什么你要那么做？"

她走出花店，打开了薄薄的纸，呼吸了一下温室百合那沁人心脾的清香。

"抱歉，我好像撞了您一下！"

一张年轻、愉快的脸离她如此之近。一双微笑的眼睛在闪闪发光，似乎在询问着什么。

"亲爱的"感到很委屈。此时，她正在去参加葬礼的路上……

她穿过街道，但心情糟透了。

"你是怎么叫我来着，亲爱的博比克？你对我说：'我亲爱的！我的太阳！'你不是曾经这样对我说过吗？我永远不会忘记这些。"

"抱歉！您好像弄掉了手帕！"

还是那双微笑的眼睛。此刻，是有些不好意思的，却是很执著的。他是一名大学生。他递给她一块粗糙、叠成小方块的手帕。很明显，这是他刚刚从自己兜里掏出来的。她不由自主地笑了。

他眼里的笑显得很坦率，很放肆。

"我原本知道，这不是您的。而且，我也有一些证据。"

他急忙把手帕塞到兜里。

"您不生我的气吧？"

她当然生气。就在大街上纠缠人，这太粗鲁了！但是，他还在说着什么。

"是这样的，我不能不走近您。假如我不走近的话，那我以后永远都不会原谅自己。永远不会。"

"我不明白，您想说什么？"

她把自己的百合用纸包上，并把它们放下。然后，看着他这双微笑的眼睛。

"因为您太独特了！像您这样的人，一辈子只能碰到一次。也许，您一辈子也只有一次是这样的，只有现在。难道我敢不停下来吗？难道我敢不对您说出这一切吗？"

应该大笑一声，并且说，他是一个颓废派。"亲爱的"如此想道，但是，她并没有大笑，也没说什么，只是看着他并且微笑着。

"您急着去哪吗?"他又问道。

"去参加葬礼。就在这个单元。"

"去参加葬礼!那就是说,时间不会太久。我会等您。"

"不需要。"

"不,需要。难道您不明白,这很有必要!您就如同百合花一样!您是无与伦比的……我会等您的。"

她沿着楼梯上楼。到了那个寓所,门开着。那里默默地站着一些穿着黑色衣服的人。他们俯身面向微弱、颤抖的烛光。

"哎!博比克!"她回想道,"亲爱的博比克,我爱你!你这是怎么搞的啊!"

但是,她的心并没有听到自己的这些话。于是,她又重复说道:"博比克,我爱你!我的博比克!亲爱的,你曾怎样叫过我?你对我说:'您就如同百合花一样!您是无与伦比的。'你曾对我这样说过,而我将永远不会忘记这些话!"

假　期

假期只不过是说说而已。实际上，每个人都有许多事。

利亚列奇卡整天都在减肥。因为从秋天开始，她决定学习朗诵。而她喜欢朗诵那些充满柔情和诗意的作品：《打碎的花瓶》、《我在一天天地憔悴》、《我死在春天》、《花儿为什么变白了》……

“我怎么能对听众说，我死了，而我的双颊还是红色的，而且在颤动。”利亚列奇卡很苦恼，连汤也不喝了。

利亚列奇卡的妹妹，中学生玛鲁西卡也非常忙。为了能让她把心思用在数学上面，数学老师让她在假期里做五十道数学题。

每天从早饭开始到晚上五点钟，在最热的时候，当苍蝇嗡嗡叫着往人的嘴里、头发里乱钻的时候，玛鲁西卡在痛苦地做着数学题。但无论她怎么努力，还是一道题都解不出来。

“我的上帝！这究竟是什么啊？大概答案是错的，或者是打印错误。否则，不可能怎么做都不对。”

她去找利亚列奇卡帮忙。而利亚列奇卡坐在那里，很凶的样子，紧闭双唇。他正在想着中午的江鳕鱼馅饼，所有人都会吃，除了她。

不是给我的……不是给我的……利亚列奇卡痛苦地想道，你还要干什么？你只会妨碍人家集中精力！

“我有题不会做了。”玛鲁西卡哭丧着脸。凑过来说道，“你看，卖牛奶的人卖了三俄尺的苹果……也就是三十个牛奶……上帝啊，一点也不明白！我已经学得脑袋都不好使了！夏天我不能做题，我脑袋里非常混乱。”

“你哭什么啊，像个愚蠢的女人一样。”利亚列奇卡劝妹妹道，“这种胡诌的题你是解不出来的。”

“那我该怎么办啊？”

“非常简单。你那是什么，卖牛奶的是吗？这样，把卖牛奶的除一下，然后再解开。”

“他不能除！哼！”

“那你就乘！”

“你说得倒轻松！你自己试试。”

“滚，别再拿这种小事来纠缠我了。既然是给你留的题，那你就自己做。如果我要替你学习的话，对你有什么好处呢？”

“最好说你不会！”

“傻瓜！”

“你自己是傻瓜，老处女！”

“看我不告诉爸爸！他会教训你的！”

最后这一招最管用。玛鲁西卡哭喊着跑开了，留下利亚奇卡一个人，还在痛苦地想着江鳕鱼馅饼的事。

“不是给我的……春天不是为我而来……”

老女管家来了，托着腮帮，长时间看着利亚列奇卡，充满了深深的同情，就像看着一头生病的奶牛。

你这是怎么了，什么都不想吃吗？早饭诺涅恰特意为你烤了土豆饼。去年你是怎么吃的，我的妈呀！把所有手指都舔干净了。可是现在，你连碰都不碰！我真是搞不懂，你究竟对什么不满意。如果是酸奶油放少了，那你就说啊。为什么不说呢？这是完全可以补救的事。

“我只不过是什么都不想吃。”利亚列奇卡忧郁地说道。

“等等，亲爱的！米特里答应要捞到大虾的，那我就给你熬虾汤喝。这是你喜欢喝的。这个你就不会嫌弃了。”

“不，看在上帝的分上！”利亚列奇卡激动起来。“看在上帝的分上，我不要虾汤。我甚至连想想它都会觉得讨厌，甚至恶心。”

“我亲爱的，背地里你会这样觉得。等你一看见虾汤，真的，你会流口水的。相信良心吧！”

利亚列奇卡小声地埋怨道：“我不要！我不要！别折磨我了！走开！”

老太太惊惶地摇了摇头，踮着脚走了。

利亚列奇卡走到镜子跟前，尽量缩紧硬邦邦的红色脸颊，挑起眉毛，阴森森地说道：“为什么我变得越来越苍白，越来越忧伤？”

结实的红色脸颊颤动着。这让她想起了哥哥临走前对她说的那些无礼的话：“我亲爱的，您的脸颊真红啊！往上头吐一口，都会发出嗞嗞的声音！”

利亚列奇卡停了下来，心情渐渐低落起来。她转身冲着开着的窗户那边，伸长鼻子，呼吸着从厨房散发出来的油炸肉饼的香味。

突然，玛鲁西卡跑了进来。她的脸上带着幸福的表情，同时又有些惊慌失措。“利亚利卡，[1] 利亚利卡！我做出来了！真的！看，答案对了。”

“不可能！”利亚列奇卡害怕地说道。

“你自己看，答案是正确的。”

“不可能！你也许哪里搞错了吧！正是因为你得出的答案是正确的。来，我们一起检查一下。”

她们开始检查。

“这是什么？”利亚列奇卡问道，“你这里为什么要四十除以五？啊？”

“那应该怎样？”玛鲁西卡嘟囔道，“四十人，每人吃了五个苹果……”

“这种情况下应该用乘法！是乘而不是除！哎，你啊，数学家！我说过，你的答案只不过偶然碰对了。去，重做！”

玛鲁西卡红着脸，噘着嘴，低着头走了。

“春天不是为我而来！”利亚列奇卡悄声说道。

厨房里飘来热乎乎的江鳕鱼馅饼的香味儿。

---

① 利亚列奇卡的昵称。

狡猾的家伙

尼古拉·阿尔达内奇的事情办得很顺利。一点儿也没有被耽误。况且，尼古拉·阿尔达内奇在部里还有后台、自己人、朋友、中学同学拉夫留沙·米古诺夫。

“亲爱的！”拉夫留沙说道，“一切事我都给你办好了，你就放心吧。你现在需要做什么？你需要接收拨款。你会得到的。”

“只是不要耽搁了。”尼古拉·阿尔达内奇担忧地说道，“对于我来说，最重要的是，马上就得到拨款。否则，我就得坐牢。”

“你怎么会坐牢，亲爱的？那我活在这个世上是干吗的？拨款完全取决于将军，而将军对我非常信任。除此之外，你的事情是很清白的。不仅清白，对于部里来说，也是有利的。你还担心什么呢？”

“我自己知道，我的事情是很清白的。但是，据说没有贿赂，无论在哪儿，什么事情都办不成。可是，我没有给任何人行过贿。”

“那位死去的库普费尔受过贿。自从我坐上他的位置以来，你知道，根本谈不上受贿。将军是一个非常清白、非常守规矩的人，而且是一个非常多心的人。你自己会看到的。你明天十二点前来吧。但是，我求你一件事。部里任何人都不应该知道，我和你是朋友。否则，马上就会有流言说，米古诺夫在为自己人努力办事。他们还会认为，我在物质上也得到好处了。”

第二天早晨，尼古拉·阿尔达内奇怀着非常愉快的心情，来到了部里。

“你好，拉夫留沙！”

米古诺夫突然发火了，四下里扫视了一番。然后，他并没有看着自己的朋友，压低声音说道：“看在上帝的分上，请闭嘴！不要说话！我们到走廊去！”

尼古拉·阿尔达内奇很奇怪，来到了走廊里。

两分钟后，拉夫留沙跑来了。

“怎么可以这样！你会把所有的事都搞砸的！‘拉夫留沙，你好！’你怎么能叫我‘拉夫留沙’呢？你不认识我。”

尼古拉·阿尔达内奇甚至生气道：“你怎么回事，替我感到羞耻吗？怎么，我不能和你认识吗？”

拉夫留沙愁苦地挑起了眉毛。“天啊！你怎么就不明白呢？我也许心里骄傲于你我相识，但是，你要明白，这里的人不应该知道这一点。”

“对，可以认为，你是为了我才做了某种卑鄙行为。那就坦率一些吧！你是不是对将军瞎说了些什么？”

“哪有的事！上周，我们给伊万诺夫拨了款，我直接建议将军不要错过这件事。很真诚，也很坦白地建议了。因为我是一位诚实的人，我对自己的工作很忠诚。我与伊万诺夫本人没有任何私人关系。我如此推荐，只是因为我是一个诚实的人。你自己要承认，假如我真诚地希望你能成功，那我怎么能推荐你的事呢？如果将军猜到这一点的话，你自己要承认，这必然会失败。别说话……有人过来了。”

拉夫留沙躲到一边，很不自然地做出一副冷漠的面孔，开始用指甲抠墙。

有一个官员从旁边走过，奇怪地转了几次身。

拉夫留沙看了看尼古拉·阿尔达内奇，叹气道：“怎么办，科利亚！我还是希望一切都进展顺利。现在你就去找他，我从另一个门进去。”

将军接待了尼古拉·阿尔达内奇，张开双臂拥抱了他。

“祝贺你，衷心地祝贺你！非常非常有意思。我们没有任何拖延，现在就给你拨款，拉夫连季·伊万内奇！[①] 需要给您的朋友拨款……”

拉夫留沙走到桌子跟前，脸色苍白，目光迅速地移动。

“给哪个朋……朋友？”他含糊地问道。

“什么给哪个？”将军奇怪道，“就是这位韦尔宾先生[②]。我记得，您说过，他是您的朋友。”

“没——没有的事。”拉夫留沙颤抖地说道，“我不认识他……我不认识他……我开玩笑。”

将军吃惊地看着拉夫留沙。

拉夫留沙脸色苍白，嘴唇颤抖着，目光迅速地移动着。他站在那里，十足一个无耻之徒！

“真的吗？”将军问道，“那就是说，我搞错了。尽管如此，还是要给韦尔宾先生拨款。”

拉夫留沙的脸色更加苍白了，坚决地说道：“不，安德烈·

---

① 拉夫留沙的大名。

② 尼古拉·阿尔达内奇的姓。

彼得罗维奇，这笔款我们现在不能拨。我们这里显示，韦尔宾先生的某些账目还是不够清楚，应该让他先提供所有的账目。这里还应该有一个副本……”

“小事一桩！”将军说道，“款今天就拨，而账目我们以后再补过来。以后一切都会明了。”

“不！”拉夫留夫忧虑地坚持道，“这不符合规定，我们不能这样做。”

将军笑了笑，然后对尼古拉·阿尔达内奇说道：“抱歉，韦尔宾先生！您看到了，我们这里的官员是多么严格的形式主义者！您首先必须提供一切形式上需要的……”

“阁下！”尼古拉·阿尔达内奇跳了起来。

将军摊摊手说道：“我没办法！你看到了，他们多么严格！”

拉夫留沙的眼睛恨不得杀了朋友，他的瞳孔好像在说：“你闭嘴！你闭嘴吧！”

在走廊里，拉夫留沙追上了他。

“你别生气！我做了一切我能做的。”

“谢谢你！”尼古拉·阿尔达内奇埋怨道，“假如没有你的话，拨款我已经收到了。”

“亲爱的！但是，现在他连想都不会想到，和下里我是你的靠山。你承认吧，我是个多么狡猾的家伙啊！”

而就在这个时候，将军对自己的助手说：“您知道吗，今天我很不喜欢我们的拉夫连季·伊万尼奇。非常非常地不喜欢！今天，他和他的朋友表现得非常怪异。先是在走廊里交头接耳，后来又否认他们认识。做得有点儿不好。”

“大概是想勒索点儿贿赂，没有得逞。然后，就气愤地把事情搞砸。”将军的助手如此推测道。

“嗯——对……做得有点儿不漂亮。我们要请求把这个大胆的青年调离我们这里，离我们远一点。很显然，他是一个狡猾的家伙！”

礼　物

一个人收到一件哪怕是最不讲究的小礼物，对他来说，也是一件令人快乐的事！

首先，这给您多提供一次机会，让您确信您与赠与者之间的良好关系；其次，您得到了一件精美的物品，也许这是您自己不曾打算买的。

如此说来，精神与物质层面皆应得到满足。

当然，任何玫瑰都会有刺儿。

比如说，您在收到礼物并欣赏它的时候，一想到无论如何都要有所回赠，您一定会感受到某种焦虑。可是，回赠礼物是一件非常复杂的事。需要寻找合适的东西，在价格上要与收到的礼物相当，而且还要等待合适时机赠送。

除此之外，礼物常常还会带来一些不便之处。

想象一下，您有一个非常漂亮的客厅，柔

和的淡蓝色，蓬皮杜风格。① 可是，有个爱心人士给您绣了一个带东方图案的靠垫，咖啡色的。

你不想让这位爱心人士伤心，就把这个具有东方风格的靠垫放到了你淡蓝色的客厅里。这样，你在经过这个房间的时候，就只能装作看不见它了。

如果您决定在爱心人士走了之后把靠垫藏到沙发下面，直到馈赠者再来的时候，您就会大吃苦头。因为每当门铃响起，您都会哆嗦一下，然后把这个咖啡色的可怕东西拉出来重见天日。这个没有人，也没有什么东西能帮得了你。

她来我这里了，她如此可爱与温柔，亲了亲我的双颊说道："多么可爱的脸蛋啊！"

然后，她亲了亲我的眼睛说道："多么可爱的眼睛啊！"

然后，她打开了一个细长的纸包，向我伸出了一枝黄色的玫瑰。

这一切都很可爱，我很感动。我把玫瑰放到了桌子上，然后请客人喝茶。

"您为什么要把玫瑰放到桌子上呢？"她喊了起来。"应该快点儿把它放到水里。"

我感觉到很不好意思，就把玫瑰放到了花瓶里，和丁香花在一起。

"您这是在干什么？"客人喊道，"难道可以把玫瑰和其他花放到一起吗？玫瑰太娇气了，应该单独放着。否则，它很快就会枯萎的。"

我感觉更不好意思了。就拿来一杯水，放上了玫瑰，想和这位殷勤的客人愉快地聊聊。

---

① 十八世纪建筑、家具等的新奇豪华风格。

但是，她心不在焉，回答得驴唇不对马嘴。最后，她终于说道："抱歉，亲爱的！您不该把玫瑰放到壁炉旁边。这对它不利。"

"因为，现在不烧壁炉。"

"现在不烧，以后要烧。这样，花也会死掉的。"

"我顺从地把花移到窗户旁。客人安下心来，喝了茶。然后，她又开始担心起来。"

"知道吗，依我看，在窗台上也对它不利。有风在吹。最好把它放到这边来，放到桌子上。只是，当然不要放到热茶杯旁边。"

我吩咐搬来另外一张桌子，然后把玫瑰放到房间的中央。

客人走了。

晚上，她打电话来，吩咐要给花换水。

早晨，我还在睡梦中的时候，她派人给我送来一张便条。

您的做法太糊涂了，朋友。一大早就把电话线拔掉。万一有急事，就很不方便了。我刚刚在杂志上读到，要想把花保存得长久一些，往水里滴两滴氨水会很管用。我马上想到了您和您的玫瑰。只是别忘了，只要两滴。

吻你。

您的 H. 科列耶娃

我去买了氨水。

晚上，她打电话来问仆人（我不在家）："玫瑰怎么样？"

早晨的时候，她亲自跑来，仔细地看了看花，长时间地数落我，说我做得不对。

我两天没有接电话。第三天的时候，我收到了一封信。

"放花的那个房间，你晚上的时候开窗吗？"

然后，她打电话来问道："玫瑰怎么样？"

"谢谢，很好。它很健康！"

然后，她又打来电话问："没忘了修剪一下吧？"

"没有，没忘。谢谢。它很健康。在给您鞠躬。"

接下来，她又打来电话说："明天我去您那看看！"

噢，糟糕！她要来拜访。可是，玫瑰早就只剩下一根滑溜溜的杆儿和枝头那已经枯萎的花骨朵了。

我赶紧去了花店，选了一支合适的换掉了那支，才安下心来。

第二天，我平静且骄傲地给可爱的客人展示了她的花："看，它变得多么华丽啊！这都是因为料理得好。"

客人摇了摇头，惊奇地说道："的确，这真是不同寻常！它变大了，颜色更深了。"

她把花拿到手里，长时间地仔细看着，突然喊道："花蕾！"

"什么？"我问，整个人都呆住了。

"花蕾！哪儿来的花蕾呢？要知道，先前是没有的。我记得很清楚，先前是没有的。"

"这……应该是因为氨水的缘故……花蕾是今天早晨才生出来的……"

客人看了看我，从眼睛一直看到心里。

我并不知道，她在这颗备受折磨的心里看到了什么。也许只有一连串的恐怖、羞愧和痛苦。而且，她无法把展示在她面前的这一复杂情绪抚平。

她转过身去，慢慢地走了出去。

从此以后，我再也不接受她的礼物了。

逻辑之网

柳德米拉·亚历山大罗夫娜早晨八点迅速爬起来。

我们总是以下面几种说法，来表达我们起床的情景。

如果是在十点起床，我们会说："我今天十点睡醒的。"

如果是在十二点，我们会说："我今天是十二点起的。"

如果是在酒店，那我们会说："我是九点起床的。"

但如果是在八点钟，我们一定会说："迅速爬起来。"

不管起床有多慢，可能还打着哈欠，伸着懒腰，嘟嘟囔囔，总之，还是应该说："我八点迅速爬起了床。"

就这样，柳德米拉·亚历山大罗夫娜在八点的时候，迅速爬了起来。

坐下之后，她马上就开始想，她不是就这么白白爬起来的，她要在一天之内做完好多事情：买一个手提箱，订卧铺，要去一趟制帽师、做束腰宽带的女裁缝、成衣女裁缝那里，还要去药店，另外还有两个探访。

从何开始？

“稀里糊涂地到处乱窜是挺愚蠢的，应该制定一个计划和路线。否则，去哪儿都来不及。那么，我首先去制帽师那里……”

柳德米拉·亚历山大罗夫娜已经把脚从床上放了下来，突然又停了下来。

“去制帽师那里？为什么偏偏要去制帽师那里？为什么不是去成衣女裁缝那里？为什么不去药店？”

在心里，她没有找到答案。她睁大眼睛看了看地板、天花板，还有所有墙壁，除了她身后的。

但是，这样还是非常莫名其妙，找不到答案。

不，应该精神集中。她终于这样想道，药店最近。就应该从它开始。

明白吗？

但就在她想着药店的当口，突然又闪现出另一个念头，强烈而有力。

有道理！因为我要逛街，这样头发就会散乱，可然后还怎么试帽子啊？当然，首先应该去制帽师那里。

对吗？

但是，从另外一方面讲，帽子在十二点之前是不会做好的。这样，我就会浪费时间。那么，我为什么不去做束腰宽带的女裁缝那儿呢？去做束腰宽带的女裁缝那里？太好了，就去她那里！但是，为什么我偏偏一定要去她那里，而不是先去买手提箱呢？好吧！我先去买手提箱。嗯……去药店？药店哪儿比手提箱店差呢？但是，从另一方面讲，手提箱店哪儿比药店差呢？聪明人应该正确推理，而不是不假思索地随便草率行事。药店离得最近，也就是说，应该从它开始。但是，从另一方面来说，做束腰宽带的女裁缝离得最远，应该从她开始，回来的路上再去别的地方。或者是从最近的开始，逐一做完，然后直接回家。

那探访怎么办呢？

柳德米拉·亚历山大罗夫娜一下子感觉很不舒服，不得不马上服了缬草酊。

但是，缬草酊也不起作用了。

我怎么啦？柳德米拉·亚历山大罗夫娜痛苦地想道，我会怎样？是逻辑把我害了！不，应该集中精神。我们重新来。重要的是不要着急，正确推理。

这样，从做腰带的女裁缝那儿开始。我先去做腰带的女裁缝那儿，也就是说，去制帽师那儿。但是，为什么要去制帽师那儿，明知最近的是药店？但是，为什么要从最近的开始，明知也可以从最远的开始。

她立刻感觉头痛了，就躺下来休息了。

休息了一会儿之后，她又重新开始思考。就算我先去药店。就算是！但是为什么？为什么我就偏偏应该先去药店呢？

她的额头出了冷汗。她感觉到没有出路，她会死掉。

她迅速爬了起来，跑到电话机旁。“五五三五四！看在上帝的分上，小姐！快点儿接五五三五四！”

“喂，请讲！”有人应答道。

“薇拉奇卡！亲爱的！我太不幸了！”柳德米拉·亚历山大罗夫娜声音颤抖地说道，“明白吗，太不幸了！我需要去一趟成衣女裁缝那儿，还要去一趟做束腰宽带的女裁缝那儿，去药店，还要去买手提箱。”

“需要，那就去！”对方非常平静地回答道。

“那我该怎么办？我从谁开始？看在上帝的分上，告诉我！

你是旁观者清!”

“当然要先去买手提箱!”对方坚决且快速地回答道。

“先去买手提箱?”柳德米拉·亚历山大罗夫娜奇怪道,“为什么不去药店呢,既然它离得最近?”

“你先别管药店。管它远近呢,不去也成。”

“那为什么不去做腰带的女裁缝那儿?她离得最远,要么从她开始?”

“你先别管做束腰带的女裁缝!又来了!你为什么非要去那儿呢?”

“因为这样会方便一些……”

“那又怎么样!其他的先别管,去买手提箱吧!”

“你这样想吗?”柳德米拉·亚历山大罗夫娜胆怯地又问了一遍。

“当然,很明显。就像二二得四一样。去买手提箱吧。”

柳德米拉·亚历山大罗夫娜叹了叹气,笑了,开始精神饱满地穿衣服。

“与朋友商量一下多么重要啊!我曾处于多么绝望的境地啊!此时,当我知道应该先去买手提箱的时候,一切对我来说都变得轻松、简单、明了。伟大的事情就是得商量商量。”

她快速地穿好衣服,然后去了……做束腰带的女裁缝那儿。

没有风格

德米特里·彼得罗维奇来到了凉台上。

早晨的阳光温和地照耀着；草上的露珠还在闪闪发光。

小狗殷勤地摇着尾巴，来到了主人跟前，用鼻子触碰着主人的膝盖。但是，德米特里·彼得罗维奇没有心情理会小狗。

他皱起了眉头，在想，今天是什么日子？怎样才能判断呢？天蓝色的，还是粉红色的？不，既不是天蓝色，也不是粉红色。这很庸俗。一个特别的人应该能用一种特别的方式来判断，一种从来没有人使用过的方式。

他推开了小狗，打量着自己。

“我穿的这是什么啊！我穿得很庸俗，穿了一件庸俗的长袍。不，不能这样生活。”

他叹了一口气，忧心忡忡地走进了房间。

妻子要到一号那天才回来。这样，他还有时间好好过一过舒适快乐的生活。

他走进了妻子的卧室，打开了衣柜，翻寻了一阵，从衣架上摘下一件鲜绿色的外套。

“这个很合适!”

他哼哧哼哧，勉强把衣服套到了自己身上，若有所思地对着镜子观赏了一会儿。

“应该会生活！尽管这看似小事一桩，可其中有些名堂。”

他又打开了妻子的小衣柜，拿出了一些指环。然后，他脱了鞋和袜子，勉强把指环都套在了脚趾上。

结果，他感觉又疼又痒，而看起来也很丑。

“漂亮!”他称赞道，“像是一连串的彩色老茧。希罗底的女儿当初就是用这样一双脚来为王跳舞，请求拿下约翰的头的。”①

接着，他又拿出一块带小链子的怀表，把小链子绕着脑袋缠了一圈，把表固定在额头的中央。表滴答滴答，快活地响起来，而德米特里・彼得罗维奇也笑了。

“这有点儿意思!”

然后，他高高地抬起头，慢慢地走到阳台上喝茶。

“小伙子!”他喊道，“给我来点儿喝的。”

应声跑来一位棕黄色头发的小伙子萨维尔卡。他手里端着一个托盘，看了他一眼，愣了一下。然后，就把托盘掉到了地上。

“给我来点儿喝的，小伙子!”德米特里・彼得罗维奇用尼禄②心情好时的腔调重复道。

小伙子退到了门口，小心翼翼地关上了门。

而德米特里・彼得罗维奇坐在那里想，既不能说是粉红色的，也不能说是天蓝色的，这样会很难为情。应该说是淡紫色的。

有五双眼睛正在透过门缝，盯着他看。门锁的上方是浅黄色

---

① 该典故见《圣经・马太福音》、《马可福音》。

② 尼禄：古罗马马朱里亚・克劳狄王朝皇帝。

眉毛下的灰色眼睛；再高一些是黑色眉毛下的褐色眼睛；再往上是黑色眉毛下的黑色眼睛；再高一些是花白眉毛下的浅蓝色的眼睛；而最下面，离地面一俄尺的地方是一双没有任何眉毛的眼睛。

“小伙子！上喝的！”

那些个眼睛迅速消失了。有沙沙声、窃窃私语声、哎哟声传来。门开了，棕黄色头发的小伙子拉长了他那副惊恐的脸，端着茶盘进来了。茶杯和勺子在他颤抖的双手中微微作响。

“小伙子，给我拿一些矢车菊和罂粟花来！”德米特里·彼得罗维奇懒洋洋地仰起头说道，“我想要漂亮！”

萨维尔卡闪出了门。而后，门缝里又出现了那一双双眼睛。此刻，已经是四双了。

德米特里·彼得罗维奇微微动了动脚趾，因为它们被指环搞得已经发麻了。

他想，应该打造出一种风格。我会命人把整个阳台都洒满鲜花：罂粟花和矢车菊。我要在上面散步。在淡紫色的日子，穿着鲜绿的衣服。真是漂亮！我要在草地上散步，因为罂粟花和矢车菊本质上都是杂草，而且我要作诗。

在淡紫色的日子
在有害的草地上
有位绿色人在散步

“美啊！这是多么美丽的画面啊！我要把黑麦卖掉，然后向画家苏杰伊金订购一幅画。他在色彩的使用上非常大胆。就让他给我画一幅画，并且签上：‘在有害的草地上。配诗画。诗作者德米特里·苏达科夫。’”

在目录中，可以把整首诗都写下来。

在淡紫色的日子
在有害的草地上
走着一位绿色人

难道这不是诗吗？诗歌需要什么呢？首先就是韵律。我这首诗中，韵律已经有了。然后，就是情绪。而我这里也有情绪，非常好的情绪。

“管家来了。”从门外探进来一个惊恐的脑袋，说。

“管家？”德米特里·彼得罗维奇仰起头，懒洋洋地说，“让他进来吧。”

管家尼古拉·伊万内奇走了进来。他脸色苍白，忧心忡忡。他看了一眼主人的衣服，还有戴着指环的脚，还有额头上的表，叹了口气，指责道：“现在，是非常繁忙的季节。德米特里·彼得罗维奇，您最好以后——”

“什么以后？”

“也就是说……以后再消遣。”

“亲爱的！首先要有风格。不能没有风格地活着。每个铲子都有自己的风格。没有风格，甚至铲子都会死掉。”

他正了正额头上的表，动了动脚趾。

“尼古拉·伊万内奇，您是一个有文化的人。您应该同意我说的。”

尼古拉·伊万内奇叹了口气，指责道：“您还去田里吗？现在有八十名农妇正在收割。”

“收割？收割罂粟和矢车菊吗？”

“正在割黑麦。”尼古拉·伊万内奇叹气道，“快吩咐套车吧！待会儿天就该热了。”

“好。我马上吩咐！小伙子！备马！”

“您是吩咐套车吗?”棕黄色头发的小伙子瞪大了眼睛，问道。

“你说的正是!”德米特里·彼得罗维奇回答道，像佩德罗尼乌斯那样比画着。

“您去换衣服吧，我等一会儿。”管家叹气道。

德米特里·彼得罗维奇机械地走去换衣服了。

他摘下指环，套上了皮靴，穿上了偏领男衬衫，戴上了帽子。

他们坐上了马车。管家吧嗒了一下嘴，催促了一下，马便动身了，而德米特里·彼得罗维奇不满地挺了挺胸，又叉起了腰。

“唉！亲爱的大地啊，你真好!”

但是，他马上就感到很难为情了，用佩德罗尼乌斯的口吻说道:“朋友，乘马车应该站着。”

他们驶入了田间。正在收割的农妇们时而直起腰，时而弯下身去，她们的头巾在黄色的麦穗中间时隐时现。

远处某个地方传来农妇婉转的歌声。

德米特里·彼得罗维奇再次挺胸叉腰，冷笑了一下，动了动眉毛，神气地歪戴着帽子，用胳膊肘碰了碰尼古拉·伊万内奇的侧身。

“怎么，帕霍梅奇？现如今，上帝让大地长出了这么好的燕麦，不是吗?”他一边指着麦田，一边说道。

管家没有说话。

“要是这种燕麦多一点儿的话，就没有必要死掉了。不是吗，帕霍梅奇？啊，如果我有什么说得不得体的，请原谅。”

“今年的燕麦收成并不好。”尼古拉·伊万内奇沮丧地回答道，“还得去买。”

“帕霍梅奇，你不要忧愁!”德米特里·彼得罗维奇继续说道，“我想，你自己也知道，不以往事责好汉。”

他从马车上跳了下来，威武地迈向已收割过的田间。

“你们好，少妇们!”

他坐到了麦垛上，长久地唱着歌。跑调地唱着他唯一知道的那首俄罗斯歌曲，而且歌词也不准确。

或许是在花园，
或许是在菜园，
一只小狗在散步。
它的腿很细，
它的尾巴呈钩状。

然后，他对自己说：“唉，年轻人！要是能送来一桶上好的克瓦斯，该有多好啊!”

棕黄色头发的萨维尔卡跑来叫他去吃早饭。

“想必，您还会吩咐采摘一些矢车菊。”小伙子询问道，“尼基塔已经拿来一抱了，不知道该放哪里。佩拉格娅说，您要用它们做热敷剂。这样的话，我们可以再采摘一些。”

“不，不需要!”德米特里·彼得罗维奇断断续续地说道，忧郁地低下了头。

“我都做了什么啊！唱歌……穿上了皮靴，还打算喝克瓦斯。为什么？为什么啊？谁需要这个？难道这是我的风格吗？我做了什么啊！哦，美啊，我怎么这么快就忘记了你呢?”

他忧伤地慢慢走回家去，脚下踩着褐色的面粉般的尘土。

为什么我要创作这个？

在淡紫色的日子里
在有害的草地上
一位绿色人在散步

为什么？我真是一个不幸的人。没有风格地在一个地方打转，就像一只被拴着的公山羊。

绿色人！兄弟，你离绿色人还远着呢，就像鹬离圣彼得那么远。绿色人是天生的，强行在自己身上制造出绿色是行不通的。就是这样。

他叹了口气，加快了脚步。

去吧，老兄！穿着俄式立领男衬衫，去吃德式的早餐：意大利通心粉加荷兰的奶酪！吃吧，同时还要赞不绝口。你就需要这样！

米坚卡

米坚卡醒来后，感到非常奇怪。他看到的不是自己儿童房内鲜艳的天蓝色墙壁，而是一块带钉子的呢子。呢子微微颤动着，轻轻地拍打着，米坚卡自己也因此而不时地颠簸着。

开始大哭？还是就这样，不哭？他想了一分钟，突然明白了。原来，他正在做着他最喜欢的也是最快乐的事情：他正在坐火车。

他明白了。他双脚一蹬，低头往下看。嗬，真高啊！而下面住着人呢。他们带着篮子，还有箱子等。

“妈妈！起来！到韦尔日波洛沃了！真是个懒虫，会睡过站的。我的老兄，这样不行！”

妈妈走过来，看起来人很小，只看得见脑袋。

“你起来干吗？再睡一会儿吧。还早呢。”

米坚卡皱了皱长着雀斑的小圆鼻子。

“不，我的老兄。我该工作了。把我的士

兵拿来。”

妈妈把盒子递给他。士兵们都很好，个头也很大，长得一模一样。有一位士兵的军刀折断了。但是，这只能意味着他比所有人都勇敢。

开始了列队训练。

米坚卡只知道一个口令：“枪上肩!”尽管他知道得很少，但如果他会运用这些知识的话，也会取得很好的效果。

“枪上肩!”米坚卡低声吼道。他皱了皱眉头，把一个士兵放到了自己的肩上。

“去，士兵！该穿衣服了!”

米坚卡被从上铺抱了下来，并且开始给他穿衣服。下面，除了妈妈，还有两位女人。她们假装乘火车对于她们来说，完全是无所谓的。其中一个人在读书，另外一个在闲呆着。”

窗外一辆长长的火车飞驰而过，她们甚至脑袋都没有转动一下。瞧，她们多狡猾啊，真能装!

“妈妈！火车夜里怎么走啊？啊?”

妈妈没有回答，正在收拾米坚卡的东西。

“妈妈，它究竟怎么走啊?”

“就那样走啊，走啊！你别纠缠了。”

“有狼怎么办啊？啊？妈妈，有狼怎么办啊?”

妈妈又不吭声了。

“要知道，狼会把它吃掉的。啊？它怎么能不害怕呢?”

但是，看样子，妈妈自己也不太懂这些事情。因为她不是直接给出准确的答案，而是让米坚卡闭嘴，哪怕是一分钟。

“别碍事。要把爸爸的雪茄藏得远一点儿。否则，在海关会被发现的。那就糟了。”

“他们会翻找吗?”

“当然会。”

“他们哪里找得到！要是我，就能找到。我一胳肢你，你就会笑。然后，你就招了。”

其中一个女人笑了，问妈妈道：“您的孩子几岁了？”

“十四岁！”米坚卡急忙满足了她的好奇心。

“他四岁多。”妈妈回答说。她一点儿都不考虑米坚卡作为一个懂礼貌的孩子已经回答过了。

不得不纠正她一下。“我都已经回答了，你为什么还要回答呢？我的老兄，我也长着舌头呢。”

“这孩子长得可真大，个头大。说他六岁都可以。”

“许多人以为他已经六岁多了。”

米坚卡很满意，也很得意。而且，他感到心安理得。为了不让外人看出他这种心思，他开始用脚踢床铺。

“去，去，去！”

他不小心踢到了第二个女人的膝盖。这个女人就生气地如此说道，不是用俄语。

火车已经进站了。人们纷纷走出来，走到有大长桌子的大厅去。他们把包裹和皮箱放到桌子上，而他们自己都站在旁边。

“这是您的东西吗？这是您的东西吗？”

米坚卡喜欢上了这个新的游戏。他尽量抬高他那圆圆的、长着雀斑的小鼻子，冲大家喊道：“这是您的东西吗？这是您的东西吗？”

这时，走来一位长大胡子的人。妈妈担心起来。

“什么都没有！什么都没有！”

他们打开皮箱，开始搜查。

“哈哈哈！”米坚卡大笑起来，说道：“你们哪里找得到！我们把爸爸的雪茄藏得连狼都找不到。”

妈妈脸红了。他们突然抽出一个盒子。

米坚卡抬起一条腿，在妈妈周围跳了起来。

“找到了！找到了！藏的就是那些，连胳肢都不用了。”

妈妈一点儿都没有笑，而是跟着大胡子到另一个房间去了。大胡子还从皮箱里拉出了一件女上衣。

妈妈回来的时候，气得满脸通红。

“你生什么气，妈妈？我的老兄，不能这样！你不会藏，就不要生气了。”

“天啊！你就闭上一会儿嘴吧！”

他们又继续坐车走了。

这次，车厢已经是木制的了。

“为什么是木头的呢？”米坚卡问道。

“因为你是一个愚蠢的男孩。”妈妈不高兴地说道，“在海关不得不交税，而现在还要坐三等车厢。”

妈妈的口气让米坚卡感到有些无聊，于是他想说点儿什么高兴的事来安慰她。

“妈妈，我已经六岁多了吗？是吗？大家都说，我是六岁多了？”

列车员来查票了。

米金卡恐惧且敬重地看着那人宽宽的脸，还有那台啪嗒啪嗒验票的小机器。

“男孩几岁了？”

米坚卡高兴起来。他终于可以在这位重要人物面前显摆一下自己了。

“六岁多！”

“他四岁多！四岁多！”妈妈惊慌地连续说道。

他马上就要相信她了。

“这个，妈妈，我的老兄，你就对别人讲吧。大家都说我六岁多，那就是六岁多了。你哪里知道呢？”

“必须补票！”列车员严肃地说道。

妈妈又嘀咕了些什么，但是，列车员当然是相信米坚卡的。

“妈妈，你为什么生气了？你真可笑，我的老兄！”

匿名检查

多尔戈至库利佳宾的铁路列车员真是太傲慢了。

有关这一悲惨事实，有全部三等车厢的意见簿、许许多多的记录和无数乘客的信件为证。

原来，他们对待一等和二等车厢的乘客都很有礼貌，可在三等车厢里，他们就表现得非常无礼和残酷，以至于让人无法忍受他们的这种态度。

“从茨韦特科沃到库利佳宾这一路，列车员一直在令人难以忍受地侮辱我和我所有的行李。”一位地主老太太如此抱怨道。

“他把票弄得劈啪作响，一副挑衅的样子，不放过任何人。这用礼貌的词语是无法描述的。”另一位乘客告发道。

“你们的列车员就像雪青色的狗一样，到处咬人。”第三位乘客简单明了地描述道。

所有这些控告，最后终于惊动了道路主管。

“必须采取措施。必须想办法，遏制他们这种行为。最好是能坐三等车厢亲自走一趟，当场抓获他们。”开会的时候，他如此宣称道。

“不行，阁下！这样不合适。”一位聪明人对主管说道，“所有列车员都研究过您的外貌，他们一下子就会认出您来。就算您换装，哪怕穿上女人的裙子都不行。”

“那怎么办呢？”

“非常简单。派一位工作人员去，选一位不起眼的人去。”

“我们办公室倒是有一位这样的小职员，叫奥夫夏特金。他生来就有点儿破衣烂衫的样子。把他放到一等车厢，但他很显然应该坐三等车厢的。他天生就是三等的外貌。”

“好吧，可以派他去。给他买上票，就让他化名通行整条线路。”

“大衣的新纽扣缝上了吗？”奥夫夏特金冲着惊慌的妻子问道。

“缝—缝上了，库兹马·彼得罗维奇。您一说完，我马上就缝上了。”

“问题就在于‘缝上了’！你应该明白，我现在有一项非常非常重要的差事。我，一名多尔戈—库利佳宾铁路的职员，有一张二等车厢的免费票，要化名最普通的人坐三等车厢。领导亲口对我说：‘您要化名乘车。’那么，我该如何表现自己呢？要保持尊严。作为一个有免费票的人，坐自己铁路的车，就像哈伦拉·希德一样，要坐三等车厢。你懂吗？假如你能理解的话，那么哪怕你感觉一下也好。”

他喷了点儿“威尼斯百合”花露水，之后就赶往火车站了。

“这是什么？”他指着车厢里的小梯子问列车员。

“小台阶。”列车员吃惊道。

“小台阶吗?”奥夫夏特金眯着一只眼睛，又问了一遍。“为什么在台阶上有西瓜皮呢？也许，是为了让乘客扭断脚吧。然后，铁路要赔钱？你们是想这样吗？啊？你们是想让多尔戈一库利佳宾的铁路破产吗？啊?”

列车员本想骂一句，但看到奥夫夏特金那种高傲的派头，突然就一声不响了。

奥夫夏特金爬进了车厢。

“这是什么人啊，自命不凡的样子?”列车员问同事。

“也许，只不过是行为有点儿不正常。或者，也许是个什么特权人物。应该去看看!”

奥夫夏特金坐到了椅子上，姿势就像一个正在骂人的将军。双脚扭动，双手支在膝盖上，嘴唇噘起。

“是的！好！非常好！甚至太好了!”他傲慢且恶狠狠地自言自语，“你们以为我没看见吗？一切，我都看得非常清楚。”

列车员用胳膊肘轻轻地碰了碰同事的侧身。

“听见了吗?”

“听见了。”

“他为什么会这样?”

“我已经对你说了，他好像是个什么特权人物。不要给自己惹麻烦，提高警惕!”

“先生，请出示一下您的票!”

奥夫夏特金眯缝着眼睛，用审视的眼神看了看列车员。

“我的票？您需要检查我的票吗？好吧，给，给您三等车厢的票，专门为我买的。别担心，一切正常。哈哈!”

这一声短暂冷漠的笑声，就像扳动扳机的劈啪声，让两个列车员都哆嗦了一下，后退了一点点。

“也许，窗外的风吹着您了。”其中一个列车员突然担心起来。

他还没来得及说完，另一个已经去关窗了。

“不！这里没有窗户什么事。”奥夫夏特金恶狠狠地狂喜道，“没什么事！‘力气使得不是地方。’是的！”

列车员们来到了乘降台处。

“听见了吗？”

“听见了能怎么样。事情很糟糕。我马上就看出来这是个什么人了。”

“天啊，你快说！”

“不凑巧，我还把一个男人安排在他旁边坐下了。一个没受过教育的人坐在那儿，嘴里嚼着干鲤鱼。真是倒霉！”

奥夫夏特金像一个骂人的将军那样坐着，一边在想，活着，活着，活到了现在。工作啊，工作啊，工作到了现在。而这次是最最重要的密令！嗯！化名！我要展示给他们看！我要把他们拉来，他们都会知道。他们会记住的，列车员们！

“您有什么吩咐，阁……①”

“为什么那里坐四个人，而这里是空座？啊？我问你，为什么啊？”

“抱歉。这是他们自己想这样的。这说明他们是有家的人。他们就是这样全家出行的！”

“家？那我就让你们看看什么是家。你们会知道的！”

“这是什么玩意儿！”站在乘降台上的列车员们小声说道，“这能是什么人呢？”

“也许，这是主管？”

“不，这不是。主管的脸很大，就像个大萝卜。而这个人，就像个擦子。不是擦子，鬼才知道。”

---

① 此处原文是对六等至八等文官及上尉至上校及其夫人的尊称。

奥夫夏特金眯缝着眼睛，把一条腿搭在了另一条腿上，尖刻地露出了嘴里左边那颗咖啡色的长长牙齿，经常不断地叫列车员过来。刚开始的时候，他向他提一些威胁性的问题。后来，他只是哼哼哈哈地说："列车员，你们这是什么，嗯……哦，可以走了。"

列车员们被搞得疲惫不堪，惊慌失措，额头都出了汗。

"阁下，请允许调换一下！也就是说，把您调到一等车厢去！"列车员们恳求道，"那里正好为您准备好了单独的包厢。"

奥夫夏特金不无惬意地笑了一下，同意了。

我的匿名检查收到了良好的效果。当他在一等包厢的天鹅绒沙发上躺下睡觉的时候，如此想道。

我们铁路的列车员们是一些机灵的人，当然也是有教养的。这是当然。他们得到了很好的教育。

列车员们在乘降台上画了十字，终于松了一口气。

"好像，躲过去了！"

"我跟你说过，这是个特权人物。"

"而坐在他旁边的那个男人正在闹事呢。他说，我也想换到包厢去。"

"狠狠地给他的牙齿来一下！这样，他就不会再想了。"

第二个列车员懒洋洋地挠了挠耳朵，想了想，还是责任感占了上风。

"不知为什么，我有点儿懒得动弹。好吧，反正我会去给他一下的。"

女人们

一间宽敞明亮、半圆形的房间。

墙边的圆柱上有黄色的翠菊花，永远都是黄色的，而且永远都是翠菊花。

可能是鲜花，也可能是人造的。没有人在意这个。

疗养院的花就像那些装扮酒店餐桌、旅馆前厅的花一样，总是有点儿神秘感。既不是鲜花，也不是塑料花。每个人想看成什么样就是什么样，想感觉成什么样就是什么样。

在半圆形的房间里，在美丽如画的无序中摆放着麦秸扶手椅。在扶手椅的上面摆着靠垫，而在靠垫上靠着一些女人。

有不同年龄、不同民族、不同长相的女人。

有德国女人、波兰女人、法国女人、英国女人、犹太女人、俄国女人和罗马尼亚女人。

有大鼻子、翘鼻子，有长得黑的、长得白

的、长得胖的、长得瘦的。

有老的、少的，有不老不少的。

尽管她们的外貌各异，所有人的表情却是一样的。那就是专注的，沉思的，就好像她们在听什么非常重要的东西。

这是因为，正在给她们上的课非常重要：她们在出汗。

在巨大地球的其他任何地方，都不会有类似的课程，只有在疗养院会有。可以赋予其重要的意义，可这未必能引发某种重大的社会事件。

女人们无精打采，心里憋得慌。

她们沉默着。

只是偶尔，她们的眼睛会闪耀一下，转动一下。

五分钟，十分钟，十二分钟过去了。

不知谁的鼻子微微动了一下，转向一边。而这个鼻子下面的嘴懒洋洋地问道："什么?"

"嗯……"旁边的女人又问了一遍。

"管用吗?"

"一点儿都不管用。变得更坏了。"

"那您为什么不走呢？我要是您的话，马上就走了！假如没有益处，那就没有必要受折磨。"

"那您在好转吗?"

"我？真是奇怪的问题！就好像您自己看不见一样，我一天比一天差。我不睡觉，也不吃饭，简直痛苦不堪!"

"哎！您应该快点儿离开！您为什么还在这里坐着呢?"

"嗯……"

"两个人都沉默了，困惑不解地望着对方。"

再次变得安静下来了。

看，又有另外一个鼻子微微动了一下。动了一下，转了过去。

“您在谁那儿治疗？”

“在科普夫那儿。”

“而我在克兰茨那儿。这个克兰茨是位非常好的医生！您知道吗，去年他还和一位匈牙利女人谈过恋爱呢。”

“您说什么呀！我听说的正好相反。上周六的时候，一位栗色头发的波兰女人亲吻了他。知道吗，这个女人的牙齿是歪的。”

“真的吗？哎，他真是个无耻之徒！”

“知道吗，她太爱他了！每天都给他送玫瑰。”

“那他接受了吗？我真的从来都没想过，在医学界还能有这样的无耻之事。但是，为什么您在科普夫儿，而不是在克兰茨那儿治疗呢？”

“知道吗，我简直害怕找他。我在这里只有一个人，丈夫不在身边。要是他再放肆，再有某种意图的话，那就令人讨厌了。”

“没有你，他的经历也不少。”

“不，我无论如何，无论如何也不会去找他的。请问，难道他所有时间都排满了吗？”

“那当然。”

“这真是太可怕了！我还是上周六的时候就登记预约了。很显然，我是排不到了。而这个科普夫真是个蠢货，就知道‘请伸出你的舌头来’，‘请伸出你的舌头来’。我不能整天伸着舌头走路吧。我不是这么没教养的人。”

“请问，克兰茨医生也吻过这位波兰女人吗？”

“也许吧。既然他能吻那位从莫斯科来的穿绿色衣服的傻瓜，这位波兰女人有哪点差的？”

“难道真的穿绿色衣服……她甚至长得挺丑的，头发都是假发……”

“的确。若碰到这样的医生，你就会永远毁掉了自己名声。但他不是和所有女人都接吻的。也有自重的女人。”

“当然，比如那位来自哈尔科夫的福金娜太太，在他那里已经治疗三周多了，也没什么。”

“也许，他只不过是不承认罢了。接吻，但保持沉默。”

“真的吗？多么可怕啊！您去哪里？”

“我去问问，催催他们。不，真的让人气愤！一周前我就登记预约了克兰茨，可是，他们到现在还让科普夫来折磨我。请您不要多想……要知道，登记预约的时候，我并不知道他这么无耻。再见！”

又有一个鼻子微微动了一下，转过来。

“请原谅，我和您还不认识。我来自敖德萨。”

“很高兴认识您！”

“对不起，我想和您商量一下。”

“什么？您感觉不舒服吗？”

“不，我想和您商量一下……您在这里已经很久了吗？”

“我昨天来的。”

“而我已经来三周了——您的脸让我觉得，您是一位可以给出建议的人——对不起，是关于一位博尔加林①的。”

“我不知道，我没有听说过这种病。究竟是什么让您烦恼呢？”

“真可怕！你明白吗，他就住在第九号房间。他疯狂地爱上了我。他已经追我两周了。不管我去哪儿，他总是在那里。你想象一下！去餐厅吃饭，我一看，他已经坐在那里了。他还装作没看见我。真可怕！昨天我去了咖啡馆，一看，他已经坐在那里了。早晨我去澡堂，突然，有人从男浴室出来。我回头一看，是他。他还是好像没看见我一样。昨天晚上，我正在散步，突然听到马达声。这是什么啊？我一看，原来是他开着车从我身边驶

① 保加利亚人的音译。

过。我真不知道该怎么办？我在敖德萨的丈夫是非常爱吃醋的人。我神经衰弱，正在治疗，却遇到这么一个保加利亚人。”

“您别在意。”

“说得简单。一个人一连两周都在追我。更可怕的是，他不和我说一句话。这么长时间以来，他没和我说过一句话！真无耻！”

“也许，他是个哑巴。”

“什么哑巴啊！想必，他和别人喋喋不休地说得都让人烦了。现在马上就该叫大家吃早饭了，或许，他已经坐在那里了。他不能这样追一个正派的女人啊！我在治病，我需要安宁……所以，我想和您商量一下……您看，要是给他送花……也许，他就会说话？啊？您怎么认为？”

又安静下来了。

女人们的鼻子低得更厉害了。女人们都在假寐。

疗养院的黄色翠菊花垂下了自己那羽状的花瓣。

很奇怪，这些花既不是鲜花，也不是塑料花。

帕拉格娅

长时间地从厨房传来啜泣声和叹息声。后来，这种声音越来越大。最后，终于变成一个女人的哭诉声。“谁……你……我们……”

这时候，太太起来了。她放下报纸，摘下眼镜，走进了厨房。

帕拉格娅正坐在窗户旁的大箱子上，用围裙蒙着头，晃着身子号啕大哭。

太太看了看她，也听了听，最后都明白了。原来，帕拉格娅在乡下有个私生子死了。

“帕拉格娅！”太太说道，“首先要理智一些。您的号叫会吸引邻居们的注意力，而您并不会乐于满足他们无聊的好奇心的。”

帕拉格娅从围裙下露出一只充满血丝的浅蓝色眼睛，大声说道：“我无所谓！就让他们都来听吧！有过，可是现在没有了。而我要去哪儿呢？”

“帕拉格娅，抱怨不好！”太太严厉地制

止她，“要顺服。上帝给了，上帝又拿走了！”

“上一帝？”帕拉格娅发怒道，“他是什么上帝啊？他既不给洗衣工付钱，也不给肉铺付钱，他不给任何人付钱。”

太太大吃一惊，甚至因此戴上了眼镜。

“你说什么？难道他已经是成年人了吗？”

“他岁数不小了！如果不是他岁数大了，我还不会相信他呢！说起来像笑话，十八卢布！十八卢布！”

“你在说谁呢？”

“我在说他，那个五号楼的将军。他说：波利尼卡，借给我点儿钱吧！一个月后，我会电汇给你！可是今天，看院子的人说，他把房子转手了，而自己走了。“谁……你……我们……”

太太听了一会儿，摇了摇头。然后，她找贾金娜夫人去了。这是一位先进女性。太太要和她商量商量，帕拉格娅的事情该怎么办。

贾金娜夫人对这件事情很认真，从最无私的角度来考虑。

“许多方面您都做得不对！”她对帕拉格娅的主人说道，“您把这个没有文化的女人从农村带来，把她扔进了首都生活的漩涡中。难道您没有意识到，您有义务培养她？她识字吗？”

“不识字。”

“您看看！给她买个字母表，让她去看戏。然后，让她讲讲自己的感想。这是您的责任。”

于是，太太买了字母表。

“帕拉格娅，明天我们开始系统学习。您必须要完善自己。否则，您就会消失在首都生活的漩涡中。您看过戏吗？”

“当然。圣诞节的时候，达里因·米基塔带我去过。”

“那您喜欢吗？”

“当然，喜欢。”

“那么，表演好在哪里呢？”

“非常好！”

“表演什么了？您尽量连贯地讲述一下。”

“表演了各种各样的东西。有的人是啤酒，有的人是凉菜，而给我们的是茶和面包。我，当然很喜欢。只是米基塔说，他们应该再多给点儿糖。”

“帕拉格娅！您可能去的是小饭馆，而不是剧院。”

“我为什么要去小饭馆呢？我从来都没去过饭馆。米基塔答应带我去剧院，就花四十戈比买了票。这就是说，他带我去的是剧院。”

太太想了想，坚定地说道：“知道吗，帕拉格娅？我最好从今天开始教您认字母。为什么要拖延呢？你看，这是‘A’。明白吗？‘A’，重复一遍，记住它！”

帕拉格娅重复念了一遍，但是她没有记住。太太在和贾金娜夫人商量之后，买了一张话剧票。

“帕拉格娅，今天晚上我带您去看戏。回来的时候，您自己走。要仔细看路，搞清楚。这会让您变得成熟。这样，您就不会相信电汇之类的事了。”

第二天，太太送帕拉格娅到了剧院，教她往哪里坐，往哪里看。而她自己则叫上贾金娜，回了家。因为后者更知道，该如何询问帕拉格娅看戏后的印象。

“第一次的心灵审美觉醒。真有意思。”两位太太一边不时地喝着加马林果酱的茶，一边如此聊道。

她们本打算来个四手联弹，就在此时，后门的门铃突然响了起来。

“帕拉格娅，怎么啦？您为什么回来了？现在才刚刚九点。”

“没怎么，太太。只是今天没什么表演。”

“怎么会这样？怎么回事？”

“是这样，没有。好像他们没有来，就是那些表演者。我不知道。只是那些来的人什么都没表演。他们只是坐着。然后，他们的仆人端来茶炊。然后，他们开始喝茶，而且自顾自地聊天，对观众甚至看都不看一眼。后来，警察来了说，好像有个什么姑娘春天的时候被淹死了。他们所有人都骂这个姑娘，说她不好。我和她不认识，也许他们在说谎，也许他们说的是真的。谁能搞清楚他们呢，不能干预他人的事。假如我了解这个姑娘的话，我也会说说的。所以，我开始感觉很无聊，就站起来。我对坐在我旁边的人说，如果你们有时间，就坐着等吧！也许他们还要表演呢，而我家里还有碗要涮。于是，我就回来了。”

太太和贾金娜夫人转过身，彼此面对面，目不转睛地看着对方。然后，她们默默地转过身去，从厨房走了出来。

起 名

大家已经拟定了一个大纲，定下了稿酬，也大致编好了第一期，相互祝贺了新杂志的创刊，吃了面包片，喝了茶。就在大家准备回家的时候，出版者突然问道："对，刊名怎么办呢?"

大家互相交换了一下眼色。

"该给我们的杂志起个什么名字呢?"出版者重复道。

编辑用铅笔蹭了蹭胡子。但这没用。

他又用这支铅笔蹭了蹭左边的眉毛。但是，这也没用。

他叹了口气说道："名字，这是小事。我们很快就会想出来的。"

出版者目不转睛地看了看他。

"我完全相信，你们会想出一个好名字的。只是我求你们一件事，只是一件，明白吗？要让这个名字不涉及到任何自然现象。我不同意用自然现象作刊名。我尤其反对‘太阳’这样的名字，不要流露出甚至一点点‘太阳’的迹象，也不要有星星。”

“当然！”编辑同意道。他转向秘书补充道：“伊万·谢尔盖维奇会帮助我们的。他是年轻人，有丰富的想象力。”

感到得意的秘书脸红了起来。“对。这当然不是什么难事……明天早上，我会提供一百或者一百五十个刊名供您选择。”

“五十个就够了。”出版者说道。

但是，编辑鼓励了一下他的热心。“没关系，就让他努力去想吧！而我呢，也会想点儿什么出来的。”

大家都回去了。

秘书回家后，把自己锁在书房里。

名字……嗯……他想道，一定不要有自然现象……嗯……如果要叫“升起”……等等，什么升起？太阳？对，太遗憾了！如果是月亮升起呢？话又说回来，月亮也不行，也是自然现象啊！那如果是人爬山呢？难道这不也是升起吗？就这样，“人的升起”？嗬，愚蠢！太愚蠢了！

他缓了一口气，擦了一下额头想道，这样的刊名还有哪些呢？比如说“小星星”……嗯……不行……“光”。哎，对，又来了。“雷雨”。妙极了。“雷雨”……哎，对，这是自然现象。这究竟是怎么回事啊？难道我除了自然现象，就什么都不知道了吗？没什么可说的！还是知识分子呢！真是文化骗子！

他痛苦地冷笑了一下。

但还是要想出来一个啊。嗯……“生活的太阳”……又来了！“真理之光”……嗯……“太阳之下”……天啊！这样会疯掉的！

他打开门，胆怯地叫道：“玛尼娅！玛尼奥科！[1] 过来

---

① 是玛尼娅是昵称。

一下！”

“来啦！”

玛尼奥科，秘书的妻子，用假嗓子唱着马特奇卡舞曲，应声跑来了。

“怎么啦？完事了吗？现在可以亲亲你的耳朵了吗？”

他却很冷淡，一本正经的样子。

“等等！你先坐下，听着！”

玛尼奥科安静下来，坐下，瞪着眼睛。

“听着！你应该知道，我们要出一本杂志。大家开始筹备这本杂志了。而我的使命是为杂志起一个名字。但是你知道，我的事情很多，起名字的事，你知道，纯粹是小事。因此，我希望你来起。”

“我？给杂志起名字？好吧，就叫‘星星’。我觉得叫‘星星’很好！”

“不行！”秘书疲惫地说道，“不能有任何自然现象。”

“不能有自然现象？你早说啊。那么就叫……叫‘大熊座’。至少很独特。”

“什么星星都不行！”

“啊！那么就叫……叫‘大犬座’。”

“大犬，你认为是什么？是狗吗？”

玛尼奥科生气道：“你真粗鲁！如果你想嘲笑我的话，就不该叫我来。”

秘书道了歉。他非常失望。

“等等，玛尼奥科！让我们集中一下精力。为什么一定要上天呢？地上也有东西啊。比如说……比如说……”

“面包！”玛尼奥科悲伤地提示道。

“面包？哎，你自己都明白，面包不合适。难道除了面包，地上就没有其他东西了吗？好好想想！”

"敷布。"

"什么?"

"你这么狂怒，我没法儿想。你自己想吧！我不是你的厨娘!"

"看在上帝分上，别生气！玛尼奥科，亲爱的，怎么办啊?"

"等等！我想出来了！给叶妮娅打电话。她一直在农村给所有的马起名字。她起的名字都很形象。你瞧着吧。"

"那你打电话吧。"

"一一〇〇二。叶妮娅，是你吗？亲爱的，帮帮我们！快点儿帮我们给杂志起个名字，只是不要有表示自然现象的字眼。啊?"

"她说什么?"秘书紧张地问道。

"她说'小星星'。"

"噢，天啊!"

"她说'阳光'!"

"我要疯了！要疯了!"

"她说'黎明'。"

"挂机！挂机吧！哎!"

他们坐下，都生气了，扭过头去，谁也不看谁。

"假如无论什么都不能让你满意的话，就不该打扰叶妮娅!"

"我的天啊，我的天啊!"秘书哼叫道，"时间一直在流逝，流逝。"

"如果叫'闪光'，怎么样?"

"嗯……有点儿庸俗。但还是想出了一个。我记上：一、'闪光'。"

"你看，你一直在责骂我，还不是我想出来了。大概你自己想不出来吧!"

"没什么，没什么！非常重要的是，已经想出来了一个。可是，我答应要想出一百五十个的。”

“啊，现在就会简单一些了。万事开头难。”

“那?”

“你干吗总是催啊？我不是你的马。你自己想吧，现在该轮到你了。”

“很简单……嗯……地上还有哪些东西啊……面包……”

“我已经说过面包了。”

“等等，不要打断我！面包……蘑菇……袜子……呸！都不合适！编辑这时候可能已经想出一百个了。”

“已经一百个了！打电话问问他。”

秘书拨通了电话。

“是安德烈·彼得洛维奇吗？抱歉，我只是想问问，您那边名字想得怎么样了？我已经想出来几个了，但是离一百五十个还远着呢。也许，您那有什么合适的?”

“嗯……嗯……”他用低沉的声音回答道，“我当然有想好的……”

“多吗?”

“嗯……嗯……很多……说实话，也就是一个。”

“什么？不是秘密吧?”

“好吧。比如说，有点儿异国风情的。当然，我不会坚持用这个的：‘太阳的光辉’。”

秘书的心嫉妒得有些发紧，但是他突然振奋起来。“安德烈·彼得洛维奇！他高兴地喊了起来。这个是不行的！要知道，这是有关太阳的!”

秘书耳边的听筒长时间地发出沉重的呼哧声。最后，终于传来一句：“嗯，对，也许你是正确的。您知道，我没有时间。您那儿怎么样？说说您的吧。”

“我这儿不是特别多……也就是说，相当少……我只有一个。”

“不多。但可能是一个好名字。”

“闪光！”

“什么？”

“我起的名字叫‘闪光’。‘闪光’！”

“你告诉他，是我想出来的。”妻子在一旁尖声道，“你这是在抢别人的功！”

“等等，别妨碍我！我这是谈正事，它……安德烈·彼得洛维奇！您听到了吗，‘闪光’？”

听筒发出了响亮的叹气声。

“我在听着呢，亲爱的！而且非常难过。‘闪光’也是一种自然现象。”

秘书失手丢掉了话筒，沮丧且惊讶地看着妻子。

但是，玛尼奥科跑出去了，砰地关上了门。从客厅传来她尖细且响亮的喊叫声：“卑鄙的吹牛大王！抢人家的功！”

束手无策

什努林夫妇刚刚搬到新居。

晚上，什努林夫妇在黑暗的、摆满了家具的房间里走来走去，不时地碰到桌子、椅子，还碰到了彼此。他们每个人手里都拿着蜡烛，在屋子里胡乱游荡，就好像某一神秘教派中掉了队的落伍成员。

前厅里铺设电线的安装工正在敲敲打打。

“他怎么折腾了这么长时间！”什努林着急地说道，把蜡油滴在了衣服上。“我再也不能在黑暗中游荡了。看，因为没电，我脑袋上都撞出个包来了。真是见鬼！”

“你冲我喊什么呀？我又没有错，是你叫的电工。”妻子说道，把蜡油滴在了椅子上。

这时，电工走了进来。

“电线已经安装完了。”他说，“要把电开通吗？”

“那当然！”什努林娜叫了起来。

“对不起。”丈夫阻止她道，“要知道，那里还挂着个公家的铅封呢。我们没有权利自行扯下它的。”

“这是小事一桩。”电工答道，“我把他扯下来。等公家派人来，你们还要等上两天。”

“当然，就让他扯下来吧。他知道该做什么。”什努林娜说道，“而你总是喜欢争吵！”

什努林不吭声了，电工接通了电，拿了钱，走了。

什努林夫妇在充满光明的房间里溜达着，重新摆了一下家具，他们非常高兴。

屋里亮堂，令人愉快！

但是，在他们的快乐中，似乎有点儿什么令人不安的感觉，某种不祥的气息。

“列利亚，你说！”妻子突然问道，“你注意到没有，那个铅封上写的是什么？”

“看过一眼。好像说什么自行取下者，将受法律严惩，还提到了《刑法》的某一条款。”

“也就是说，这是犯罪？”

“那当然！”

“那我们为什么就这么轻易地做了？”

“这是犯罪的本性。尽管人经过了教育的磨练，但是，人的本性迟早还是要暴露出来的。”

“依我看，这不是我们的错，而是电工的错。是他教我们的。”

“可是，他做这个，对他一点儿益处都没有。”

“他还是很可疑。既然没有益处，还要教人。对，他自己是罪犯，看到清白的人，他感觉很气恼，就开始诱惑别人犯罪。这个铅封哪儿去了？”

“不知道。他大概把它扔了。”

“而我有个主意，可以把它再贴回原位。伪造一个印章……”

“太感谢啦！偷盗再加上欺骗。偷了电，拆了铅封，然后，还要欺骗。这种情况，亲爱的，即使是最宽大的处理，也要判上十年监禁的。”

“上帝啊！你说什么？”

“那当然！”

“那就这么办。我会在法庭上说，这是他让我这么做的。”

“谁会相信你这种瞎话呢？”

“我要编出点儿什么，就说，他爱上我了……然后，他决定报复……总之，我会脱身的。”

“如此完美地污蔑一个无辜的人，还要加上如此肮脏的瞎话！我看，最好把前厅的那个墙壁放火点着，然后就说，着火了，铅封烧掉了。”

“然后，在法庭上真相大白，查出是我们自己烧的。那样，我们还是得坐牢。”

“真可怕，真可怕，真可怕！时间在流逝！灯还在亮着！”

“那该死的电工，为什么他要跳出来！猪！只会让人上当！”

“等等，别着急！我们还会有办法脱身的。”

两个人都开始思考起来，默默地对坐着。有如六十支蜡烛般明亮的吊灯，用它那偷来的明亮灯光照耀在他们身上。

什努林专注地看了看妻子，说道：“知道吗，玛尼娅！我不知道你是这样的。”

“什么这样的？”

“罪恶的。我不知道，你骨子里是一个罪犯。你看，在这半小时之内暴露出，没有哪样罪行你是不会犯的。开始是偷，然后是束手无策，再一发展，就变成了污蔑、欺诈、放火……”

“放火是你想出来的。就你好，还归咎于别人。”

“那好，就算是我，仍然要感谢那个电工。他让我知道了很多。”

“真该杀了这个电工！”什努林娜突然哭泣道，“他要是再碰上我，我非得把他杀了不可，还要舔舔刀子！”

“你看，你看！我就不会杀他。我要把这头猪勒死，就像勒狗一样。”

“列利亚，列利亚，我们怎么这么不幸啊！”

他们又沉默起来，坐在那里，偷来的灯光照耀着他们。

后来，她小声问道：“西伯利亚有多少人口？”

而他回答道：“不知道。但是，很快就会多两个人。”

他们又沉默了一会儿。然后，他又问：“为什么我们是这么罪恶的呢？可能是一种退化，或者遗传。你坦白说，玛尼娅，你们家有没有过疯子？”

她惊恐地看了他一眼，甚至还哆嗦了一下。“不……也就是说，有。我弟弟的家庭教师疯了。”

“你看，原来根在这儿。遗传是一种很可怕的祸害。你没有任何错。就连你自己都不知道，你能做出什么。”

“那你呢？”

“我也是。我身上也有厄运的诅咒。这是遗传，我舅舅，我母亲的哥哥，娶了奥佩金娜。而她的父亲因为纵火而被判过刑。”

“啊！你看，你说过纵火！这一切真是太可怕了！”

她整个人都蜷缩起来了。她坐到了丈夫身边，紧紧地依偎着他。

“我们真可怜！”他说。

“在西伯利亚，我们会过得很不好。”她又开始哭泣道。

“小事一桩！振作一点，傻瓜！没什么。我们这么有才，在那儿也不会被埋没的。我们服完苦役，就在那里定居下来。我找一个公家的活干，捞一些钱——偷已经不是第一次了。或者，我开一个赌窟。”

“那我来拉客。”妻子兴奋地说道，擦了擦眼睛。

她含着泪笑了笑，他甩了甩头。他们彼此握了握对方的手，已经准备好踏上新的生活道路了。

用偷来的电点着的有如六十支蜡烛般明亮的吊灯，正调皮而愉快地眨着眼睛。

温顺的塔列奇卡

茨韦特科夫高兴地同意了妻子的建议，邀请她年轻的侄女塔列奇卡来他们农村做客。

他曾在市里遇见过她几次，她总是给他非常迷人的印象。她样子纯真干净、皮肤白皙，她粉红色的手指，还有温顺明亮的眼睛，一下子会博得所有人的喜欢。

塔列奇卡很快就对邀请做了回应。一周后，她已经坐在茨韦特科夫家的凉台上，喝起了自己的第一次早茶。

“亲爱的姑妈！”她一边用充满稚气与爱意的眼神看着茨韦特科夫娃，一边叽喳说道，“你们这里的一切都太漂亮了！类似的东西我从来没见过。”

茨韦特科夫家人都很享受地听着她这种热情洋溢的赞美。他们的房子的确装修得很有品位，精致，时髦。

“亲爱的姑父！”塔列奇卡上气不接下气

地说道，“和你们在一起，我真幸福！现在，我应该尽一切努力不成为你们的负担。相反，要对你们有所益处。”

“说哪儿的话，塔列奇卡！你最好喝你的茶，否则该凉了。”

“啊，亲爱的姑妈！我一定要给您的茶壶织一个罩子。这样，茶就永远不会凉了。一定！现在马上就织。”

她快速跑回自己的房间，拿来了一团咖啡色的毛线，还有钩针。之后，马上开始了工作。她勤奋地一直工作到晚上，可爱地嘟着她粉红色的嘴唇，迅速地移动着她粉红色的手指。

“塔列奇卡！停下来歇会儿吧！您会累坏的！”茨韦特科夫娃对她说道。

“多可爱的小姑娘啊！又顺从又温柔。一切都为了别人，一点儿都不为了自己！”晚上，当夫妻独处的时候，他们这样聊道。

第二天早上他们见到塔列奇卡的时候，她已经在工作了。原来，这个可怜的姑娘早晨六点就起来了，差点儿没哭了。因为她还是没有来得及在姑妈醒来之前完成工作。

他们尽可能地安慰她。塔列奇卡又嘟起嘴唇，勤奋地转起了钩针。

在五点喝晚茶之前，她郑重地为那个精致的丹麦陶瓷茶壶套上了一个咖啡色的丑陋的罩子，就好像是外翻的毛袜一样。

“看，亲爱的姑妈！你答应我，你永远都要把这个罩子套在茶壶上，永远都会想起你的塔列奇卡。”

她的眼睛如此可爱地闪耀着。她对自己的工作很满意，那么，茨韦特科夫夫妇也只好多次亲吻她。

说实话，这个可怕的罩子破坏了整个桌子的美。女主人如此想道，但是我不能让这么可爱的孩子受委屈！她走后我再把它扔掉。

“亲爱的姑妈！你们家的餐巾真的好漂亮啊！”塔列奇卡叽喳地说道。

“这都是芬兰风格的。”茨韦特科夫解释道。

塔列奇卡想了一会儿，突然狡猾并高兴地笑了一下。

“我要给你们一个惊喜！”她说道。

于是，喝完茶之后，她拿来了一卷棉纱线，又开始迅速地转动钩针了。

她工作了好几天。因为这是一个意外的礼物，所以她没有对任何人说，只是狡猾地笑着。

过了一周半，她说道：“明天一切就都准备好了。”

一整夜，她的房间里都亮着灯。她在工作。

早晨，当茨韦特科夫夫妇到凉台上准备喝茶的时候，惊讶地发现：他家所有漂亮时髦的餐巾都被缝上了塔列奇卡织的厚厚的、粗糙的花边。

“哎呀，你这是干吗？”茨韦特科夫娃喊道。但是，一下子就不说话了。因为塔列奇卡扑到她身上，抱住她的脖子，喜气洋洋地嘟哝道：“这是因为我爱你们啊！我非常高兴，我能对你们有所益处！”

“可爱的女孩！她是这样地令人感动！”晚上的时候，夫妇两人彼此说道，“而花边可以在她走之后再拆下来。”

塔列奇卡原来是一个所谓的极好的人。她没有一刻是闲着的。

“姑妈！你们家的家具真是太美了！需要好好保护。我给你们织一些保护垫。”

十天之后，茨韦特科夫夫妇不无恐惧地穿过客厅。因为所有扶手椅、单人椅、沙发的靠背，都别上了塔列奇卡织的红色毛线垫。

“你应该分散一下她的精力！”茨韦特科夫如此向妻子恳求道，“她这样劳累真是很可惜。事实上，一切都是徒劳。”

茨韦特科夫娃建议塔列奇卡去邻居家串串门。

“应该稍微消遣消遣，孩子。否则，您总是这样工作，甚至都瘦了。”

“不，姑妈。我想先把您的手帕都做上记号。因为我的准则是：先人后己。您就别妨碍我了！我多么爱你们啊！做一个对你们有益处的人对于我来说，就是最大的快乐。”

于是，在茨韦特科夫娃精致的、带花边的手帕上，出现了硕大的用红线绣的十字架，还有“A. Ц.[①]”的字样。

十字架如此之大，甚至足够把两个基督教受难者钉在上面。茨韦特科夫娃害怕地呆住了。

几天后，同样的十字架又出现在了她的衬衣上。

“亲爱的姑妈，我在您的衬衫后面做上了记号。因为胸前的花边太多了，十字架就会完全不显眼了。”

鲜红的记号透过薄薄的夏日裙子显现出来，茨韦特科夫对妻子说：“你知道吗，阿尼娅。你就像一个背上带着方块 A 的苦役犯”。

而塔列奇卡与此同时，盹都不打。她开始打算把茨韦特科夫书房里的肖像画都安装上她亲手做的相框。

带着这一目的，她把鹅毛弄湿，剪了些什么，又糊上了些什么。当她郑重地展示第一个用深红色天鹅绒做的、带着鹅毛小花的相框时，茨韦特科夫娃开始恶心起来。

“这非常可爱，亲爱的！这像是剪过的指甲。”

“这像珍珠母，亲爱的姑妈。不对吗？简直就是珍珠母！我要给您做好多好多这样的相框！我非常爱您！”

晚上的时候，茨韦特科夫有些沮丧地对妻子说：“知道吗，我有点儿厌烦了农村的生活。如果不是地方自治会的选举，我就走了。你觉得，塔列奇卡很快会走吗？”

---

① 阿尼娅·茨韦特科夫娃姓名的缩写。

“不知道。她好像很喜欢这里。她这么可爱，不好让她受委屈……只是她为什么要剪这些指甲呢……”

塔列奇卡做了十五个相框，毁坏了他们六个房间。尤其是茨韦特科夫的书房，毁得更为严重。他已经再也不能在那里呆了。

“知道吗，阿尼娅。放下一切，我们出国吧。哪怕只是两个星期。否则，不便把她从这里……嗯……那个……这样好哄骗她。”

“那选举怎么办呢？你有可能被选为首席贵族的……这是你一直以来的梦想，可突然……”

“那有什么！反正，现在我们已经不能邀请任何人到家里来了。我很清楚，塔列奇卡是一个惹人喜爱的孩子。但是，一个月之内，她把我们整栋房子搞得不伦不类，真不好意思邀请正派的人到家里来了。”

“我们再稍微等等。只是我担心她再织点儿什么出来。”

茨韦特科夫娃的担心不是多余的。塔列奇卡拆下了她所有衬衫上的花边，代之以自己亲手做的花边条。

“您看看，姑妈！它们厚厚的，而且很结实。您的衬衫会撕碎会磨破，但它们还会是完整的。您会看见的。您会把它们拆下来，然后缝到新的衬衫上去。这样，您就会想起您的塔列奇卡来！”

茨韦特科夫娃沮丧地咬着嘴唇。晚上的时候，她哭了一阵。然后，她决定哄骗一下塔列奇卡。

“塔列奇卡！”第二天早上，夫妇二人一齐说道，“亲爱的小塔列奇卡，我们要出国待上一个秋天。因此，我们会把你送到你妈妈那里去。”

塔列奇卡想了一会儿，叹了口气，坚定地说道：“不！你们知道我的准则：先人后己。我再留下一个半月，给你们准备一个意外的礼物。我多么爱你们啊！”

茨韦特科夫娃歇斯底里般的笑了一下，而她的丈夫从房间里走了出去，砰的一声摔上了门。

“怎么，阿尼娅！”后来，他对妻子说道。他脸色苍白，态度坚决。“收拾一下吧，我们去国外！”

“那选举怎么办呢?”

“让它见鬼去吧！我恼怒的是，你就不能直接对这个姑娘说，让她别再纠缠我们了。”

“你自己倒是试试啊！”

“我不方便，我是男人！”

“而我也不方便，我是女人！我是她姑妈！”

“我们再试试。也许，想方设法……”

四天后，他们去了国外。

温顺的、忠实的、殷勤的塔列奇卡为他们送别。

“姑妈！姑父！别忘了你们的塔列奇卡。”

茨韦特科夫咬牙切齿地低声说道：“这个讨厌的人，把我们从自己的窝里挤了出来。”

随后，他马上补充道：“亲爱的小姑娘！可爱的小姑娘！温顺的小姑娘！都是为了别人！”

而他的妻子默默地用带花边的手帕擦了擦眼睛，拳头里紧紧地攥着让她愤怒的红色标记——А. Ц.

文化传播者

涅德宁律师一连十五年，都是在镜子面前背熟自己的辩护词的。

“陪审团的先生们！法官先生们！”他冲着镜中的自己瞪大他那圆圆的眼睛，声嘶力竭地大怒道，“法官先生们！在你们的面前，是一个被女高利贷者盘剥的牺牲品。可以说，这位女高利贷者是个穿裙子的剥削者。”

涅德宁律师的声音如泣如诉，非常洪亮，使整座房子都在呻吟。

他的妻子用围巾把头包起来，把自己锁在卧室里，默默地等待着偏头痛的到来。

厨房里，厨娘沉重地叹着气，对女仆说道：“我们这位又在做日祷了，他是想让所有人都崩溃掉。”

儿童房里的小谢廖扎头上戴着一顶可笑的尖帽，大声喊道：“陪审团的先生们！你们面前的这位是一个剥削者！”

偶尔，妻子忍受不了这种折磨，就会打开书房的门，歇斯底里地喊道："上帝啊！难道你就不能小声点儿说吗？像个吊死鬼一样冲着整座房子大喊大叫，纯粹就是一种残忍！"

"我不能小声说，我应该听到自己的声音。只有这样，我才能对自己的言语做出判断。"律师从容不迫地回答道。然后，他清清嗓子，又重新开始说那个穿裙子的剥削者了。

这样持续了十五年。在第十六年的时候，他分期付款给自己买了一个录音机。

机器是晚上送来的，安装上了，也演示过了。律师非常高兴。在这件令人愉快的事情上，妻子和妻子的哥哥，一位诚实而又豁达之人帮助了他。

"这真是好极了！"律师赞赏道，"真是方便！我只管说。然后，按一下按钮，就可以听自己那抑扬顿挫的美丽声音了。你们听！你们听！"

他按了一下按键，从机器喇叭里传来了之前被录下的嘶哑声音。

"陪审团的先生们！法官先生们！在你们面前的，是被赌场女老板，这个穿裙子的剥削者压榨的牺牲品。"

"太神奇了！"豁达之人高兴地说道，"真想知道，当爱迪生发明了这个东西的时候，他的感受是什么。"

"让我唱首歌吧！"妻子建议道，"我很想知道，它传达歌曲的声音怎么样。"

但是，丈夫严厉地制止了她："这是办公用品，而不是用来胡闹的……"

女仆加莎睡眼惺忪地走了进来。"太太，您还需要我吗？要不，我就去睡觉了。"

"等等，加莎！等等！"律师赶忙叫住她，"您看看，这是什么玩意儿。您见过这玩意儿吗？"

加莎懒洋洋地眨了眨眼睛。“没有。没见过。”

“当然！您们农村没有这个！”

“农村是没有。”加莎没有和他争论。

“瞧，我现在给您看看！您听！”

他按了一下按键，喇叭开始哼哧起来。“……陪……审团的……先……先生们！站在你们面前的，是一个被出纳员、一位穿裤子的剥削者所压榨的牺牲品。”

“怎么啦？什么？哈哈！”

加莎隐忍着，眨了眨眼。

“等等！”豁达之人说道，“应该给她解释一下，这是怎么回事。否则，她会害怕的。听着，加莎！您看，不要以为这是妖怪，或者什么鬼神之类的东西。您知道，鬼，厉害吧！但是，鬼根本就不存在。”

“你为什么要说‘厉害’呢？”妹妹打断了他的话。

“这个，我是用大众式的语言来解释的。亲爱的，这玩意儿只是乍一看会觉得很复杂，而事实上……”

“停一下，不是这样。”律师打断道，“先应该解释它的外观。加莎，你看！这个机器是用小轮子来转动的。这里要擦上油。这里是擦灰的小刷子……”

“等等！”豁达之人打断了律师。“要知道，让她震惊的并不是要擦灰尘，而是最新的原理。听着，加莎！你研究过照相机的内部结构没有？因为这时候，您的注意力就会被镜头吸引。而镜头起着折射我们视觉器官晶体的作用。因为……”

“不，这太复杂了！”律师打断他，“应该简单明了一些。加莎，您见过星星吗？明白吗？”

“明白。”加莎叹息道。

“那么，每天晚上，当您抬起头仰望天空的时候，会发现什么？”

“我发现什么，我什么也没有发现……”

“怎么能什么也没发现呢？没看见星星吗？您会看见第一大的星星，第二大的星星，等等。但问题不在于此。问题在于，这其中的许多星星早已熄灭了，它们的光芒却穿透了世界的时空。您明白吗，到达……”

“明白！”加莎无望地叹了一口气。

“到达我们这里……”

“等等，等等！让我证明给你看！”豁达之人没有忍住。“你和普通百姓谈话没有技巧。加莎，瞧！这玩意儿利用了我们的听觉原理，就像照相机利用了我们的视觉原理一样，明白吗？”

“明白了……”

“太好了！现在，我直观地讲讲机器的运行情况。在这件东西里面，最重要的当然是膜片。明白吗？”

“明白了！”加莎小声说道，闭上了眼睛。

“膜片，这是个非常普通的玩意儿。重要的是，它能震动。明白吗，震动！比如说，您随便拿一个薄片，冲着它喊出不同的话，它当然会震动。明白吗？然后，如果再借助于某种能量的影响，我也会让它这样震动。那么，您当然会说出那些您从前说过的话。这也就是需要证明的东西！明白吗？”

豁达之人豪放地抬起头，拍了拍自己的侧身。

“这是什么蠢话啊！”律师的妻子奇怪地说道，“我真的有必要再重申一下，它会震坏的。不，你解释得根本不对。”

“哎，亲爱的，因为这是原理！”

“等等！”律师参与道，“让我说哪怕一句话。听着，加莎！当您观察以太震动的时候……”

“你胡说什么呀！”妻子生气地说道，“她没时间听你这些胡说八道。等等，别打扰！我自己来解释。听着，加莎！这根本就没什么了不起的。只不过就是电在工作。就像您晚上开十次灯一样，您不会感到奇怪的。也就是说，这也没什么可奇怪的。现在，您可以走了。”

加莎一边脱衣服，一边抽噎着对厨娘说道：“他说，你要给机器抹上油，要踩着轮子跑，还要给它擦掉灰尘。若不这样，他说，我说出的话会吓你一大跳。”

“现如今，这个时代也可以追赶世界潮流。”厨娘安慰她道。

“而她的哥哥还用带‘鬼’字的话骂人。为什么啊？我周五的时候打碎了一个碗。原来，他们这是两天后又想起了这件事，开始责备我了！你，他们说，什么都会碰上。为什么要常常把灯打开。在黑暗中，你就什么都不会发现！真是恶棍！他们还说，你心里想的是照片！你就只关注照片吧。他们为什么这么说啊?”

“傻瓜，这都是你自己的错。你为什么要把士兵的照片挂在墙上呢？藏到抽屉里去吧，那就无可挑剔了。”

“谁知道他们会这样啊!”

“应该知道的，马大哈！睡吧！睡一宿觉，一切就都过去了。明天，也许——上帝保佑，他们会忘记的。”

长老的善行

在鲜花盛开的美丽山谷中，曾经住着一位虔诚的长老。如今，这座山谷早已被太阳烧毁，取而代之的是沙漠中滚烫的沙子。

他孤零零地一个人生活，就像所有想挽救自己灵魂的人一样。但是，除了自己的灵魂之外，他还很关心邻人的灵魂。于是，他把自己的窝棚搭建在了离他常去的村子不远的地方。他观察他人的生活，尽量地帮助他人，给些建议或者指导。他向富人鞠躬的同时也不离弃穷人。他所得到的一切，都分给那些穷人。

每天晚上，文季米安长老都坐在茅舍的门口，观看太阳慢慢地沉入到晚霞映照下鲜红的沙漠之中。他会想，明天我要为我的邻人做些什么呢？我又老又穷，既没有力气，也没有钱来服侍我的弟兄。夜晚仁慈的智者啊，教教我吧！

有一天晚上，长老经过村子回家的时候发

现，许多家的门前都摆放着凉鞋。

老人很奇怪，问了一下路人："我的弟兄，请问一下！这是怎么回事啊？我能否为此做点儿有益的事呢？"

路人惊奇地回答道："难道你不记得了吗，糊涂老头？明天就是新的一年开始了。新年会持续整整一年，直到下一年。这不，每个人都想在年初就靠别人开心开心。于是，他们把凉鞋摆了出来，希望路人能放上点儿什么可爱的小礼物。如果你有很多钱的话，哪怕全都放进去，他们也不会拒绝的。"

路人笑了起来，然后走了。文季米安却痛苦地陷入了沉思。

"这里摆放着几十双凉鞋，每只鞋都在恳求着我给他的主人带来点儿快乐。而我能拿出什么呢，我又老又穷！"

他坐在芦苇茅舍的门前想了很长时间，当太阳落下去的时候，他的脸突然显得高兴起来。

"夜晚仁慈的智者教会我了！我也要在自己的门前摆上凉鞋。如果路人放上哪怕最微不足道的礼物，我都会认为自己是幸福的。因为给自己的邻人提供做善事的机会就是一种谦虚贤明而慷慨的行为。这就好像我和他一起去天国，到了门口停下来说：'我的弟兄，你先请吧！'"

于是，文季米安长老把自己的凉鞋放到了茅舍的门口。之后，他充满柔情地睡着了。

夜里醒来的时候，他两次听到了路人的脚步声、悄悄的说话声，还有门口的沙沙声。他高兴地笑了。

当早晨的太阳将芦苇墙壁镶上了一层薄薄金边的时候，文季米安起床了，微笑着跨出了门槛。

他放鞋的地方，鞋不见了。但是，他很快就找到了。一只挂在了树上，另外一只底朝上地躺在路上。

在那只挂在树上的鞋子里，有一只死田鼠。而另外一只里，什么都没有，假如不算有人吐过唾沫的话。

长老低着头，悄悄地把邻人的礼物拿进了自己的茅舍，不吃也不动，一直坐到晚上。

我做了什么呢？他想，是不是引诱自己的弟兄做了粗野的事。

晚上，他坐在门口、观看太阳慢慢沉入到晚霞映照下鲜红的沙漠之中时，已经感觉到了心中那种夜的宁静。于是，他微笑着想道，我为什么要难过呢？慷慨的命运是如此多彩，没有这种幸福却给了我另外一种幸福。我想要什么呢？我想给我弟兄机会做善事，并藉此送他节日的快乐。而他们中一个人给我塞了一只死田鼠，而另一个往我的鞋里吐了口唾沫。但是，当他们两个回到家之后，一想到我早晨起来会很不痛快，难道他们不会笑吗？难道他们不是快乐地跳着，欢天喜地吗？我一个又老又穷的老头，既然能让自己的弟兄在其痛苦的生活道路上感受到哪怕一分钟的快乐，不应该为此而感到极大的幸福吗？

虔诚的长老这样想着。当太阳在金紫色的天边落下的时候，鲜红的沙子消失了，变白了。平静而快乐的文季米安站了起来，举起双臂，感谢宇宙。

夏日拜访

天气又闷又热，酷暑难耐。

应该会有雷雨。

眼睛困得睁不开，想睡觉。

我面前坐着一位女士，我的客人。她毫无表情地盯着我的额头。她的眼神迷离，嘴角往下耷拉着。显然，她也非常想睡觉。

但是，我们都毫无办法。

她在拜访我，而我在接待她。要做一个好客的女主人，就应该对她说一些客套话。但是，当人犯困的时候，首先忘掉的就是所有的客套话。

“也许，你想喝点儿茶?”我终于想起来了。

“嗯?”她眼神迷离地看着我，带着些睡意的惊奇。

她为什么要惊奇呢? 啊，是的，因为她正在喝着茶呢。

怎么能对她说这个呢？她已经在喝茶了。这又不是我的错。

“那么，说实话，你打算去哪里过夏天？”我忽然想起了问这个。但是，这并没有让我感到轻松。我甚至感觉到更热了。

她眨了一会儿眼，说道：“嗯？”

但是，我已经没有力气再从头重复一遍问题了。而且，除此之外，她可能听得非常清楚了，只不过是她懒得回答。而我，不是也懒得问吗？不管什么人，只要你走近一瞧，都是自私的！

我看着她，她也看着我。

突然，她变得很小，微微在晃动着。她的头上长出了一个漂亮的鸡冠……天啊，我要睡着了……

我们在睡觉，在睡觉。我们两个人都在睡觉。

怎么办？

“磨刀，磨剪子，磨剃刀！”窗外传来断断续续的吆喝声！

我们两个都哆嗦了一下。而且，我们都很高兴，我们醒了，甚至是笑着。“想喝点儿茶吗？”我热情地问道，“说实话，我想问，您打算去哪儿过夏天？”

“您的手镯好极了！”她一下子回答了我两个问题。

上帝啊！小贩哪怕再喊一次也好啊。否则，眼睛又要闭上了。

“请问，”我使出最后的力气，“您是否偶然知道，那位……她叫什么来着，多大岁数？在她死的时候？那个……她叫……巴……巴波娃？”

我想问的是瓦利亚·帕宁娜，可不知为什么，说出来的却是巴波娃。但是，我已经没有力气再纠正了。

“哪个巴波娃？”突然客人醒了。“济纳·巴波娃还活着！”

“总归说个大概像的？”我并不相让。

既然已经让客人开始聊了，那就不能这么快就放弃。

“她唱歌非常好听！大家都这么说。那嗓音就像楚基一样。

您也许想喝点儿茶？”

“我自己发现，那里潮湿，但是别墅相当便宜。”她回答道，她的右眼突然闭上了。

上帝啊！她要睡着了！我该问她点儿什么呢？

“听着！您从来没见过某种帽子是没有人会戴的。”她喃喃地说道，另一只眼睛也闭上了。

睡了！真的睡了！

她又变得很小了。

我站了起来，似乎想要把糖罐给她挪过去。但是，我的膝盖碰到了客人。

她颤栗了一下，半睡半醒，微微喊了一声。我感到不好意思起来。我坐下来，沉默了一阵。

然而，我总觉得自己是主人，应该问她点儿什么。这种想法搅得我心神不宁。

但是，我问她什么呢？关于喝茶，我已经问了；关于别墅，我也问了。我长时间、痛苦地思索着。可不要睡着了！在我想出问题之前，可千万别睡着了！

耳边很安静。只能把腿伸开。可以放一把扶手椅，但她懒得动。这样就很好了。人们在车厢和更坏的条件下不也都可以睡觉的吗……我们这是坐车往哪里走啊？可能我们正在车站……乘务员！乘务员？第三遍铃已经打过了吗？该买点儿馅饼了……

我突然醒了。因为深深意识到，我一定要向这个女人问点儿什么问题。她就坐在我的沙发上，低垂的头歪在一边，发出甜美的鼾声。我应该问点儿什么。否则，一切都完了。

我抓住她的手，用非常粗野的声音喊道：“您姓什么？”

然后，我们都长时间地默默盯着对方。看她的表情我就知道，我自己的脸是什么表情。

好在世界上什么事情都有可能发生。

幸福的爱情

纳塔利亚·米哈伊洛夫娜醒了，但没有睁开眼睛。她冲着天，开始了热切的祷告："上帝啊，就让今天有一个糟糕的天气吧！下雨吧！哪怕不是一整天，只要从两点到四点就行！"

然后，她睁开左眼，瞟了一眼窗外，怪怨地想道，她的祷告并没有得到回应。天，晴空万里，阳光明媚。不会下雨的。这样，她就不得不从两点钟到四点钟的时候和谢尔盖·伊里奇一起在夏园里闲逛。

纳塔利亚·米哈伊洛夫娜在被窝里坐了很长时间，痛苦地思索着，思索着爱情。

爱情，这是一种很沉重的东西！比如说，就今天，我极其需要去裁缝那儿一趟，也要去看一下牙医，还要去取一下帽子。可是，我又做什么呢？我要跑去夏园约会。当然，可以装病。但是，他那种疯狂的人，会马上跑来看看怎么回事。这样，他就会一直待到晚上。当然，与自己所爱的人约会是很幸福的一件事。但是，也不能因为幸福而没有富丽雅绸连衣裙穿啊。要是告诉他这些，他当然会自杀的，嚯！他是这方面的行家！而我可不想他死。首先，是因为我和他是恋爱关系；其次，到过拉祖诺夫家的人当中他还算是最有意思的一个……

两点半的时候，她来到了夏园。她又在心里默默地热切祈祷："上帝啊！就这样吧，让那个傻瓜等啊，等啊！然后，生气地走掉！哪怕让我有时间去看一下牙医也好啊……"

"您好，纳塔利亚·米哈伊洛夫娜！"

谢尔盖·伊里奇追上了她，有些不好意思，而且气喘吁吁的。

"怎么，您刚来吗？您迟到了？"纳塔利亚·米哈伊洛夫娜生气地说道。

"上帝保佑！我已经到这儿一个多小时了。我故意在入口处等您，怕看不见您。"

他们走进了夏园，看到的是保姆、孩子、女中学生、瘦弱的小草，还有带窟窿的树木。

"我讨厌这个园子。"

"令人难以忍受！"谢尔盖·伊里奇赞同道。他有些脸红，补充道，"其实，我想说，我对它是非常非常喜欢的。因为它给我留下了许多幸福的时光！"

他们坐下来，都沉默不语。

"您今天不太爱说话！"纳塔利亚·米哈伊洛夫娜说道。

"这是因为我看到您太幸福了。娜塔莎，亲爱的！要知道，我已经三天没有见到您了。我以为，我简直熬不住了！"

"亲爱的！"纳塔利亚·米哈伊洛夫娜一边想着自己的富丽雅绸裙，一边小声说道。

"您知道吗，这三天我哪儿都没去。就坐在家里，像个疯子，一直在想你。非常想你！演员卡林斯卡娅硬是塞给我一张戏票。你瞧，我可以证明。你看见了吗，即使这样，我都没去。就在家呆着了！我不能没有你！明白吗？这简直就是一种疯狂！”

“给我看看你的票……今天是几号？二十号？而票是二十一号的，你还没有错过你的卡林斯卡娅。明天去吧。”

“怎么，难道是二十一号的吗？我根本就没看。你瞧，这是最好的证明了。一切对我来说，都无所谓。”

“那你是在哪儿见过这位卡林斯卡娅的？你说，你一直在家里呆着来着。”

“嗯……我根本就没看见她。瞧，真的，甚至有些可笑。这张票，是她通过电话给我的……”她打了好多遍电话，我甚至最后都没去接。她应该明白，我不是自由人。所有人都猜到了，我恋爱了。昨天，玛丽亚·谢尔盖耶夫娜还说：‘你为什么总是若有所思的样子？’然后，她用手指警告我。”

“你在哪儿见到了玛丽亚·谢尔盖耶夫娜？”

“玛丽亚·谢尔盖耶夫娜？啊，你知道吗，我不得不去办一件事。正好只坐了五分钟。她挽留了我。等等，你明白的，没有你，我在那里也没什么可做的。整个晚上，我都感觉很没劲，甚至都没留下吃晚饭。为什么呢？晚饭的时候，皮亚特京将军开始讲笑话，但是他忘了结尾。大家都笑得前仰后合。我说：‘将军，请允许我来讲完吧！’尼娜·巴甫洛夫娜却生他的气了。总之，很多有趣的事，我笑得很厉害。也就说，不是我，而是别人，因为我没有留下来吃晚饭。”

“亲爱的！”纳塔利亚·米哈伊洛夫娜小声说道，一边还在想着裁缝要给她缝的衬里。衬里会很贵，自己买要便宜得多。

“你要是知道我对你多么忠诚，该有多好啊！薇拉奇卡·拉祖诺娃已经第三次在叫我和她一起去开车玩玩。我说：‘您，是不是疯了！’你想象一下，这个疯子差点儿跌了下来。在急转弯的时候，她打开了门……总之，太烦了……你在想什么呢？娜塔莎，亲爱的？你知道，对于我来说，除了你，谁都不存在！我发誓！滑稽的是，我直接对她说：‘夫人，记住！这是第一次，也是最后一次。’”

“你对谁说了？薇拉奇卡？”纳塔利亚·米哈伊洛夫娜回过神来。

“是对卡捷琳娜·伊万诺夫娜说的……”

“什么？我一点儿都不明白！”

“啊，这是瞎说。她是一个非常聪明的女人。有时候，我和她谈点儿严肃的东西，谈点儿政治，谈点儿宇宙等，是很愉快的事。说真的，她并不愚蠢，也就是说很可爱，只是她是一个十足的傻瓜。但是，不管怎么说，我们是老相识，不好意思……”

“她姓什么？”

“塔尔……啊，不，不是塔尔……我忘了她的姓。的确，说真的，我没有在意。你不知道会遇到什么人，怎么会记住所有人的名字呢。不算那个人，我的熟人已经够多的了……你看什么呢？你大概觉得我背叛了你。我亲爱的！我真是觉得滑稽！我都没见过她……我最后一次见到她是在整整两年前。那时候，我们还不认识呢。小傻瓜！我那时还不能预感到我会遇见你。尽管，预感也是会有的。我多次说：‘我觉得，我会在某一时刻疯狂地爱上你的’。就这样，我爱上了。把你的小手给我。”

他是多么爱我啊！纳塔利亚·米哈伊洛夫娜深受感动。再说，他是到过拉祖诺夫家最有意思的一个人。

她深情地望着他的眼睛，充满激情地说道：“谢廖扎！我的谢廖扎！你不能理解，我是多么地爱你！这些天，我是多么难受啊！我一直都在想你。在忙碌生活的所有琐事中，唯有一颗最亮的星星，那就是想你的念头。知道吗，谢廖扎！今天早晨，当我醒来的时候，眼睛还没来得及睁开，我就感觉到了，今天我一定会见到你。”

“亲爱的！”谢尔盖小声说道。他低下头，就好像他的幸福一下子消失了一样。他偷偷地看了看手表。

“我真想和你一起去什么地方待两周，不分开……”

“为什么要这么忧伤呢？可以去一天时间。比如说，可以去谢斯特罗列茨克什么的……”

“是的，是的，而且一直在一起，不分开……”

“比如说，在下周日，如果你愿意，可以去巴甫洛斯克听音乐。”

“你还问我愿不愿意！我为此可以牺牲一切，甚至生命！我们去吧，亲爱的！我们去吧！这样我们会一直在一起！一直！顺便说一句，你说是下周日，我大概还不知道，我会不会有时间。好像玛丽尼娜想让我在她那儿吃午饭。和这个蠢女人在一起，会很苦闷的！”

“这有什么办法呢，既然需要这样！重要的是我们彼此相爱。”

“是……是，快乐正在于此。幸福的爱情是少有的。几点了？”

“三点半。”

“天啊！有人有事在等我。送我到马车旁！就这样让我们彼此分开，真是糟透了……这几天我会给你打电话的。”

“我会一直等你电话！我的爱人儿！我的爱人儿！”

他长久地看着她的背影，直到她转向他的脸隐没在拐弯处。他像中了魔一样地看着，他的嘴里却小声地吐出了与他姿势完全不符的话：“这几天我会给你打电话的。我们可知道您的‘这几天’是什么意思。当然，从明天一大早开始，她就会不断地打电话！竟和这种女人搞到了一起！要赶走她，大概要上吊才行！该死的蠢女人！”

休假的人们

天下着雨，有些阴冷。

当乌云之间闪现出一小块蓝天，突然露出一丝阳光的时候，那些风湿病患者、痛风病患者、神经衰弱患者和硬化症患者纷纷从自己的窝里跑出来，开始“利用这好天气”。

在疗养院的前厅附近，三五成群地聚集着一些人。他们在小声聊着。如果有人从身边走过，他们就会停止说话。因为在“利用好天气”的时候，外人是不应该听到他们在说什么的。

“听说施郎克太太的事了吗？”

“小心点，她就在旁边！怎么了？”

“爱上了桑德尔斯医生，整天哭哭啼啼的。”

“为什么要哭呢？”

“什么为什么？因为爱而哭。”

“真是愚蠢！我永远都不会相信。”

“如果这是事实，您怎么能不信呢？昨天吃午饭的时候，所有人都听到了。她说：‘哎，桑德尔斯医生真是个美男子！晚饭出来的时候，鼻子都红了，眼睛也肿了。没什么可说的，一定是给了丈夫一个惊喜！’”

谈话人当中有一个高高瘦瘦、秃头、胡子刮得干干净净的先生，不知他是塞尔维亚人、罗马尼亚人，还是匈牙利人。关于自己的国籍，他总是撒不同的谎。因此，最后连他自己都忘了他是哪国人。于是，他决定成为巴黎人。

他想把自己打造成“社会灵魂”。他向男人们挤眉弄眼，向女人们做问候的手势，摇手晃脚，吐舌头。

他的膝盖有风湿病。除此之外，他还得向别人借点儿钱。向谁借呢？这不，那儿站着一位肥胖的笨蛋，应该是个俄罗斯人。

“先生！”他附近的巴黎人巴结道，“您在做什么？是在让女人为你着迷吗？教会我这种艺术吧！请允许自我介绍一下，我叫施塔夫鲁尔，巴黎人。”

胖子用呆滞、暗淡的目光阴沉地看着他。

巴黎人将音调稍微压低了一点点。“不，真的！您非常非常可爱……您来我们这儿要待很久吗？”

“抱歉。”胖子突然生气地用俄语回答道，“我不明白，尼赫特。”

他转身离开了。

巴黎人眼里闪现出一丝惊恐，但高兴地咧嘴笑了，就好像听到了什么极其令人高兴、愉快的事情。他献媚一般地迎面跑向一对和他没有任何关系的德国夫妇。

“看到了吗？看到刚刚和我说话的那个怪人了吗？最最神奇的一个男人。一位著名的俄罗斯贵族，一个大怪人。您想想，他一种语言都不会说，甚至连母语都不会说。”

德国夫妇非常客气地鞠躬之后，从他旁边走了过去。巴黎人忧愁地转过身去。还有别的人没？和谁能说说话呢？能让谁高兴高兴呢？

所有人都愁眉苦脸、很凶的样子，都不大熟悉，都不大爱说话。没人想高兴高兴。膝盖还患着风湿病……

但还是有些能令人开心的东西的，只是在这拥挤的人群中，在生活的漩涡中，他忘记了……啊，对！明天我去城里给自己买一个单片眼镜。

单片眼镜！

他安静下来了。有几分钟的时间里，他已经感觉不到孤独，也感觉不到膝盖的疼痛了，只想着单片眼镜。

弗赖莱恩·科诺普弗穿着带天蓝色蝴蝶结的粉红色裙子，蓬皮杜式风格。

她完全有权利穿这条粉红色的裙子，也有权利系这个天蓝色的蝴蝶结。昨天在疗养院大厅跳舞的时候，赫尔·沃尔夫一连和她跳了两支舞。当他踩到她脚的时候，就会紧紧地握住她的手。这种手脚的双重疼痛唤起了弗赖莱恩·科诺普弗内心深处隐秘、甜美的希望。她甚至夜里都没有睡好。她甚至想，姨妈会不会在她结婚的时候也送一个银质的咖啡壶，就像送给姐姐别尔加的那样……

远处，某人的灰色条纹裤子突然出现了。

“是他！”她的心怦怦地跳了起来。

弗赖莱恩·科诺普夫从手提包里拿出一面小镜子，用扑粉纸擦了擦鼻子。

“鼻子可千万别闪闪发亮啊！”

没有。镜子告诉她，她的鼻子是暗淡无光的。她期待着，伸出一只脚，脚上穿着一只瘦小的新鞋……”

唉！那个穿着灰色条纹裤子的男人几乎就在她的鼻子底下拐到另一边去了，尽管她的鼻子是暗淡无光的。

有人在低声叫她的名字。她一哆嗦，转过身去。原来是妈妈在叫她去喝咖啡。弗赖莱恩颤抖着双唇微笑着。哦，好极了！她非常喜欢和妈妈一起喝咖啡。她再也不需要任何人！任何人！

“侮辱我们！欺负我们！”她那粉红色的连衣裙和天蓝色的蝴蝶结微微地沙沙作响。“没什么可做的，去喝咖啡吧！”

奥尔加·安德列耶夫娜把扶手椅搬到了最显眼的位置。就让所有愚蠢的女人去死吧！

椅子很矮，坐在上面很不舒服。时髦的弹性束身腰带把肚子向上收起，后者却极力想要占据原有的位置。奥尔加·安德列耶夫娜擦过口红的嘴角无精打采地挂着微笑，惆怅地倾听着肚子与腰带之间的这种争斗。

“愚蠢的女人！愚蠢的女人！老女人！”肚子激动地说道，“多喝些加奶油的热咖啡，再来点儿奶油鸡蛋甜面包，在沙发上睡上半个小时，多好啊！你要戴这个束身腰带见谁啊，老丑八怪！要知道，你已经是一个六十多岁的人了。”

“振作一些！振作一些，这没什么！”腰带收紧了。“帕蒂七十岁的时候嫁给了男爵，尼诺·兰考斯被自己的孙子爱上了。进棺材你还来得及。”

“首先，我们怎么能和帕蒂的男爵比呢？”肚子并没有屈服。“我们什么时候会有合法的伊利亚·彼得罗维奇啊？老大娘，反正坟墓里花多少钱也搞不到咖啡的。”

“您好，奥尔加·安德列耶夫娜！”熟人在打招呼，“您没睡上一会儿吗？”

奥尔加·安德列耶夫娜微笑着，把嘴唇撮成了一个蝴蝶形，用手指警告着不要出声。

“瞧，真遭罪！”肚子唠叨道。

“好极了！好极了！再多一点儿激情！”腰带咯吱咯吱地

响道。

“您啊，真是个淘气鬼！您怎么敢说，我在睡觉呢？看我不揪您的耳朵！嘿嘿嘿！”

“对于我们这个年龄来说，这有什么奇怪的吗？午饭后睡一会儿正好。在家的话，也许您就睡了？”

奥尔加·安德列耶夫娜的目光渐渐变得凶狠而敏锐，嘴角却依旧挂着顽皮的微笑。所有人都应该感觉到，奥尔加·安德列耶夫娜的谈话是有趣而吸引人的。

“哎，您怎么这么凶啊！哎，哎，哎！看我不揪您的耳朵！”

“愚蠢的女人，终于等到有人叫她老太婆的时候了！”肚子嚷道。

“开始吧，开始吧！”腰带激动起来。“谁都听不见你们的谈话。每个人都会认为有人在追你，至少不会说今年奥尔加·安德列耶夫娜一点儿成绩都没有。”

“再见！”对方点头告别。

奥尔加·安德列耶夫娜精神一振，只是希望他别那么快就走了。

“请您等等，我想问您……您妻子的身体怎么样？”

“谢谢您，今天我正好收到了她的来信。”

“呵呵。她竟没有怀疑，您正在这里胡作非为！”

她再次狡猾地点着手指表示威胁，但他奇怪地看了看她，离开了。

“走了，走了！”奥里加·安德列耶夫娜悄悄地怨恨道，“不幸的独眼人！谁要你啊，椴树皮一样的胡子，狗一样的白痴。姓氏也学人家：库佩尔金！”

“库佩尔金啊，库佩尔金啊，还是走了！”肚子幸灾乐祸道。

奥尔加·安德列耶夫娜全身突然变得不灵活了，张开嘴，叫了一声，从椅子上站了起来。

“我去休息一下。”

人群中有人冲她点了点头。

“安娜·米哈伊洛夫娜!”

她的嘴唇又瘪了下去，眼睛调皮地眯缝着，腰带得意地庆贺着胜利。

“安娜·米哈伊洛夫娜？您还要呆在这儿吗？我回去了。有人要来看我（微笑着）。除此之外，坦率地讲，我害怕这个库佩尔金再来纠缠!”

“难道他这是在追您吗?”

“哎，真是可怕！简直是纠缠不休。结了婚的人，岂有此理?”

她满脸变得通红，她的耳朵兴奋惊奇地听着嘴在说。

然后，她迈着矫健、充满朝气的步伐走了。在前十步之内，她是相信自己的。

但是，就在一种模糊的不安中，她感觉到了某种欺骗。于是，她停了下来，突然很生气、很委屈地开始往台阶下走，迈着沉重的步伐，坦然得像老太婆一样，用一只脚试探着走下台阶。

“去农村吧！愚蠢的老女人！去农村腌蘑菇去，还可以熬果酱！愚蠢的女人!”

演说家

有人捏造说，俄罗斯人好像不喜欢讲话。而在西方，社交生活发达的地方，每个公民都是一个天生的演说家。

呜呼，这种说法不对。俄罗斯人喜欢讲话，但并不是聊天，是讲话，是要让别人听的那种。

随便叫一位油漆工、木工或蒙面工匠，随便问他一个最简单的问题。

“亲爱的，要把这个断了的支脚粘上，得需要多少钱?”

假如您认为，他会用数字回答您，那您就错了。

他会把手放到夹克衫的侧面，侧过身去，或转动七十五度角。这样，看起来更优美一些。然后，开始声音洪亮且有力、抑扬顿挫地说：“这个，比如说，您要求完成这项工作，比如说，粘上支脚，或者，比如是另外的活，修理或者别的什么，要明白。要做，就应该把它做好；做不好的话，就没有必要开始。也就是说，最好不要去做，因为做了而做不好，不如压根儿就不做，因为我兄弟那儿也要……”

如果您不打断他的话，那么，他会一直说到您和他自己都筋疲力尽为止。

永远都不要让一个人“讲话”！就让他聊天吧，而且只是让他聊天。

另外一种人机灵干练，和您谈话也很风趣，回答问题切合实际，提的问题也很智慧。总之，聊得于您于己皆有益处，对周围人也是一种安慰。但是，只要您用刀敲敲杯子，说：“听着，先生们！叶夫根尼·安德烈耶维奇就今天的那部戏，要发表非常有意思的观点。”

当然，叶夫根尼·安德烈耶维奇会迅速进入状态。他已经不是在聊，而是在讲。他已经不是一个谈话者，而是一个演讲者。

“敬爱的先生们，女士们，我当然不是一个演说家，但是现代社会对古老艺术的态度……也就是说，古老艺术对现代社会的态度……”

总之，对于您来说，他已经消失了。他会一直说到筋疲力尽。然后，一整晚都会坐在角落里发窘。他会回忆，他说了多少不得体的话。就这样，他会让自己备受耻辱与懊悔的折磨。

若出于对他本人的同情，都不应该让他讲那么多话。

最坏的情况是，你们打算讨论一件重要的事，而且你们开始系统地讨论。同时，你们也遵守别人表达观点的秩序。

刚开始，当大家一下子都开始叽叽喳喳吵闹的时候，还是可以明白点儿什么，并达成某种一致的。

“听着！”一个人喊道，“我认为，最好举办一场慈善戏剧演出。”

“您的戏大家都烦了。也许，只不过是因为您的剧本放得过久了吧，您就想这么安排！”另一个人喊道。

“演唱会！最好举办一场演唱会。”

“简单举办一场春之百合公益集会吧！”第四个人大声喊道。

他们每个人都喊那么一下子，而且每个人喊的内容都不同。这还没什么，终归他们还是要喊到正题的。

真正糟糕的是，某人突然建议说：“对不起，先生们！不能大家一下子一起说。我们来排一下顺序。我来记录一下想发言的人。”于是，他开始记录。

第一个站起来的是伊万·彼得罗维奇，就是刚刚热情洋溢、头头是道地建议为花儿而举办公益集会的那位。

此刻，他要拖延。而他自己也不知道，要拖延什么。他苦恼，而他自己也不知道为什么而苦恼。而且无论如何，他要努力使自己的话严密、完整。

“敬爱的先生们、女士们！”他如此说道。即便在场的人里没有一位女士。“我们聚首在这好客的屋檐之下，来讨论……嗯……嗯……我们感兴趣的问题……”

当然，所有人都很清楚他们为什么聚集。但是，所有人都认为，既然他已经登记了，在排队等着讲话，那么，他已经不是一个普通人的概念了，而是一个演讲者，他说的一切大家都要听。

“那么，先生们，我们到底是举办演唱会还是戏剧演出？”当演讲者停止演讲后，有个老实人如此问道。

“对不起，现在轮到谢尔盖·阿尔卡季耶维奇了。”

谢尔盖·阿尔卡季耶维奇站起来，直奔主题。

“敬爱的先生们、女士们！为要搞清楚慈善这一问题，我们应该用历史的眼光来阐释它。让我们勇敢地追溯到远古时代，问一下幽灵……嗯……嗯……穆齐·斯采沃拉[1]和……嗯……

① 传说中古罗马时代的一位英雄。

嗯……马克·奥勒留[1]的幽灵。”

当他们各自回家的时候，他们已经汗流浃背、嗓音嘶哑、筋疲力尽了。这时，有那么一个最认真的负责人问道：“先生们，那演唱会的事怎么办？举办吗？还是最好举办戏剧演出？”

“怎么对您说呢？”另外一些演讲者冷漠地答道，“可以举办演唱会，也可以举办戏剧演出。我们再看看吧！看哪些演员比较容易搞定。”

来自远古时代的马克·奥勒留的幽灵温和地笑了笑。

① 古罗马安东尼王朝皇帝。

在别墅

中午。

妈妈们都在做着正事。

娜佳和瓦里娅的妈妈正在责骂厨娘。

彼佳的妈妈正在缝补彼佳的裤子。

卡佳的妈妈正在休息。

谢廖扎和奥莉娅的妈妈正在烫发。

孩子们聚集在别墅间的小院子里，在小花园的栅栏旁严肃地交谈着。

娜佳从树上摘下个什么东西，皱了一下眉头，便嚼了起来。

“你在吃什么?” 奥莉娅问道。

“茶藨子。”

“是黑果吗?”

“是黑果。”

“那为什么它又是红色的呢?”

“因为它还没熟呢。”

两个人都沉默了。

“没熟的有毒。”彼佳故作聪明地说道，“一只老鼠吃了没熟的果，然后，死了。”

“我害怕老鼠。”奥莉娅哆嗦着说道。

“我什么都不怕！”彼佳夸口说，“以前，还小的时候，我害怕过。但是现在，我根本什么都不怕了，包括死人，什么都不怕。”

“那你几岁了？”

“我？六岁九个多月。”

所有人都充满敬意地长时间看着彼佳。

但是，作为男人，谢廖扎不能不嫉妒同伴的英勇。他想和他较量较量。

“去年，我们这里有一个男孩，他当时四十岁，甚至还要大一些，四十九岁。”

“一般没有四十九岁，”娜佳说道，“有四十五岁。”

“不，有！甚至会经常有。”

“不，没有！”

“不，有！”

“不，没有！”

“傻瓜！”

娜佳抡起拳头，拔脚就往欺负他的人面前跑。就在这时，从篱笆门里走出来两只鹅，伸着脖子，委屈而困惑地环视四周。然后，慢慢地、晃晃悠悠地往板棚里走去。

“多么大的鹅啊！”瓦里娅充满敬意地小声说道，“它们几岁了？”

“它们还年轻呢，”谢廖扎皱着眉头，一本正经地说道，“也就二十岁。”

“今天，我们的卡佳丢脸了。”娜佳讲道，“她穿着一条裙子去凉台，可是大鹅在那里散步呢。”

“她还小，还不懂体不体面的事。”奥莉娅袒护道。

“米佳很快就到我们这儿来了。”彼佳讲道，“他已经是个大人了。在军事学校学当将军。他会是个将军。到时候，他会把你们这些人都拉过来！走！走！他就像骑着马一样。到时候，你们会见到他的！他会让你们看到。”

女孩们安静下来了。谢廖扎脸红了，鼻子呼哧呼哧地喘着粗气。

“我无所谓！我自己要当将军，消防将军。别怕，这比普通将军要好点儿。消防将军甚至都不许结婚。”

“可以！”

“不，不可以！”

“我告诉你，可以！”

“傻瓜啊！”

“你自己是个笨蛋！”

“保姆，他们在打架！”奥莉娅朝别墅的方向喊道。

但是，别墅里没有人出来，谈话继续着。

“我爸爸开过车。”彼佳说道，“非常快，每小时十五俄里。[①]”

“这算什么啊！”谢廖扎不甘示弱。“有一种马，叫蹓蹄马。它们跑得非常快。你无论如何是赶不上的！我会骑马，而你不会。”

“那你什时候骑过马？”

“就是骑过。我都没有问过你。”

“你就是从来都没有骑过。”

“就算没骑过，但是我会骑。而你不会！”

“卡佳的妈妈会开轮船。”奥莉娅说道，“真的！”

---

① 一俄里等于一点零六公里。

“她在撒谎！”

“没有。我发誓，真的！”

“不要对上帝发誓！”娜佳一副小大人的样子。“对上帝发誓是罪过，上帝会惩罚的。”

“而我有一次见到鬼了。”彼佳说道。

“你撒谎！”谢廖扎说。

“不，我看到了。”

“那他究竟是什么样的？”

“什么什么样的？当然是令人讨厌的。”

“那他会飞吗？”

彼佳沉默了一分钟，感觉有人在捣鬼，就委婉地转移了话题：“我永远都不会结婚。现在，人们都不给陪嫁。”

“保姆家的波莉娅出嫁还陪送了绗过的棉被呢！”谢廖扎说道，“要能给我绗过的棉被就好了！”

“我要当一个杂技演员。就这样！就这样！”彼佳趴在栅栏上，晃荡着双脚。

“彼得卡！彼得卡！①”窗户里有声音喊道，“又要撕破裤子了！你还不给我下来！真是个讨厌的孩子！”

彼佳不好意思，爬下来，却装作无所谓的样子——这一切都是小事一桩。

其他人也为他感到难为情。

娜佳又从树上摘下什么东西，皱着眉头，嚼着，又吐了出来。

“你吃什么呢？”奥莉娅问道。

“黑果茶藨子。”

“那为什么是红色呢？”

---

① 彼佳的昵称。

“因为它还没熟呢。”

“那现在我来吃，你来问。”

他们开始了新的游戏。

“当我成为一名将军的时候……”谢廖扎说道。

男孩们拥抱了一下。然后，迈步走起来，一边还谈论着将军的那些事儿。

车厢里

“请问，太太！您姓维格多尔奇克吗?”

“对不起，太太！我本姓楚克尔曼。”

“楚克尔曼？到底还是楚克尔曼！我永远都不会想到！您是楚克尔索恩的亲戚吗?”

“不，我不是。”

“他们是非常富裕的人。谁不知道楚克尔索恩啊！他们有自己的工厂、自己的马匹。他们还想买车呢，已经想了两年了。穷人才不会想这些呢。既然一个人想买车，而不是买什么鲱鱼和洋葱之类的，那就是说，他兜里有钱。楚克尔索恩家，嗬！楚克尔索恩家族是一个富裕家族。”

“可能他们是亲戚呢，我怎么知道。甚至，也许是亲戚。只是我不会为此而骄傲的。我没时间骄傲。我们有自己的造纸业。”

“请问，您在哪里定居?”

“我们在里加。”

“在罗马[1]？哇，太太，太太！您是多么幸福的人啊，太太！”

“呸，那有什么！”

“因为，也许非常美！我宁愿不惜一切代价，哪怕看上一眼也好啊！”

“看上一眼，也许会感觉很好。而我是用双眼在看，所以我已经厌烦了。”

“您也许在开玩笑！请问，太太！您当然会说意大利语了？哦，我真想听一下！”

“意大利语？不会说。为什么我要说意大利语呢？”

“如果您要向意大利人买点儿什么的话，人家听不懂怎么办呢？”

“您说什么呀？假如有个牵着猴的坏蛋向我推销假琥珀，那我还要为了他来说蹩脚的意大利语？呸！我才不需要呢！”

“哦，太太，您真让我惊讶！请问，您那儿的天气怎么样？很热吗？”

“不是很热。夏天还不错。”

“而我有一个熟人去过那里，他说，都热得让人出汗。”

“也许他在撒谎。”

“他为什么要撒谎呢？因为我要给他钱，让他撒谎？还是别的什么？”

“太太，您不要这样生气。柳利卡先生是一位富人，有自己的药店，可撒起谎来就像个低级下流的叫花子。如果他早上喝了咖啡，他一定会对别人说，他喝了茶。”

“好吧，随便。就算我的熟人没有出汗。我在争论吗？什么？请问，您那里的自然风光一定很美吧？一定是令人惊叹的！我想象那里会有各种各样的仙人掌，还有其他一些动植物！”

---

① 俄文里，单词“加”与“罗马”的前两个字母相同，因此被听错了。

“什么呀！没什么特别的。请您允许开一下窗，好吗？这里很闷。”

“请允许我亲自为您打开……”

“你为什么要操这个心呢……”

“对我来说，这是顺手的事……瞧，打开了！你现在感觉好些了吗？我很高兴能为您服务。那么，您那里的自然风光还是非常美的，对吗？”

“呸！那只不过是自然风光而已！”

“当然，对习惯于美的人来说，已经见怪不怪了。啊，太太，只要看着您就觉得舒服。我在想，您是一个懂得享受的人。就在您身上，有某种特别的痕迹。这个胸针……是在那里买的吗？”

“这个？是在维尔诺。太太，您有孩子吗？”

“我有一个女儿。哦，那是怎样的孩子啊！简直就是某种特别的东西。美人儿，甚至羞于启齿。但是，只有一点不好：可以想象一下，她的眼睛长得就像我的一样非常美，眉毛也像我，额头、脸颊，甚至鼻子，而下面都像他父亲，父亲，父亲！简直令人不可思议！这么年轻的女孩，眼睛、眉毛，甚至鼻子都像我，下面却都像他父亲，父亲，父亲！这么好的孩子！我想，明年带她去你们那座伟大的城市。只是麻烦的是出国护照，否则……”

“您为什么要出国护照呢？来我们这里不需要出国护照！”

“您说什么？”

“也许，您去莫斯科也要带着出国护照？”

“去莫斯科不要护照！”

“那为什么去里加要，而去莫斯科不要？”

“里加和我什么关系，您为什么硬要跟我说里加呢？”

“因为您想去里加啊。”

“去里加？我想去里加？不，您听到了某个相像的名字了。”

“抱歉，太太！您一听说我是从里加来的，就完全昏了头。

简直就像用牙咬住我的脖子一样，紧紧不放。我从来没听说过，有人为了里加而疯狂！”

“请原谅，太太……但是，只是您自己……”

“不，请您原谅我，而不是我原谅您！”

“不，请原谅！这一点请您原谅我。因为您在这里自吹自擂，而现在自己又不知道是怎么回事！请您把窗户关上，风吹到我牙齿了。”

“您还要给我解释，有风在吹！先给自己办好去里加的护照吧。哈哈！”

“她还说楚克尔索恩是她的亲戚呢！楚克尔索恩才不想认识您呢。我要是告诉他，您死乞白赖地想做他的亲戚，他的背心会被笑破的！等着瞧吧！”

“哎，这对我来说很重要！请不要碰那窗户！我感觉很闷。”

“本来是从里加来的，却觉得自己是萨拉·贝恩哈特[①]。”

“哪有这种没教养的人啊！请您不要动我的窗户。”

“这已经是她的窗户了！你们听见了吗？怎么，您是文达沃—雷宾斯卡娅路还是什么？”

“您别忘了，您这是在跟谁说话！”

“跟一位里加的小市民在说话！”

“真有修养！请您别动窗户！”

“那风吹到我的牙齿了……”

“请原谅，太太……”

“不，请您原谅……”

“不，请原谅。请您原谅我。乘务员！乘务员！请您给我换个地方。你们这里坐着的是里加的乘客！”

“呸！”

---

① 法国女演员。

重　病

他太像绵羊了。甚至狗冲他叫的时候都有点儿特别，不像对人叫那么恐惧、凶狠，而是低声地、慢慢地叫："汪，汪！"

它们说："我们知道，你是绵羊，是没有什么恶意的，而我们的义务是维护秩序。"

人们对他也很和善。人们喜欢绵羊。和他说话的时候就好像在吆喝。

"你好，帕维尔·帕夫雷奇（吁—吁）！您今天可真是容光焕发啊（哎，你，小羊羔）！走吧，我们一起去散散步吧（吁，蠢货！别怕，小羊羔）。"

他总是很严肃，说话总是很有分量，而且有理有据。

"瞧您今天穿了大衣，您会热的。"他说道，"而昨天您没穿大衣，您感觉到冷了。"

对话者一点儿都不能反驳，帕维尔·帕夫雷奇便高傲地抬起他那凸起的绵羊式的额头。

“病人应该恢复健康。否则，生什么病啊，不好。”

“胖人不该多吃。食物会让人长胖的。”

这还是不能和他争辩。

帕维尔·帕夫雷奇在一个德国的疗养院治疗胃病。那里有一小圈俄罗斯人，他们对待绵羊都很友好。

“说实话，他很可爱。”大家都这么说他。“很客气，而且从不说人坏话。”

在疗养院里，俄罗斯人的圈子总是经常变换。一些人走了，一些人又来了。但是，核心成员只有五个人：两个高等女子讲习班学员，其中一个长得很胖，梳着克莱奥·梅罗德[1]式的发型，另一个长得瘦弱，根本就不梳头；另外还有两个律师罗托夫和比尔巴乌姆；还有安娜·伊万诺夫娜女士。不知她是女资本家，还是无政府主义者。她朴素，快活，手上长着色斑。

他们五个人都和绵羊很要好，都觉得他很可爱。

但是，突然有一天早上，在洗过冷水澡之后，罗托夫对比尔巴乌姆说道：“今天去爬山吗？”

“当然。按约定，三点。只是不知道，巴维尔·帕夫雷奇是否能去。他好像很忙。”

突然，罗托夫说出了非常令人惊讶的话。“说实话，他不去的话，会更好。”

比尔巴乌姆莫名其妙地看了看同伴。

“您说什么？”

“对，您知道，不知道为什么，他总是触动我的神经，总是胡诌八扯。”

“您说什么呀！他是多么严肃的人啊，很可爱。只不过是您的神经不太正常。”

---

① 法国著名芭蕾舞演员。

罗托夫有些难为情地说道："我什么也没说啊，他的确是一个很可爱的人。除了客气，我没有在他身上看到其他任何东西。那么，就是说，我们还去爬山？"

帕维尔·帕夫雷奇加入到了他们的爬山队伍。大家精力充沛地走着，兴致勃勃地闲聊着。

只是罗托夫好像有点儿什么心事，一会跑到大家前面去，一会又在大家的后面吃力地走着，沉默不语，态度冷淡。

绵羊心情很好。

"下山要比上山容易得多。"他挨个儿告诉大家。

"走，走，玛丽亚！"他如此鼓励那个梳着克莱奥·梅罗德式发型的肥胖女学员。"要想减肥，就应该多走路。坐着的生活会让人长胖！"

谁都不能反驳他什么。假如不是帕维尔·帕夫雷奇这么机智活跃的话，谈话可能会永远停下来了。他滔滔不绝地说："只是千万可别下雨。否则的话，我们都会被淋湿。如果我们碰上下雨，那就太不爽了。那样，衣服就会毁了，也可能会感冒。穿着湿衣服，很容易患上感冒。什么？好像又要爬了？上山，知道吗，要比下山难。而下山会很快！下山容易。"

比尔巴乌姆有些落下了，沮丧地对正在行进中的罗托夫悄悄说道："他真的有些令人讨厌！尽管，事实上，他很可爱……"

"当然，很可爱。"罗托夫叹了一口气，同意道。突然，他发起火来，挥舞着拳头说道："真想让鬼把他撕碎，连同他的可爱！他把我们的游玩兴致全都破坏了。就是因为他，我没心思观赏任何美景。四周是高山、谷地、美景，我却在心里不断重复：'去死吧，你！去死吧，你！去死吧，你！'我故意离得远一些，以防我骂出口。"

"好吧，随你的便吧！"比尔巴乌姆安慰他道，"他其实挺可爱的。如果被他发现了的话，这样很不好。"

"就让他发现吧。去死吧，他!"

过了几分钟之后，罗托夫显然平静下来了，加入到了大家当中来，也开始闲聊，说些俏皮话，甚至在绵羊爬累了的时候还帮帮他。罗托夫的脸颊变得绯红，又重新拥有了健康、快活人的样子了。

十五分钟之后，比尔巴乌姆叫他，紧紧抓住他的手，有些惊慌、不好意思地说道："您是对的。说实话，他很可爱。但是，和他相处不知为什么却很难……他突然说，你听见了吗?'老人的白头发通常要比年轻人多'。啊?你听见这个了吗?"

比尔巴乌姆突然全身颤抖，咧嘴狞笑了一下，咬牙切齿地说道："他怎么敢说这个呢，该死的白痴!怎么，他以为所有人都是傻瓜吗?这真是厚颜无耻!这是对人的侮辱!要给他点儿教训才是!"

罗托夫又惊又恐，不知道该怎么办才好。

"够了，亲爱的!别胡说!要知道，他实际上很可爱、热心、客气……但虽然，他有点儿那个……教条主义。好了，安静一下吧!真的，这样会令人难堪的。"

比尔巴乌姆颤抖着，深深地叹了一口气，就像一个孩子哭完之后的样子。然后，他便安静下来了。

十分钟后，他已经加入到大家的谈话中，还亲切地拍了拍绵羊的肩膀。

第二天早上，罗托夫遇到了安娜·伊万诺夫娜。她大老远就冲他挥动着她那红色的小伞，喊道："今天我们还去爬山吗?啊?为什么要在这里白白地闲逛呢?啊?"

罗托夫犹豫地说道："说实话，我很忙。也就是说，我会很乐意去，如果……而帕维尔·帕夫雷奇去吗?"

"应该会去。怎么能没有他呢?"

"知道吗，坦率地说，我讨厌他!"

安娜·伊万诺夫娜咬了咬嘴唇，瞪大了眼睛，突然同情地摇了摇头：“知道吗，亲爱的！他的确令人讨厌。有点儿令人恶心。你知道吗，昨天玩的时候，他突然说：‘漂亮的女人总是比不漂亮的女人更令人喜欢’。瞧，多愚蠢啊！您说，谁不知道这个啊？他还以为自己了不起呢，告诉了大家一件新鲜事。不知为什么，这一点令我非常恼怒，我甚至想都不能想。”她用伞敲了敲地，眼里流出了泪水。

“可恶的傻瓜！”罗托夫尽可能地安慰她，但很无力。

“知道吗，女学员薇拉早就不能忍受他了。她只是不想表现出来。”

“怎么能表现出来呢？为什么要伤害别人呢？”

这次游玩，绵羊没有和他们一起去，他很忙。但是，他隐形地存在着。还没到十分钟，某些人的仇恨之火便发作起来了。第一个开始的是女学员薇拉。

高高瘦瘦的她舞动着手臂，尖叫着，差点儿没从悬崖上滚下来。“他怎么敢对我说，牙疼是不好受的呢！他怎么敢这么说呢！这个无耻之徒！下流胚！畜生！”

其他人都一起安慰她。“怎么这么不知道羞耻呢，他这么可爱！这么客气！”

第二个人是比尔巴乌姆；第三个人是安娜·伊万诺夫娜；第四个人是肥胖的女学员玛利亚·彼得罗夫娜，连续说了两次；她之后是罗托夫；然后，又是安娜·伊万诺夫娜。然后，大家又重新按顺序逐一说了一遍。

回去的时候，大家相互承诺，一定不能表现得让帕维尔·帕夫雷奇发现大家对他态度的改变。

“为什么要伤害别人呢？他是那么可爱……那么殷勤。”

第二天，绵羊得知，如果他不去，游玩是无论如何不会成行的。绵羊早就意识到，自己是这个团体的核心。因此，他毫不奇怪，在扭捏了一下之后，他仁慈地同意参加了。但是，晚上去咖啡馆的时候，不知道为什么，他拒绝了。

“天啊！他好像什么都明白了！”安娜·伊万诺夫娜绝望地说道，“要知道，这太可怕了！为什么？为什么？应该对他再客气一些。我明天给他送一束玫瑰。”

“随你的便，安娜·伊万诺夫娜！但是，那样不好，给男人送花！”

“可是，他有什么错啊？难道就因为他是男人吗？您总是这样！他这么可爱！这样对他，简直真是太罪过了！可耻！可耻！”她冲着罗托夫喊道。突然，她又开始发作了。“昨天他说，夏天在别墅好，而冬天不好，因为天气很冷。我再也不能忍受这个了！我今天就离开这里！”

大家好容易才安慰好她。但是，给绵羊的花她还是送了，甚至午饭后还和他玩了一会儿象棋。大家都围坐在一起，有说有笑。只是有时候，有人会拉起邻座的手到另一个房间去玩。当大家听到从锁着的门那边传来低沉的叫声时，都会哆嗦一下。

看到大家对他格外关注，绵羊开始有点儿骄傲起来。开始取笑肥胖的女学员，戏谑地推了推安娜·伊万诺夫娜，斜着眼睛鄙视地与比尔巴乌姆和罗托夫交谈，还不忘用脚踢踢他们。

“您这头上是什么？月亮吗？”他向秃头的比尔巴乌姆问道。

周围人，包括比尔巴乌姆都在假装，假装认为他说得很可爱，很令人开心，也很委婉。

“哎，他可别猜到了！他可别猜到了！”大家都很担心。

绵羊左踢一下，右踢一下，如鱼得水。

大家都变得憔悴了，瘦了，衰弱下来，眼看着一点点消瘦下去。甚至肥胖的女学员都把自己的裙子缝瘦了三厘米。

“我很高兴，我变瘦了。”她忧郁地说道。但是，用这种代价来为自己换取苗条，还是太沉重了。

突然，脓包非常意外地破了。

晚上，绵羊告别的时候顺便说："明天早上我就走了。"

大家颤抖了一下，跳了起来。

"怎么？什么？去哪？不可能！"

"不能一辈子呆在这儿！"绵羊冷淡地回答道，"该回家了。"

五双眼睛忧伤地、惊恐地交换了一下眼神。"他猜到了！"

"难道他猜到了？"

"噢，太可怕了！"

"他生气了！"

"可耻！可耻！可耻！"

大家和绵羊告别的场面很温馨，也很感人。答应给他写信，也要了绵羊的肖像画作纪念。大家都想去火车站送他，但是绵羊走得很早，只有罗托夫赶上了火车。

"巴维尔·帕夫雷奇，亲爱的！希望您对我们这个小小的团队留下的不是那么坏的印象。您一直是我们这个团队的核心。"他嘟哝道，努力地让自己心肠软下来。

"嘿嘿，我亲爱的。"绵羊骄傲地打断了他，"你们还需要再治一治，你们有点儿太敏感了。当然，我觉得你们都是非常可爱的人。但是，说真的，您别生气！他们让我厌烦到了极点。"

"怎么？什么？"罗托夫瞪大了眼睛。

"您不要生气。当然，我不是说您。那个安娜·伊万诺夫娜不仅送花，还要求我拉着她的手走路。这简直有失体面！厚颜无耻！简直没有一点儿女人的尊严！这些女学员，很显然，只是想着一件事，那就是怎么才能嫁给你……这些律师们，一脸巴结奉承相，就好像是乞丐在说：'给我们点儿事做吧！让我们挣点儿钱吧！'我，当然，这不是在说您……您得承认，这很讨厌。只是您不要对他们讲。我认为，伤害别人不好。对吗？但是，他们实在是让我觉得太讨厌了。总是在讨好别人。我就是因为这个才走的。否则，我会再住上一段时间的。这里不错。我觉得，天气好的时候，散散步很好。但是，下雨天就不好了，会全身湿透的，不是吗？依我看，会的。再见，亲爱的！给大家鞠躬！实际上，他们都是非常可爱的人。我还是很高兴，我终于摆脱了这一切。”

火车早已经开走了，罗托夫还站在那里，盯着那个刚刚还能清楚看到绵羊脸的窗口。就在刚才，绵羊还从里面张着嘴对他咩咩叫……

“究竟为什么，我们要如此残酷、愚蠢地伤害自己呢？”

姿　态

街上黑暗而潮湿。

灯光昏暗。

路灯真是很卑鄙！当一个人心情不好的时候，它们不是鼓励一下，而是故意作对似的开始变得昏暗。

莫洛特科夫心情很糟糕。衣袋里总共才有一卢布。他踩着套鞋发出扑哧扑哧的响声，嘴里骂着这鬼天气。

“真是祸不单行！又是这恶劣的天气，又是下雨！想必，好天气是不会下雨的，此时却大雨倾盆。”

他不想回家。家里很潮湿，衣橱下面，老鼠在繁殖小鼠，每晚都会发出尖细的叫声。而房子的女主人说，“十二月份”才能开始供暖。而“十二月”意味着什么？谁知道呢？要是十月的话还好；若是十二月，那怎么办？

不，回家是不值得的。

可是，除了家，在整个世界上，就只剩下佩图欣了。但是，去找他是不可能呢。因为莫洛特科夫衣袋里的一卢布还是从他那里借的。

莫洛特科夫正沮丧地想着。突然，他的思虑被一副愉快生动的画面打断了。一位戴着礼帽的顽抗先生，正被看门人从一家小酒馆里拉出来。这位先生大声叫骂着，但无连贯话语。

“瞧，这才是生活!”莫洛特科夫如此想道，灵魂突然燃烧起来。他想起了久远的过去，想起了那些欢乐酒宴、纵情狂饮的岁月。

“要知道，我也曾经被人这样从酒馆拉出来过，侍者还在后面推着。现在，谁会相信这些呢?曾经喝过了多少，吃过了多少啊……腓里牛排……我甚至忘了那是什么!是的!曾经我们就是老鼠!老兄，让我暖和一下吧，来一瓶庞德……什么……叫什么来着?”

他机械地上了楼，感觉到，有人帮他脱了大衣。他惊奇地看了看镜中自己那花白、乱草般的胡子，还有那条缠在一起的油渍斑斑的领带。但是，他坐下之后就完全忘了自己在镜中看到的一切。他敲了敲桌子，果断地点了杯咖啡。

我已经在某个更干净的地方吃过午饭了。是的!我顺路来这里，只是想喝杯咖啡。我很久没来酒馆了，也不知道现在的酒馆都怎样。一切还像我们那个年代吗?我是一个地主，已经在自己的庄园生活好几年了。在一个设施完备的庄园。老兄，有一个设施完备的庄园，谁还会逛酒馆啊，我的老兄!

他慢慢地、一小口一小口地喝着咖啡，兴致勃勃地看着周围的顾客。

瞧，那儿有三位先生正在喝酒，好像向侍者点了点儿什么。侍者在小本子上标注了一下，然后往柜台跑去。

“喂!喂!”莫洛特科夫抓住了侍者，挑起眉毛神秘地问道，

“他们点了什么?”

“红菜汤!”

“真愚蠢!”莫洛特科夫埋怨道,“他们根本就不会吃!他们应该点鱼汤加馅饼,而不是红菜汤。红菜汤也是他们杜撰出来的。”

“抱歉!”侍者欲往柜台奔去。

但是,莫洛特科夫拦住他说道:“等等,老兄!告诉他们,我建议他们点鱼汤。就说是莫洛特科夫先生建议的。”

“抱歉……我不能……好吧……”

侍者走了,而莫洛特科夫还在气呼呼地重复道:“红菜汤!愚蠢!还来什么饭馆啊,哼!”

邻座坐了两个人,不知点了什么莫名其妙的东西。于是,莫洛特科夫又叫来了侍者,好奇地问道:“他们点了什么?”

“俄式虾。”

“虾?”莫洛特科夫动了动眉毛,认真仔细地考虑了一下。“虾?这个还不错,可以。但是,他们说了要用克瓦斯来煮吗?大概,他们想都不会想到。愚蠢!虾要用克瓦斯来煮。告诉他们,就说是我建议的,是莫洛特科夫先生建议的。记住了吗,告诉厨师,要用克瓦斯来煮虾。”

但是,侍者跑开了。那样子就像在说,该如何煮虾对他来说,根本无所谓。

莫洛特科夫看了看周围,冷笑了一下。这就是人,在一口一口地喝着什么红菜汤。那什么是红菜汤啊?谁会珍惜它?谁会需要它!他们活得像个瞎子。瞧,那个棕黄色头发的人和一个女士坐在一起,而他自己却在读报纸。无耻之徒!不是人!我的老兄,看!那儿有个多么没素质的人啊,和女士在一起,自己却在那儿读书。老兄,不好是吧?啊?啊?因为这不是那么回事。不好,对吧?

他满脸巴结地看着侍者,寻求同情。后者并不真诚地讪笑了一下，走开了。

服务都不会！莫洛特科夫想道，难道这是服务生吗？我，或许是一个富甲一方的淘金者，只不过穿得很朴素，因为我不想太招眼。我，或许，今天只是喝喝咖啡，而明天我会来喝两打香槟。也许，我会来把他们这里所有的镜子都砸碎！也许，明天他们不得不揪着我的衣领，把我拖出去！鬼才知道，他们怎么晓得我只有一卢布，还是从佩图欣那儿借来买煤油的，而且必须在周四还，啊？

想起这一卢布的事，让他感觉很不好受。但是此刻，留声机里响起了这样的歌："在我注定遇见你的那一刻。"

愚蠢！不会生活！不是人！老兄，你给他们拿的是什么酒？什么？拉斐特酒？愚蠢！真不会喝酒！他们应该喝那个，叫什么来着……庞德……而不是拉斐特酒。走吧，走吧！

那三位先生稀里哗啦地喝完了红菜汤，付了款，走了。

莫洛特科夫叫来了侍者。"老兄，他们给你多少小费？"

"四十戈比。"

"三个人给四十戈比？他们自己也是服务生吧！"

他跳了起来，一副愤怒高傲的样子。他甚至觉得，自己是一个穿着黑色晚礼服的高雅人士呢。"我该付多少钱？"他转身向侍者问道。

"二十五戈比。"

他把手伸进衣袋，两眼放光。"喏，给您！"他把钱扔向侍者。"零头不用找了！"

对，这就是姿态！在前室穿那件灰色大衣的时候，他如此想道，尽量不让自己看到镜中那个晃动着乱草般难看胡须的小老头。就是要让他们明白，他们这是在跟谁打交道！

苹果软糕 DIY

安东·彼得罗维奇就着马林果酱喝着茶，但同时，他还盯着苹果软糕，眼睛里闪烁着某种想法。在喝过第三杯茶之后，这种想法已经成熟，并以问题的形式表达出来了。“软糕是多少钱买的？”

“一俄磅[①]四十戈比。”安东·彼得罗维奇的妻子叶夫根尼娅·米哈伊洛夫娜回答道，“在瓦西里耶夫那儿买的。”

“明智！”安东·彼得罗维奇说道。

“你这‘明智’是什么意思呢？”

“明智地在瓦西里耶夫那里买软糕。这就是明智的。你以为，这种软糕值四十戈比吗？不，我亲爱的，它只值五戈比，而不是四十戈比。三十五戈比你是付给了商人瓦西里，给他的商店和伙计的。此外，你还要为他们的各种

---

① 俄国采用公制前的重量单位，等于四百零九点五克。

商业权利、贿赂、各种小败类买单。一个正派人，如果他不是哲学家，是不会和这些败类打交道的。”

“我不明白，你究竟想说什么。觉得软糕贵的话，你就别吃。”

“这就是逻辑！”安东·彼得罗维奇苦笑道，“我们不应该拒绝对食物的需求，而是食物应该适应我们的……嗯……嗯……偿还能力……话又说回来，这个你反正都不会理解！简单对你说吧，如果我自己做这个食品，也就是说软糕，同样重量只需要五戈比就够了。”

“那你自己做吧！”

“我会做的，既然你没时间做。很显然，我不得不亲自做。你有《烹饪指南》吗？”

“没有。”

“怎么会呢？我们怎么会找不到呢？我们要读莫泊桑，可是能让家人挨饿吗？派费尼娅去姨妈那儿。让她坐马车去，我没时间等。让她把《烹调指南》拿来。”

一小时后，安东·彼得罗维奇已经在翻阅《烹调指南》了。

“嗯……调味醋汁……调味醋汁……苹果干。这又是什么？备用的半成品。瞧，人什么都会做！苹果脯按照另一种方式做……不是所有人都乐意买商人瓦西里的东西的。苹果软糕，哈！苹果软糕。我的妈呀，我们马上就来看看它！取二十个苹果，用开水烫烫，嗯……柠檬皮……两俄磅白糖……蛋清……费尼娅，去一趟小卖铺。买二十个最好的苹果、白糖、鸡蛋，还有那个，叫什么来着，柠檬皮。快去！我不能分身。”

午饭的时候，出嫁的女儿回来了。当她看到父亲穿着围裙的时候，大吃一惊。“您怎么啦，爸爸！病了吗？”

“去书房，帮着把柠檬皮撕碎。我们这里如果有人在工作，那么他在大家眼里要么是有病，要么是疯子。”

傍晚的时候，同事来了。安东·彼得罗维奇探出头来瞧了瞧，满脸通红，头发凌乱。

“没时间，我的朋友。那样的话，我的苹果会蒸过头的。”

朋友坐了五分钟走了，就好像急着尽量快点儿告诉别人什么。

直到晚茶的时候，安东·彼得罗维奇还是没有从厨房出来。他在搅蛋清。晚上九点的时候，他探头张望了一会儿。人消瘦了，眼神游离不定，还说，他把厨娘赶走了。“这个蠢货对蛋清一点儿都不懂！总之，我或者是她，你自己选！”

半小时后，他又探头看了看，说明天他要离开这房子。房主是个笨蛋！租给我们的房子带的不是俄罗斯的炉子，而是灶台。正派人都没地方蒸软糕。真是卑鄙！

十一点钟的时候，他心事重重地跑出来，要什么结实点儿的东西。“某种条纹棉布什么的。我需要过滤。”

结果，什么条纹棉布都没有找到。安东·彼得罗维奇牺牲了自己那件崭新的燕尾服马甲。

半夜的时候，他去躺了半小时。他累坏了，但是，他睡不着，一直在胡思乱想。躺着，他还在算：三俄磅的苹果、两俄磅的白糖，加起来共五俄磅。蛋清不能算，它是流体。苹果花了一卢布六十戈比，白糖花了二十六戈比，共计一卢布八十六戈比。坐马车去姨妈那儿，来回共花了六十戈比。共计两卢布四十六戈比。两卢布四十六戈比除以五，等于四十九又五分之一戈比，去它的五分之一。四十九戈比，这样比小卖铺里卖的垃圾总共才贵九戈比。而且，感觉非常自由。一旦想吃苹果软糕了，马上就可以自己做。哪怕是在夜里两点钟。哪里也不用去。马上就可以做。

早晨的时候，叶夫根尼娅·米哈伊洛夫娜突然醒了，好像被人推了一下。

她面前站着安东·彼得罗维奇。他一只手里端着盘子，里面装着一团棕色的东西，另一只手上拿着刀。

安东·彼得罗维奇可怜兮兮、有些惶恐地微笑着，就像一个乞丐因破衣烂衫而遭受到了责难。“瞧，叶妮娅！你瞧！”他用颤巍巍的手，将这小团东西递给她看。“瞧，叶妮娅！你瞧！”

米哈伊洛夫娜全身颤抖了一下。“你把谁给杀了，不幸的人?”

“软一软糕!”他含糊地说道，“你还是尝尝吧！只是无论如何都切不动。如果你不讨厌的话，就舔一舔！行行好吧，舔舔吧！叶妮娅，亲爱的！总共值四十九又五分之一戈比，去它的五分之一……总共是四十九戈比，而且都是新鲜的……最重要的是自由……想吃了，马上就能做。”

他坐到了床上，擦了擦额头，又无望地重复道：“随便什么时候。哪怕是夜里……想了，马上就能做……”

自我剽窃

年轻的小说家阿尔卡季·卡斯塔利斯基写了一篇很不错的小说。至少，他自己是这么认为的。

小说发表以后，卡斯塔利斯基来到文学酒馆，花光所有稿费，喝了些啤酒。他感到一种强烈的自豪感。假如不向一位朋友倾诉一下这种感受，他就会感觉非常沉重和不舒服。

幸好，他发现画家比亚金正平和地坐在邻桌，马上就要吃完牛腿肉了。

比亚金那平和的姿势、平和的动作，让人感觉他很坦率。

“您好，比亚金！有一个有趣的新闻，您听说了吗?”

“什么新闻?”

“是这样。我写了一篇小说，有点儿令人震惊！真的。里面什么都有：情节像威尔斯，语言像福楼拜，小说篇幅又很短小，就像那个，他叫什么来着……莫泊桑。除此之外，对话像施尼茨勒，幽默像契诃夫。因此，读起来不会枯燥。总之，是一个非常棒的东西。难道您还没读过吗？”

“嗯，没有……应该承认，还没来得及。”

“哎哟哟！您怎么会这样呢！现在大家都在谈论这个，您还说自己是文学的朋友、行家，还说自己是敏锐的鉴赏家呢？您怎么能这样呢？为什么您不关注一下呢？大家现在谈论的都是这个，您却……”

画家感觉很不好意思。

“的确，的确。您的作品我耳闻过多次。”他开始昧着良心说话了。“很多次。但是，您知道，大家都读得入迷了，连半个小时的时间都抽不出来。”

“真的吗？大家谈论得多吗？”卡斯塔利斯基突然为自己担忧起来。“太奇妙了！那谁对您说的呢？”

“这样……嗯……总之……所有人……是我不好。我只是忘了，你的这篇小说叫什么。就在这里这样打转，这样打转，”画家指着自己的鼻梁说道，“却怎么也想不起来了！”

“《烧掉的长筒袜》。”

“啊，对，对。《烧掉的长筒袜》。我怎么会忘掉这么独特的篇名呢！”

“《烧掉的长筒袜》。”卡斯塔利斯基严肃地重复道。

“正是，正是！”发窘的画家喊道。然后，他匆忙与骄傲的作者告了别。

从酒馆里出来以后，画家比亚金遇到了愁苦的翻译什梅利索恩。无论什梅利索恩说什么，也不管他想什么，他的脸上总是有一种表情好像在说：“唉！报酬太少了！”

“您好，什梅利索恩！您看到卡斯塔利斯基了吗？”

“看到了，怎么？”

“他已经自高自大起来了。成功已经冲昏了他的头脑。现在，除了他的小说，就不能和他谈别的。您听说过吗，读过吗，《烧掉的长筒袜》?”

“什么?《长筒袜》? 当然，谁没读过《长筒袜》啊! 是不久才出版的，对吧?”

第二天早上，愁苦的翻译一边大声地叹着气，一边翻着字典把《烧掉的长筒袜》翻译成了德语。

事情进展得并不顺利。因为忧愁的翻译对德语的掌握，和俄语一样很糟。他经常是在不理解俄语句子的情况下就把他翻译成了德语。如果有人对他说，他翻译得不错，他一定会大吃一惊。

他不喜欢小说的篇名，就把它改成了《不大的火灾》。然后，将作者署名为“阿尔图尔·索恩（什梅利索恩剽窃作品的笔名)”。

他把手稿寄给了一家德国报纸。一个月后，他用新发的稿费付了房租。

安娜·帕夫洛夫娜在《时尚新闻》工作。她的任务是翻译小说，想翻译哪种语言就翻译哪种语言，然后提供给星期天这期刊发。

安娜·帕夫洛夫娜把报纸浏览了一遍，注意到了《不大的火灾》这篇小说。这来源于俄罗斯的生活，很有意思。读者肯定会喜欢的。

她尽可能地翻译了这篇小说，而且在作品的幽默因素方面大有过之而无不及之势，整个情节都焕然一新。安娜本来署上了“阿尔图尔·索恩”这个名字，但她考虑到自己有责任忠实于原文，就写成了“阿尔捷米·森”。而小说的篇名改成了《水杯中的暴风雨》。

载有阿尔捷米·森小说的这期《时尚新闻》落到了什梅利索恩的手里。

他觉得这篇小说很有意思。

他叹了口气，开始把它翻译成德语。

由于命运的再次捉弄，译者的语言意图与结果又是不相符合的。但是，小说的篇名是他故意改的。因为太难把它翻译得很顺畅了。

就这样，阿尔图尔·索恩的新作《不幸》诞生了。小说里面的人名他有意改过了，情节也根据自己的意愿改动了。

安娜·帕夫洛夫娜喜欢上了这篇德语小说。因此，该篇小说很快被翻译成《阿涅塔的奇遇》而发表在《时尚新闻》上。译文带有忠实的安娜所特有的那种勤勉与技巧。

但是，忧愁的翻译什梅利索恩看中了阿尔捷米·森，全心全意地喜欢他，又把《阿涅塔的奇遇》改为《滚开，死亡》，发表在了那家德国报纸上。

随后，阿尔捷米·森在《时尚新闻》上发表了《滚开，死人》，而阿尔图尔·索恩在德国报纸上发表了非常滑稽可笑的小说《怎么回事》。

年轻小说家卡斯塔利斯基的心情非常糟糕，有人承诺给他预付款，只要他能寄来哪怕是很短的一篇小说。可是，他的脑袋里一丁点儿关于题材的想法都还没有呢。

突然，有一件事救了他。他坐在理发馆，机械地浏览着德文报纸。读了一篇小说，很有意思。他笑了，突然感到很惊讶，一个闪过的念头令他高兴不已："如果那什么，会……要知道，别人都这么干了，我当什么圣人啊？这个题材是非常有趣的。要是它就这样消失了，甚至会有些遗憾。谁会阅读这种愚蠢的报纸呢，除了德国的理发师和鞋匠们？"

他把报纸塞到衣袋里，回到家再次读了一遍这篇他喜欢上了的小说。他稍微改动了一下里面人物的姓名，还有标题，之后开始写作。

这篇小说不是别的，正是那篇《怎么回事》，或者可以说是卡斯塔利斯基自己的小说《烧掉的长筒袜》的第七个版本。

但是，阿尔卡季·卡斯塔利斯基却真诚地为他生命中第一次文学剽窃而感到羞愧。当他把手稿寄给编辑的时候，他脸红了，就像暴风雨前的晚霞一样。而晚上的时候，他喝掉了所有预付款。

“哎！那又能怎么样呢？堕落就堕落了吧！”

后记

在苔菲讽刺小说文集《香甜的毒药》即将出版之时，我要特别感谢远在俄罗斯的我的恩师H. H.基图宁娜教授，我的朋友И. П.科列斯尼克、A.古特金娜。当我遇到难以理解和把握的原文时，正是他们对我提供了无私的帮助，反复通过电子邮件对我的问题一一予以解答。

我还要特别感谢黑龙江大学我的导师邓军教授、上海外国语大学我的导师冯玉律教授，感谢他们多年来对我学业、工作及生活的鼓励、支持与关爱。

感谢群众出版社的萧晓红女士。正是由于她独特、睿智的选题眼光，才让我与苔菲结缘，并有幸翻译其著作，最终得以顺利呈献给读者。这一切，都有赖晓红女士不懈的坚持和努力。

最后，我要特别感谢我的丈夫姜宁先生，是他在生活中无微不至的照顾和精神上的鼓励与支持，让我能够安心并有信心进行繁重的教学、科研、翻译等工作，使《香甜的毒药》的译文得以顺利杀青。

鉴于本人学识以及水平之限，译文难免会有不妥乃至错误之处，恳请各位同行、专家、读者不吝批评、指正。

黄晓敏

二〇一三年三月于天津

图书在版编目（CIP）数据

香甜的毒药：苔菲短篇小说精选／（俄）苔菲著；黄晓敏译．—北京：群众出版社，2013.5

ISBN 978-7-5014-4945-3

Ⅰ.①香…　Ⅱ.①苔…②黄…　Ⅲ.①短篇小说—小说集—俄罗斯—现代　Ⅳ.①I512.45

中国版本图书馆 CIP 数据核字（2011）第 238301 号

香甜的毒药

（俄）苔菲　著　黄晓敏　译

出版发行：群众出版社
地　　址：北京市西城区木樨地南里
邮政编码：100038
经　　销：新华书店
印　　刷：北京蓝空印刷厂

版　　次：2013 年 5 月第 1 版
印　　次：2013 年 5 月第 1 次
印　　张：12.5
开　　本：880 毫米×1230 毫米　1/32
字　　数：312 千字

书　　号：ISBN 978-7-5014-4945-3
定　　价：36.00 元

网　　址：www.qzcbs.com
电子邮箱：exiaoxiaohong@hotmail.com

营销中心电话：010-83903254
读者服务部电话（门市）：010-83903257
警官读者俱乐部电话（网购、邮购）：010-83903253
文艺分社电话：010-83901730　010-83903973